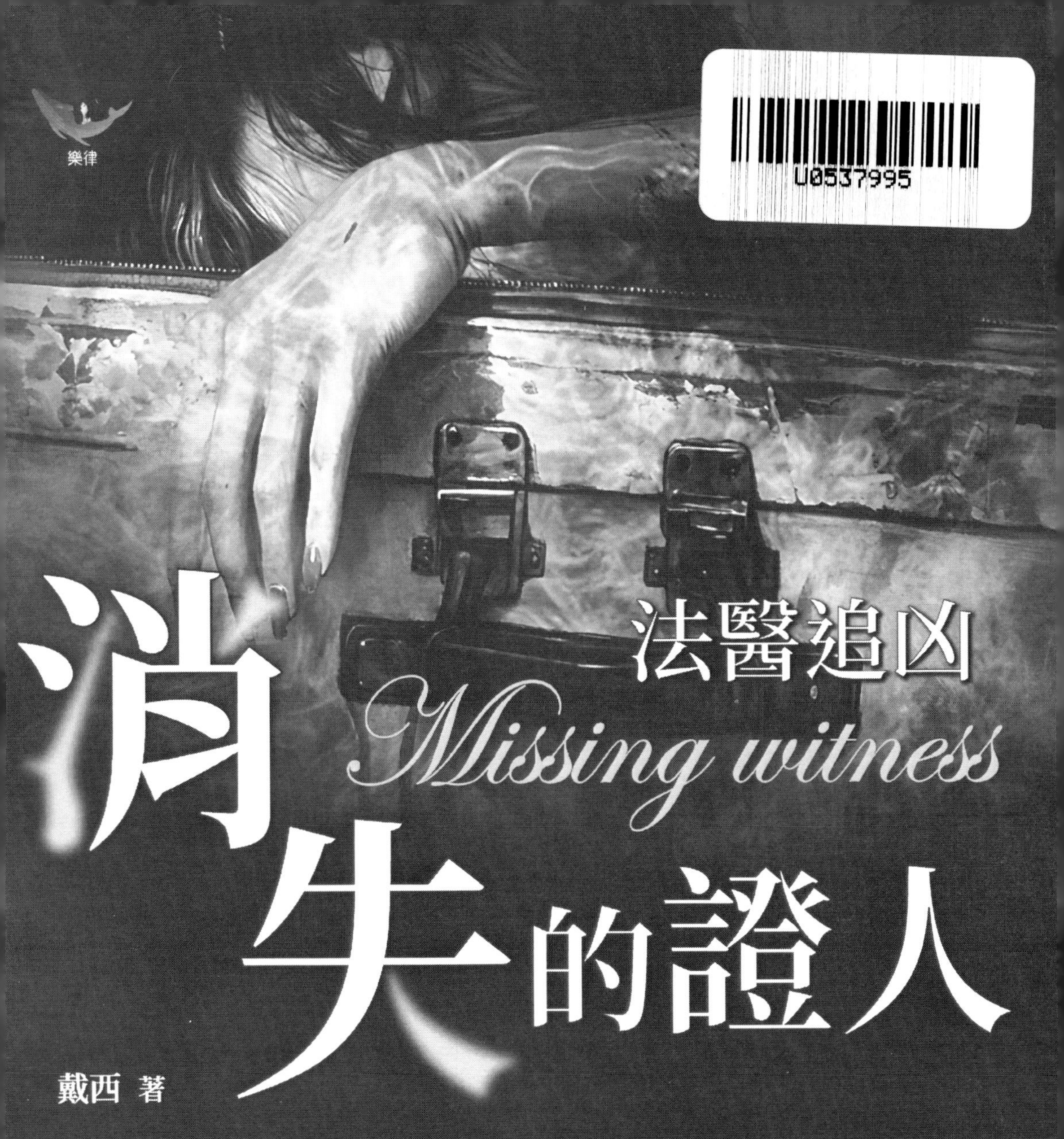

樂律

法醫追凶

Missing witness

消失的證人

戴西 著

她不是女人，
他不是男人？
法醫從業者的半寫實
懸疑小說

她到死都不會知道，
他為什麼會親手結束了自己的生命，
她連為自己辯解的機會都沒有。

記憶最終被定格的那一刻，
她分明看到了一顆晶瑩剔透的淚珠，
正悄悄地從那張熟悉的臉上滑落……

目錄

目錄

故事一
火車爆炸案

活著的人和死了的人，他們唯一聯結是什麼？

楔子

「媽？」

「幹麼？」她不耐煩地隨口應了一聲，雙眼卻始終都沒有離開過手中的這本剛從路邊報攤上買的《大眾電影》。

早秋的風吹拂著人的臉頰感覺有些微涼，陽光傾灑在斑駁的柏油路面上，頭頂金黃色的銀杏樹葉窸窸窣窣地在空中盤旋而下。

「媽……」女兒的聲音再次響起時已經落到了她的身後，還變得有些期期艾艾。

「妳到底想說什麼？」她收住了腳步，雜誌順勢夾在手臂肘下，轉身看著自己上國中的女兒，臉上多了幾分僵硬的笑容。

「我……我們還是，別去找，找李老師了吧，求妳了，媽？」女兒的目光中閃過一絲恐懼，烏青的右眼眶在陽光下顯得格外刺眼。

身後不遠處隱約傳來了第三國中課間操的廣播聲，周圍安靜極了，偶爾才有一兩個人經過。

她眼睛裡的光一點點地在消失，說話的聲音也變得低沉而冰冷：「這時候才知道丟人了？」

「可是我……」女兒哀求的聲音欲言又止。

她卻徹底沒有了耐心，粗暴地伸手一把揪住女兒的頭髮，不容分說便加快腳步向前走去。

她決定的事，沒有人能夠說「不」。

＊　＊　＊

一陣急促的腳步聲在寂靜的夜色中響起，由遠而近，警務站值班室的門隨即被人重重地撞開。

「我、我老婆孩子，她們好像出事了，打電話都沒有人接，我四處都找遍了……我該怎麼辦……」站在門口的是一個四十出頭的中年男人，個子不高，有些過早的謝頂，身上穿著件黑色的皮夾克，拉鍊一直拉到脖子的位置，藏青色的褲子，腳上穿著一雙蒙了一層厚厚灰塵的黑皮鞋。

消防隊員老裴認出了中年男人正是住在自己樓上的鄰居，叫王志山，今年 47 歲，在市印染廠供銷科上班，便趕緊上前拉他坐了下來，一邊倒水給王志山，一邊向值班的派出所警員丁然做了簡單介紹。

王志山手裡緊緊地抱著一次性紙杯，囁喏半天卻一口水都喝不下去，最後索性把紙杯放在桌子上，他說自己出差了，今天下午 6 點半才下火車，可是到家後卻怎麼也找不到自己的妻子趙秀榮和女兒王佳，手機也打不通，城北的娘家也說沒見到人。

丁然和老裴互相看了一眼，接著問：「你和孩子學校老師聯繫過嗎？」

「她……我女兒因為身體原因，一直請病假的。」王志山緊張地咬著嘴唇。

「老王，那佳佳的同學那邊呢？」老裴同情地問道，「佳佳是個好孩子，你老婆也管得很嚴的，不會亂跑的呀。」

一聽這話，王志山便無力地擺擺手，嗓音嘶啞：「都問遍了，回答都是一樣的 —— 沒看到。」

「那你家屬是從事什麼工作的？」丁然有些不甘心，他一邊在工作筆記上做著紀錄，一邊頭也不抬地問，「她今天去上班了嗎？」

「我老婆秀榮本來是肉聯廠二工廠的操作工，因為身體不好就提前內退了，她在家照顧佳佳的起居，還輔導功課，我經常出差，哪有精力顧得了兩頭啊。」王志山委屈地嘀咕，雙手緊張地來回搓弄著。

「母女關係怎麼樣？」

王志山的神情變得有些局促：「還、還行，孩子到了叛逆期，總是會有些頭痛的。只是我一個男人，不太了解這些的。」

「那你最後一次是什麼時候和你家屬聯繫的？」丁然問。

「出差那天。」

丁然一愣，他停下了手中的筆，抬頭看著王志山，目光中閃過一絲狐疑：「你一週都沒和你家屬聯繫了？」

老裴在一旁聽了，趕緊拽拽丁然的衣袖，俯身耳語：「老王是出了名的『妻管嚴』，口袋裡最多不會超過 10 塊錢，即使出差，撐死也就這個數。」他晃了晃 3 根手指，「他當然得精打細算了，這長途電話費又那麼貴。」

丁然下意識地上下打量了一番坐在面前的王志山，點點頭，右手飛快地寫完最後幾個字後，便把紀錄本遞給他：「你再看看，確認下，要是沒意見的話，就在每一頁的下面簽個字再按個手印，還有頁面上有你名字的地方，都別忘了，我等下就上報給所裡。」

王志山連忙站起身，二話不說抓過桌上的原子筆後便在每頁紙上迅速簽下了自己的名字。

「你不詳細看看有沒有什麼差錯嗎？」丁然抓著筆記本，吃驚地問。

「不看了，不看了，不會錯的，我們什麼時候去找人？」王志山一臉的焦急，像極了熱鍋上的螞蟻。

丁然伸手抓過桌上的電話機：「我這邊只是警務站，我得先通知所裡查看監控，你不要急，先回去，等下有消息了我會打電話聯繫你的，你就在家裡安心等著吧。」

話已至此，王志山的臉上閃過一絲絕望，他重重嘆了口氣，神情落寞地轉身離開警務站。

老裴見狀，和丁然打了聲招呼，然後拿著腳踏車鑰匙追了出來：「老王啊，我看秀榮她們不會出事的，我正好要回家，等下叫我兒子一起幫你找找。」

「那太謝謝你了。」王志山面露感激。

王志山走了，老裴從警務站旁推出腳踏車，站在夜風中朝著社區的方向若有所思，幾分鐘後，他騎上腳踏車朝相反的方向飛快地騎走了。

＊　＊　＊

一週後。

陰雨連綿的午夜，市局值班臺的電話鈴聲響了起來。

「喂喂，110 嗎？我要報警，這裡好像出事了。有人躺著一動不動的……」報警人的聲音急切而語速飛快。

「躺著？在哪躺著？幾個人？還有生命跡象嗎？」值班員一邊問話一邊在電腦上飛快地記錄著通話要點。

「兩個人，在老文化宮這邊靠馬路的第三間店面房裡躺著，我剛下中班，路過的時候無意中看到的，這玻璃門應該是鎖著的，我推不開。你們快來吧，我也不知道裡面發生了什麼，那兩人的姿勢有點怪，地上好像還有血，這一動不動的，應該是死了吧……」報警人的聲音越來越小，最後近乎耳語。

「好的，你站著別動，我們的路面巡邏馬上過去。」

「等等！」電話那頭的報警人突然驚喜地說道，「有個人好像還活著，我剛才用手電筒光朝裡面晃晃的時候，她手臂抬了下，就是靠牆那個，像個年輕女孩，頭髮很長蓋住了臉，都是血，你們趕緊通知，我現在想辦法把鎖弄開進去救人……」

話音未落，電話那頭傳來一陣金屬的撞擊聲，接著便是一聲巨響，夾雜著玻璃碎裂的聲音和報警人連連的慘叫聲。

「喂喂，出什麼事了……」值班警員倒吸一口冷氣，他意識到事態突然變得非常嚴重。

值班室裡的空氣瞬間凝固。

「喂喂，你沒事吧？快回答我……」值班警員不斷地衝著電話機呼喊著，可是電話那頭除了一片嘈雜的車輛報警聲外，便再也沒有了應答。

此刻，值班室牆上的紅色電子掛板顯示時間——2010 年 9 月 27 日 23 點 32 分。

＊　＊　＊

早上 5 點剛過，晨霧彌漫，一輛警車無聲無息地在社區 2 棟樓門口停了下來。丁然鎖好車，順勢整理了一下警服，然後便快步走進樓棟，幾分鐘後 403 室的門被敲響了。

看著站在門口的丁然，王志山先是愣了一會兒，好不容易才想起是一週前警務站的警察，他回過神來後剛想開口請丁然進屋，丁然卻搖搖頭：「你老婆跟孩子是不是又失蹤了？」

王志山點點頭，臉上露出苦笑：「會回來的，沒事。我管不住她們，家裡也不是我說了算，所以就不去你那邊麻煩你了。」

「直接跟我去趟市局吧。」丁然不動聲色地說道。

「市局？你找到她們了？」王志山退後一步，右手下意識地去摸門把手，臉上的神情依然有些迷糊。

「是的，但是需要你去市局刑警大隊配合一下工作。」丁然的目光瞬間變得有些犀利，他的右腳腳掌借勢牢牢地抵住了門的凹槽，伸手一指門邊的衣帽架，「你什麼都不用帶，拿上那件夾克就行，我等你。」

兩人並肩走下樓梯的時候，三樓消防隊員老裴家本來開著的門應聲被用力關上了，門後傳來一陣竊竊私語，似乎在激烈地爭論著什麼。丁然看了眼身邊的王志山，面無表情。

第一章　致命的祕密

如果你已經一無所有，你還願意付出什麼代價來掩蓋一個致命的祕密？

01

2019 年 4 月 4 日，一個很普通的日子，陽光明媚。

犯罪心理學講師李曉偉抱著一大堆講義走出階梯教室，抬頭見到章桐站在走廊上，便驚訝地問道：「出什麼事了嗎？」

章桐是個很特別的女人，幾乎從不在李曉偉面前穿警服，哪怕來警官學院找他時也都是一身極為低調的便裝。

此刻的她卻警服筆挺，褲管上一絲褶皺都沒有，帽子拿在手裡，眉宇間神情有些落寞。

「我今天去送一個局裡的同事，回來的時候路過這裡，就順道來找你了。」章桐一邊說著，一邊摘下了胸口的白花，「小九的車在門口等我，等等我還要回局裡。」

李曉偉臉上剛浮現出的笑容消失了，他往走廊邊上站了站：「是不是刑警支隊的丁然警官？我聽說了，太突然了。」

章桐的聲音有些沙啞：「心因性猝死，才 41 歲，還很年輕。」

「妳沒事吧？別太難過了。」李曉偉關切地打量著她臉上的表情。

「我沒事，只是剛才在告別儀式上的時候，丁然家屬那哭聲……唉，你知道的，我不喜歡聽哭聲。」章桐一聲長嘆，眼眶中竟然有了些許淚光，「元凱酒店那個案子，刑偵大隊付出的代價實在是太大了，抓捕的時候傷了好幾個不說，現在案子破了，丁警官卻連一句話都沒來得及留下就走了，不說他的家屬，就連我們這幫同事一時半會也是無法接受的，更何況那孤兒寡母。」

李曉偉輕輕嘆了口氣：「我認識丁警官，他是個好人。」

「你見過他？」章桐有些意外，「他可是個做事比我還低調的人。」

這時候，上課鈴聲響了起來，走廊裡瞬間變得鴉雀無聲。李曉偉把講義換了隻手抱著：「走吧，我們去辦公室聊聊。」章桐點點頭，兩人並肩順著走廊向前走去。

「那是前年初冬12月分，我還記得他那天來找我的時候都快下班了，外面下了好大的雪。」他伸手推開辦公室的門，房間並不大，都不到四個平方公尺，桌椅都是最簡單的，雖然裝修寒酸了點，灰白色的牆壁沒有一點生氣，但是好在安靜，位置在走廊的盡頭，窗外還能看到一株盛開的山櫻花樹。

「我要是沒記錯的話，丁然應該是三年前被調到刑偵大隊的。」章桐在椅子上坐了下來，在這個角度正好看到了辦公桌上那個夾著兩人合影的小相框，她的臉微微一紅，趕緊把目光移開。

「是的，他來找我的時候就刻意說明了自己的身分和目的。」李曉偉倒了杯水給章桐，放在她面前後，便坐下接著說，「在這之前我都沒有機會和他認識，他說是從看守所的趙軍那裡打聽到了我的聯繫方式，所以才來找我的。前年七月初警官學院有個通知，不是基層上來的講師都要下去鍛鍊一段時間，我就在市看守所待了三個月，趙軍是那裡的教官，工作之餘我就順便幫他解決了一點小問題。」

章桐明白李曉偉所說的『小問題』是什麼：「難道說丁然也是因為私人問題找你的？」

「不，」他搖搖頭，「一個案子，差不多九年前發生的，那時候丁然還在基層派出所，據他所說是他第一個接警的人。」

「你說的是不是發生在 2010 年 9 月 27 日的市文化宮門面房裡母女被害案？」章桐上身前傾，目光緊緊地盯著李曉偉。

「沒錯，就是那個案子，包括報警人在內一死兩傷，那女孩的情況有些糟糕。」李曉偉突然話鋒一轉，「妳今天特地跑來找我應該也是為了這個案子吧？」

「那是一起懸案，但我很感興趣。」章桐並沒有正面回答他的問題，「丁然是怎麼跟你說的，你現在還記得嗎？」

「也沒多少有用的資訊，基本上就是這個案子至今沒破，雖然他離開了派出所基層，也把它移交了，但要徹底放下不太可能，所以丁警官就想要我幫忙看看能不能從犯罪心理的角度來鎖定犯罪嫌疑人。」

章桐輕輕嘆了口氣：「我明白，這是心結，每個當過刑偵的人幾乎都會有。」

「他說這個案子的凶手當時來看應該歲數不大，屬於衝動型的暴力犯，法醫的驗屍報告裡都有提到，犯罪手段非常殘忍，所以丁警官很擔心這案子拖久了，不知道凶手會不會再犯案。」李曉偉輕聲說道。

「你的意思是這種案子再犯的可能性非常大？」章桐問。

「是的，綁架不是為財，凶手的目的很明確。」

「那丁然有沒有跟你提到過案發現場的事？」

「說了。」李曉偉靠著椅背，十指交叉疊放在椅子扶手上，陷入了回憶中，「那地方離工業園近，周圍除了娛樂場所和酒吧一條街外，配套的居民社區還沒入住滿，所以一到晚上行人就比較少，當時報案人急著救人，想辦法去打開玻璃門的金屬鏈條鎖時無意中觸發了門口連線著金屬鎖頭的一個小型爆炸物，據說是用炮仗改裝的，雖然爆炸面積不算太大，房間內裝修的灑水器很快就把幾處零星火勢給撲滅了，但是大門旁受到波及被炸裂的水管卻噴湧而出大量自來水，把現場弄得一團糟，導致很多重要的證據都被損毀。據說受害者的女兒雖然撿回條命，腦部卻受傷嚴重，事後對當時所發生的一切毫無印象。女孩出院後沒多久就被她父親接到老家海東小縣城去休養了。老房子也賣了。幾年後，聽說女孩父親車禍去世了。為此，丁警官很自責。」

「『自責』？」

李曉偉點點頭：「死者丈夫王志山只在他手裡報過這一次案，時間正好在命案案發前一週，聽說後來他女兒找到了，好像是因為母女不和，叛逆期的女孩子嘛，可以理解，王志山也去警局打過招呼並且撤了案。誰都不會想到一週後這事再次重演，只是這一次王志山就沒有去報案，因為他每次在家只待兩天不到就又走了，而這一次出事的時候，他被證實還在S市。沒辦法，作為供銷科長，工作忙碌也很正常。丁然警官卻覺得如果自己在接到報案時就能意識到這將會是一起刑事案件並且足夠重視的話，或許就能挽回一條無辜的生命。」

「這是不可能的，世界上沒有真正的犯罪預言家。」章桐微微皺眉。李曉偉聽了，嘴角露出一絲苦笑。

「那你給了他什麼建議？」章桐問。

「等！」

「『等』？」她似乎有些不太相信自己所聽到的話。

李曉偉站起身來到窗前，看著窗外：「等他再次下手。」

「都已經隔了快 9 年了，你確定他還會再做嗎？」章桐也站了起來，她拿過自己的警帽戴上。

「會的。」李曉偉的回答斬釘截鐵。

「動機呢？會不會是復仇？」章桐問。

「我不知道，只能說有這個可能。」

房間裡一片寂靜。

「好吧，那我先走了，我還要回局裡去。」章桐正要離開，李曉偉卻轉身叫住了她：「等等。」

「怎麼了？」

「妳今天來找我，肯定不是單純來聽我灌雞湯的。那幾張驗屍相片我看過，不是人做得出來的事，所以……妳注意安全，有需要我的，隨時找我，我手機 24 小時都開著。」

章桐微微一笑，轉身離開了李曉偉的辦公室。

窗外，輕盈的腳步聲漸漸遠去，粉紅色的花瓣被風吹向了空中。李曉偉的目光落在了面前那張兩人的合影上，許久，嘴角終於洋溢起了一絲暖暖的微笑。

＊　＊　＊

警官學院外，正午的陽光灑滿街頭。

痕檢工程師小九從車窗裡探出頭招呼：「章姐，我在這。」

章桐緊走幾步上前拉開車門低頭鑽了進去，警車應聲啟動開上了馬路口。

「車怎麼挪位置了？」

「那保全把我趕走了，說那牆底下不能亂停車，除非我是在執行公務，否則都要貼罰單的，對了，李醫生怎麼說？」小九邊開車邊問。

去警官學院教書之前，李曉偉在市第一醫院心理門診部上班，可惜的是三甲醫院的待遇和清閒的部門都沒有能夠真正留住他的心。儘管如此，小九卻還是習慣稱呼他『醫生』。

章桐嘀咕：「丁然找過他。」

「妳說什麼？」小九雙眉一挑，「真沒想到啊，姐，老丁那個悶葫蘆還挺會找專家的。那是什麼時候的事？」

「三年前了，算起來應該是 2016 年的時候找他的。」章桐斜靠在後座的椅背上，目光看著窗外轉瞬即逝的街景，「他不是為了我們手頭這個案子，他是為了 2010 年 9 月分的那個案子去的。」

「是不是文化宮門面房那個？」小九一臉的疑惑。

「沒錯，一死兩傷，活下來的是死者的女兒和一個剛下中班的機械廠工人。由於第一現場發生過小面積的爆炸，炸裂了水管，房間裡到處都是水，等消防隊員趕來救火時又用了二氧化碳滅火器，這來來回回地一折騰，所以怪倒楣的，周圍又沒有有效的監控探頭。而那兩個活下來的根本就說不出什麼有用的線索，從技術層面上來講，這個案子的破獲難度就相對比較大，時間就拖下來了。除了屍體上的傷痕和被嚴重損毀的性器官，還有用刀的手法，我都仔細比對過，雖然能排除醫學背景，但也是個熟練用刀的人，並且和我們手頭南江新村的這起案子相似度很高，凶手完全戳爛了死者的性器官，上身和下體的，死者身上卻沒有明顯受到性侵的跡象。我昨天晚上對過去十年發生在本地的 8 起相似案件中，每個受害者身上傷口的詳細紀錄相片都進行了逐一梳理，最後除了 2010 年這個案子，我還真找不到有第二個那麼像的。」

「所以老丁才會想到去找李醫生，此路不通那也真是無奈的辦法了。」小九輕輕嘆了口氣。

「去找他沒用，這種證據大量缺失的懸案他那邊也沒什麼辦法，線索太少了。」回想起李曉偉剛才所說的那個字『等』，章桐的心瞬間被揪緊。

「姐，從作案手法來看妳說這次會不會又是那傢伙做的？」

「嚴格來講只能說『手法相似』。」章桐轉而問道，「小九，說句題外話，你們辦公室和丁然他們靠得近，每天見面機會多，他有跟你提到過這個案子嗎？」

小九抬頭瞥了眼後視鏡，尷尬地笑了笑：「姐，我們男人在一起私底下一般很少討論工作上的事的，更何況我們分屬部門不同。」

章桐聽了，點點頭，也就沒再多說什麼。

＊　＊　＊

市警局大院裡靜悄悄的，古銅色的啄木鳥銅像在午後的陽光裡無聲地沉默。

市局會議室裡坐滿了人，幻燈片機正在不斷地展示著案發現場的相片，單調的咔咔聲在房間裡四處迴盪，最終停在了案發現場南江新村社區西北口的那張監控截圖的照片上，鏡頭中是個男人的背影，不是很清晰，身穿一件條紋 T 恤衫，咖啡色外套，深色褲子，平頭，手裡提了個黑色塑膠袋，螢幕一角顯示時間是上午 9 點 28 分。

刑偵大隊童小川沙啞而又沉重的嗓音響了起來：「天凱賓館的案子我們已經告一段落了，我也知道大家都很累，巴不得能好好休息幾天，但是案子不等人，尤其是南江新村出租屋的這個命案，剛才現場的相片大家也已經看到了，作案手段實在惡劣，前期城南分局那邊做過現場勘查，也對周邊進行了走訪，但是結果不容樂觀。現在他們正式向我們求助，並且死者遺體在昨天就已經和材料一起送過來了，由我們局刑科所接手。鄒強，你詳細介紹一下案件情況。」

鄒強是局裡的專案內勤，所有案件一手資料都必須經過他的手進行整理彙總。

「南江新村地處我市城南，屬於城南分局管轄範圍。社區建成於 20 多年前，因為周邊各種交通都很便利，所以社區裡住了很多外來人員，登記在冊的租戶目前為止共有 892 戶。」

「4 月 2 日中午 10 點 03 分，南江新村 1 棟有住戶打電話給市燃氣管道公司，說樓道裡有異味，疑似管道燃氣洩漏。消防部門會同燃氣公司檢修人員在 15 分鐘內趕到現場，疏散住戶後，經過檢查在樓內確實發現了洩漏跡象，尤其是在 3 樓和 4 樓之間，3 樓和 4 樓總共 4 家住戶，電話落實了其中 3 家，都確定不在家，唯獨 302 出租戶卻始終聯繫不上，敲門也沒有反應，而燃氣公司儀器顯示 302 門口外洩的燃氣濃度最大。在確保安全的前提下，消防透過陽臺破窗進入臥室屋內，這時候才發現屍體的，死者沒有穿衣服，整個人呈仰臥狀，半個身體在床上，雙腳搭在床沿外，頭東腳西，渾身上下都已經被鮮血浸透了。」鄒強把幻燈片退回到了第三張臥室案發現場全貌。

「經過房東辨認，死者正是 302 室的承租戶寧小華，23 歲，生前是市第三醫院急診科 ICU 病房護理師，因為工作時間不長，又要三班倒，所以社會關係非常簡單，無論是同事之間還是病患之間，所得到的評價都很高。她是個非常熱心的女生。」說到這裡，鄒強輕輕嘆了口氣，「我認輸，我真的不忍心再說分局法醫做的屍檢報告了。」

副局長在菸灰缸裡掐滅了手中的菸頭，聲音低沉：「我聽分局的老張說凶手是在受害者還活著的時候直接下手的對不對，章醫生？」

章桐點點頭：「在體表沒有找到任何抵抗傷，這一點是很反常的。後來便在死者體內檢出了大量吸入性麻醉藥物的痕跡。而根據傷口附近組織生活反應可以判定為受害者的瀕死期發生在性器官受到攻擊的時候，從瀕死期經歷臨床死亡期直至最後的生物學死亡期出現，總出血量結合室溫判斷，死者的死亡時間應該是在凌晨 5 點到早上 8 點之間。」

「她有沒有受到性侵害？」

「不好下結論，」章桐搖搖頭，「不只是胸部雙乳，死者下體器官也被嚴重破壞。盆腔動脈被割斷，死者的血幾乎都流乾了，地板上到處都是，還蔓延到了浴室附近。我對主要死因『創傷失血性休克』沒有意見。」

副局長把目光投向了鄒強：「現場門窗呢？門鎖有沒有被破壞？是不是直接進入？」

「是的，除了被消防破拆的那兩扇陽臺窗戶外，別的都沒有發現暴力入室的跡象。可以確認凶手是直接進入的房間。案發現場是一室一廚一衛的結構，外屋地面是仿大理石塑膠布的，現場的痕跡報告證實在屋內和玄關處的足跡比較凌亂，但是經過比對可以肯定來源都是死者鞋櫃上的鞋子，而且成趟，推測是死者自己平常穿鞋所留下的。整個公寓內除了死者的足跡外，還採集到一組陌生的尺碼為 41 的網狀軟底鞋印以及幾枚模糊的血鞋印，後者因為覆蓋了大量死者的血，又是在床的邊角，所以提取有難度，只能確定大概是 39 碼左右，奇怪的是這幾枚血足印卻沒有成趟的跡象。而那雙 41 碼的鞋子無論是在死者家的鞋櫃，還是工作地點的鞋櫃裡，都沒有發現。」鄒強把幻燈片拉到現場足印的部分，接著說道，「該 41 碼鞋印只出現在案發現場 302 公寓內的玄關處，並且有完整的進出痕跡，鞋印上沒有覆蓋血跡，周圍地面上也沒有發現明顯血跡，目前可以考慮排除這不是死者的。因為鞋櫃中死者平時穿的鞋子都是 39 碼。」

「這現場的血跡過於淩亂，我建議對血跡成因做進一步分析，而且鞋子方面這點還不好下結論。」章桐拿出了自己資料夾中那張鞋印影本，「你們看，足尖用力明顯偏向於大拇指，這雙 41 碼鞋子的主人年齡在 25 歲到 30 左右，和死者年齡是差不多的。」

「可以確定性別嗎？」童小川問。

「現有的狀況下難說，」章桐伸手比劃了下，「雖然是 41 碼，排除掉大腳穿小鞋的機率，還有一種可能供大家參考，那就是從事特殊工種需要長期保持站立姿勢的女人大多都有備著第二雙軟底鞋上班的時候用，尺碼會相對比較大一點，鞋子也輕一點，就說我吧，因為要長時間站立工作，足弓，腳掌和腳踝都容易浮腫，所以我上班需要解剖屍體的時候都習慣穿大兩號的工作鞋，軟底網狀斜紋，我現在穿的就是 41 碼。」她指了指牆上的幻燈機螢幕，「再加上足印成趟出現在玄關，而死者又是一個護理師，這樣就更無法完全肯定這是凶手留下的足印了。小九，你們痕檢應該抽空再去趟現場和死者工作地點看看死者的鞋櫃，並且詢問一下周圍的護理師，看看死者是不是也有這麼一雙特殊的工作鞋。」

「沒問題。」小九在打開的工作筆記本上記下了概要。

「這死者的背景未免也太完美了。」童小川在一旁嘀咕，「年輕，性格陽光，生活中沒有與人交惡，也沒有與人有經濟糾紛，尾隨進屋的話，房間裡更是沒有打鬥的痕跡，也沒有明顯清掃過的痕跡，而屍表也沒有任何抵抗傷。你們說，這到底是為什麼？單純為了殺人嗎？」

一直默不作聲的政委抬頭看了看他：「難道是熟人突然襲擊？」

鄒強搖搖頭：「走訪報告顯示她並沒有男朋友，甚至連異性朋友都沒有，家人都在外地，一年回一趟老家。死者因為剛工作沒多久，又是在最忙碌的 ICU 病房，她的社交圈就幾乎都集中在幾位當班同事那裡，還有她的培訓老師，也是個女的，分局的同事都了解過了，排除了作案嫌疑。」

「那她會不會幫陌生人開門？」

「不會。」童小川指著幻燈機螢幕上那張現場門鎖的相片，說，「除了正常的防盜鎖，她還加了一道插銷鎖和一道鏈子鎖，分局那邊問過房東，證實防盜鎖是死者要求換的，插銷鎖和鏈子鎖也是死者自己加的，應該是周邊治安不太好的緣故，死者的個人警惕性還是蠻高的。剛到現場的時候，除了插銷鎖和鏈子鎖外，剩下的防盜鎖是好好的，顯然凶手是直接離開的案發現場。」

副局目光深邃：「你們派人再去案發現場樓裡走訪下，我總覺得死者被凶手盯上的機率比較低。如果只是隨機性挑選謀殺的話，那就難了。對了，這最後一張相片中的人能確定身分嗎？他是不是我們案件的犯罪嫌疑人？」

「只能是疑似，」鄒強回答，「分局那邊走訪回來說案發樓棟 1 樓 102 公寓的住戶張阿姨向警員反映 4 月 2 日上午 9 點 15 分過後，她帶著自己的小孫子去社區遊樂場玩，當時就看到樓上下來這個男人，因為面生，所以就多看了一眼，那時候的時間不會超過 9 點 20 分前後，而符合衣著特徵描述的人就只有鏡頭中這個 8 分鐘後出現在社區西北口往外走的男人背影了。可惜的是社區周邊的監控不多，從僅存的這個鏡頭看，這是目前為止他在社區裡唯一的影像。」

說著，他從筆記本裡拿出一張 A4 紙遞給身邊的人：「這是他們根據張阿姨的描述找人畫的模擬畫像，辨識度並不高。我已經通知圖偵組對那個時間段從西北口出去所有的途徑停靠公車計程車以及周邊商舖監控資料進行彙總追蹤了，希望能有進一步的消息，不過別抱太大希望。」

「他是什麼時候進入南江新村的？」

「早上 7 點 30 左右，他是從一輛計程車上下來的，城南分局曾經想找到這輛計程車，但是因為周邊監控太少，計程車公司也沒有硬性規定要司機開 GPS，所以儘管問了一大圈，卻還是一無所獲。」

「那目擊證人老阿姨怎麼對自己的出門時間這麼敏感？」副局問。

鄒強咧了咧嘴：「走訪的同事也提到了這個問題，老阿姨說她孫子迷上了一部卡通片，而這卡通片播放的時間是從星期一到星期五每天早上 8 點 45 到 9 點 10 分，接下來她就會帶著孫子去社區遊樂場玩，這是她雷打不動的日程表，即使是下雨天也會出去，說實話這老阿姨帶自己的孫子可用心了。」

副局聽了，若有所思地點點頭。

「我也會對屍體做進一步的復勘。」章桐合上工作筆記，「還有就是……我總覺得這個殺人手法似曾相識。」

童小川頓時來了興趣：「難道妳說的就是丁然跟我提到過的 2010 年那

起案子？妳這麼一說，我也覺得有點像。」

章桐點點頭，神情嚴肅地伸出兩根手指：「第一，現場有爆炸物背景；第二，同樣的手法損毀死者的兩處性器官，就連使用的凶器也是高度類似。」

「很好，我們下一步的重點工作還要加上一條有關丁小華和當年的受害者一家有沒有交會的可能。」政委站起身，一邊整理會議紀錄本一邊說道，「童隊，你們的人要好好查查，如果我們這次能順帶著破了 2010 年那個案子，那就太好了。今天就到這裡，大家散會。」

02

凌晨一點，窗外夜風呼嘯。

看著滿桌的屍檢相片和前後相隔將近 9 年的案發現場模擬圖，章桐睡意全無。她拿過筆，開始在紙上飛速寫下自己的想法：

第一，南江新村的案子，死者寧小華的身上並沒有發現抵抗傷。

第二，市文化宮門面房中被害者趙秀榮的身上除去死後因爆炸物產生的衝擊波所造成的嚴重挫裂傷和表皮並不很嚴重的燙傷外，顱骨左側顳部出現的外傷性硬膜外血腫更是幾乎把受害者一隻眼球都打出了眼眶，從顱骨骨折形成的創面狀態來看，能造成這種傷害的凶器必定是棍棒類質地堅硬的鈍器。

第三，由於圓柱形棍棒表面是圓弧形，打擊在人體上僅有部分能夠接觸，並且各部分的受力壓強也不同，因而造成的損傷有明顯的特徵。最常見的就是傷口邊界不清。受害者的這些傷口都集中在身體正面，可以確定她在生前受到了一個手執圓柱形棍棒的凶手正面襲擊。這些襲擊行為終結於顳部的那一次重擊。對這個結論，章桐沒有任何異議。

但是看到那張死者趙秀榮後背的相片時，她不由得停下了手中的筆，緊鎖雙眉。這是一道非常特殊的傷痕——同樣是棍棒傷，但是傷口邊界卻非常清楚。這是均勻的帶狀挫傷，形成於受害者還活著的時候，傷口的寬度與凶器的接觸面寬度幾乎一致，而造成這種傷害的可能只有一個，那就是方柱形棍棒快速猛擊受害者後背平坦且肌肉組織豐富的部位，才會造成有別於圓柱形棍棒的帶狀中空型挫傷。誠然受害者在臨死前曾經和人發生過激烈的搏鬥，顱骨顳部那一擊直接就把受害者打倒在地並徹底失去反抗能力。但是後背這一擊卻應該是發生在受害者倒地之前，否則的話，平躺的受害者是無法在後背形成相片中這樣特殊角度的傷口的。

凶手怎麼可能在變換攻擊角度的同時迅速變換手中的棍棒類型？仔細看去，後背這一擊力道也是非常大的，足夠讓人無法站穩身體從而迅速前傾。受害者身高在 168 公分，體態中等，章桐拿出直尺開始計算大致攻擊的力度和角度，最後看著紙上的結論，她愈發陷入了疑惑之中，因為在能造成受害者身上傷口的前提下，顳部的創面角度所對應的攻擊高度與後背的高度有很大的差異，哪怕是雙手舉高，後背的攻擊者也不可能換了棍棒然後迅速製造出前者的角度，也就是說會不會現場有兩個凶手存在？

反覆計算幾次後，章桐很快就排除了受害者在跪著的時候受到兩次致命打擊的可能，因為角度完全不對。

看著技術部門從現場找回的各種可能成為凶器的物證相片，她不斷地搖頭，低聲自語：「不，不，不，至少有三種，都不在裡面，都被帶走了。」

受害者身上的銳器傷特定集中在性器官所在的位置，其餘的都是棍棒傷，但是沒有必要準備兩種不同形狀的棍子，而且兩種棍傷幾乎是同一時間段形成的，難道是案發現場臨時換棍子？有這個必要嗎？看現場，也沒有什麼設施有人為損壞的痕跡，這排除了凶手就地取材作為凶器的可能。

相片中因為灑水器和爆裂水管造成的滿地狼藉，章桐又轉頭看向那張南江新村幾乎到處都是血跡的案發現場，突然心中一動，她拿起手機撥通了李曉偉的電話。

電話只響了一聲就被接起了，儘管半夜三更，那頭的李曉偉卻仍然精神抖擻：「妳在哪？」

章桐啞然失笑：「別緊張，我沒事，我找你只是想問一個問題，記得你曾經跟我說過殺人犯第一次殺人時會很匆忙，緊張，甚至於犯錯，但是後來就不會了，對不對？」

「是的，畢竟殺的是同類，情緒波動很正常。要知道人性這個東西是人生來就固有的，哪怕經過特殊訓練也無法做到完全抹殺。」頓了頓，李曉偉接著說道，「但是第二次開始的話，那就是單純地追求個人感官刺激了。」

「那刻意傷害女性特徵的器官有什麼特殊意義嗎？」

李曉偉不假思索地回答：「針對女性的仇恨吧。」

「9年前是在死後形成的，但是9年後卻是在活著的時候，這意味著什麼？」

電話那頭瞬間沉默，半晌，李曉偉才低聲說道：「說明他的犯罪人格現在已經完全成熟了，已經不再滿足於在屍體上下手，他渴望看見痛苦。他現在就是一個徹頭徹尾的反社會人格障礙，對生命完全採取物化的態度而不會有一絲同情。妳要小心。」

「為什麼要我小心？我是警察。」章桐看著窗外夜空中的星星，笑了，「警察不應該感到害怕。」

「但是在他的視角裡就只有女人和男人，沒有好壞，也沒有警察，更沒有畏懼，妳明白嗎？」

「我沒事的。」章桐輕輕嘆了口氣，應聲結束通話了電話。李曉偉並不希望這兩個案件是同一個人做的，可是，相同的位置，一模一樣的單刃刺切創，菱形的刺入口，創緣也非常整齊。這種情況發生在兩具屍體身上，章桐沒法說服自己這不是一個人做的。

這個世界上幾乎人人都會用刀，刀具的種類也有上百種，但是再怎麼改變，用刀的手法就是一個人的習慣，而人的習慣一旦形成就很難再有所改變。

閉目沉思了一會兒，再次睜開雙眼時，章桐的目光落在了死者女兒王佳的頸部相片上 —— 對稱的深紫色的淤血疤痕，這是兩個大拇指印留下的痕跡，扼住了舌骨的位置，雙手虎口正好扼住了兩邊的頸動脈和頸靜脈，用力之大，以至於被救後 24 小時拍下的這張相片依舊清晰可辨。而這樣的只有成年人的手掌才會造成的。

真可惜自己沒有辦法親眼見到這個扼頸痕，如果當時能詳細測量的話，是完全可以知道凶手的手掌大小，從而推算出凶手性別和年齡的，但是現在看來，自己只能放棄這條線索。

回到案件上，為什麼母親死得這麼慘？而女兒卻只是被掐昏？難道說凶手不忍心對王佳下手？母愛的天性是可以解釋母親身上的傷口，但是差距這麼大，未免也太難以讓人信服。

而南江新村案件中，凶手已經變得非常冷酷。照他這樣的作案手段，9 年前的案件中，王佳就絕對不會存活。

除此之外，案發那晚王佳被送往醫院搶救後，身上本該做的各種證據固定卻因為第二天上午她的監護人，也就是她父親王志山的堅決反對而沒有做。

最後一處疑點，就是死者十指指甲縫隙中的殘留物。章桐翻遍所有的已知報告資料，卻並沒有發現這兩個案件中有相關的檢驗報告被遞交上來。前者可以理解為趙秀榮活著的時候沒有和凶手近距離接觸，而制服寧小華的凶手只要速度夠快，兩者之間也不會接觸，王佳卻不同，她是被扼頸窒息。為什麼就連王佳手指甲縫隙裡的 DNA 檢材樣本都沒有做？出事時王佳是未成年人，王志山難道不希望早日找到殺害自己妻子的凶手嗎？

在整理桌上相片的時候，無意中看到南江新村案發現場玄關處的鞋架，章桐頓時愣住了，盯著相片半天沒有說話。

殺人現場到處都是血跡，幾乎各種狀態都有，而鞋架上那雙淺黃色軟底雨靴後幫處深棕色汙點到底是什麼？難道是人血？什麼時候留下的？她忍不住抬頭看了眼案頭的鬧鐘，心裡思索著要不要今晚去南江新村案發現場看看。

正在這時，案頭的手機發現出了刺耳的鈴聲，章桐猛地回過神，迅速拿過手機。

電話那頭是值班員微微有些發顫的聲音：「章醫生，我市與 S 市交接 23 公里界碑處花橋鎮地界半小時前發生列車爆炸事故，有人員傷亡，上頭需要法醫和痕檢支援，請你盡快到市應急指揮部報到，由市長統一調配。」

「好的。」章桐腦子一片空白，她結束通話電話關掉檯燈，抓起外套和挎包，在玄關處俐落地換了一雙輕便的防水鞋後就出了門。

＊　＊　＊

很多住宅社區只要位置不是過於偏僻，社區門口總是會有夜班的計程車司機等工作，日子久了，這些夜班司機們自然會對一些時不時在特殊時間點出現的客戶有了一定程度的熟悉。

「章醫生，又去加班啊？」熱情招呼章桐的是一位身材偏胖且皮膚黝黑的中年男司機，車輛工作牌上寫著『趙勝利』三個字。他從駕駛座旁的車窗探出頭，「上車，我送妳去。」

章桐也不推辭，拉開車門就鑽進了後排：「麻煩了，市政府應急指揮部。」

計程車迅速開出了岔道，向不遠處的城市交流道開去。

章桐撥通了小九的手機。

——「你接到通知了？」

——「是的，姐，我正準備出發。」

——「南江新村鞋櫃和局裡那邊查的事怎麼樣了？」

——「提取了上面的樣本，所有鞋子也都帶回了實驗室，目前還沒出結果，不過明天五點之前應該差不多了。至於說那雙 41 碼的工作鞋，我問過她的同事了，說不知道具體碼數，也沒怎麼關心這事，因為死者上夜班的次數比較多，夜班也比較忙，見面聊天的機會就很少。」

——「得繼續尋找這雙 41 碼的鞋，還有，左手方向第二層第三雙淺黃色低幫雨靴需要特別關注。我剛才看相片上這鞋子後跟處好像有問題，那塊汙漬你們留心一下。」

——「沒問題，我馬上通知實驗室。姐，我們爆炸現場見。」

結束通話電話後章桐長長地出了口氣，這時候她才注意到今天的老趙似乎有些異樣，不止一聲不吭，一邊開車一邊還時不時地用眼角餘光瞅一眼車後座的自己，總是擺出副欲言又止的樣子。

「怎麼啦，趙師傅？」

「妳不是急診醫生嗎，怎麼去應急指揮部？我以為你要去 17 公里外的花橋鎮呢。」

老趙師傅有個心梗的毛病，上次也是夜班開車，途中突然發病，恰巧章桐坐了他的車，就一邊幫他做心肺復甦，一邊打電話叫來了救護車送他去醫院，在臨走時還做了非常詳細的醫囑，老趙算是撿回了條命。自打那時候起，他就認定了章桐是急診醫生。

「你為什麼會認為我要去花橋鎮？」章桐抬頭好奇地問。

「聽說那裡火車爆炸了，就在半個多小時前吧，聲音可響了，都傳出好幾公里去。我老鄉剛才在群裡說送個客人回來時親眼見到很多救護車過去，還有消防的，現在出城的路上幾乎全是急救車輛和醫護人員。」老趙師傅嘀咕，「應急指揮部在市政府那邊，兩個方向不同……」

「我是法醫，沒機會去救活著的人。」章桐把目光看向了窗外。

＊　＊　＊

這次出事的是一趟紅色 K 字頭列車 K3278，從海川南至川東。開出起點站海川南進入安平市境內沒多久，位於車頭行進方向的第二節車廂就突然爆炸了。

獲准進入被封鎖的現場時已經是早上 7 點，雖然地處野外，周圍都是農田和山坡，但是空氣中卻依然能夠聞到刺鼻的橡膠和金屬的燒煳味。

章桐對所有的氣味都是很敏感的。

站在警戒帶外，她費力地穿上隔離服，突然，不遠處鄉間公路邊上傳來汽車煞車的聲音，緊接著一陣撕心裂肺的女人號哭聲從背後響起：「快放我進去，我老公他在裡面，快放我進去，我要去救他……」

聽聲音是個三十歲左右的年輕女人，身材高挑，身形瘦弱，頭髮披散著看不清臉上的表情，上身穿著一件藏青色的短風衣外套，淺藍色的牛仔褲。此刻，她正一邊掙扎著從地上爬起來試圖衝進警戒帶，一邊依舊拚命地尖叫著。

章桐微微皺眉：「她怎麼就能確定自己的丈夫在這？」

「大概是去過醫院了吧。」分局的法醫老洪重重地嘆了口氣。老洪是個中年男人，因為長時間彎腰工作的緣故，他的脊柱已經發生了明顯的彎曲前傾。「章醫生，我先去 B 號區域。」說著，老洪便衝著章桐點點頭，拿著工具箱朝右手方向走去。

「應該是醫院裡沒找到人吧，不在名單上的只要確定上了車那肯定就往這裡跑了，人嘛，只要活著就都離不開希望的。」小九擺弄著手中相機的鏡頭，因為把工作馬甲套在了防護服裡，所以整個人的背影看上去顯得有些臃腫不堪。

「活著的，傷了的都送走了。」章桐無奈地環顧四周，右手方向不遠處就是一個臨時搭建的存放屍骸的行軍帳篷，「這裡剩下的可都是遇難的人了，唉。對了，我們負責的 2 號出事車廂總共有多少乘客？」

「112。」小九頭也不抬地回答。

章桐震驚不已：「滿員？」

「差不多吧。」小九回頭指了指不遠處站著的兩個身穿鐵路工作服的人，「那是鐵路機務段的人，他們說這是當天最後一趟從海川南開往川東的快速列車，開車時間是凌晨 0 點 27 分，原定到達終點站的時間是上午 11 點 22 分。雖然發車時間比較晚，但是因為價錢便宜，再加上睡一晚就能到達目的地，所以很多要去川東進貨的人幾乎都會選擇這趟車。出事的 2 號車廂和 1 號車廂、3 號車廂是座席，除了 7 號車廂是軟臥、8 號車廂是餐車外，剩下的 8 節都是硬臥。所以這算得上是一個移動的火車旅館吧。」

「對了，姐，剛才實驗室打來電話，說那塊汙漬確實是死者的血跡，而且留下的時間也可以確定是被害前後，外側邊緣上還有小半個模糊的血指紋，但是在指紋庫裡沒檢索到能匹配上。」小九皺眉看著章桐，「足跡方面，41 碼鞋印就是隻停留在玄關，並沒有進入房間區域，不排除是凶手的鞋子；房間地面三分之一以上被死者的血覆蓋，蔓延到洗手間門口和鞋櫃附近，卻沒有接觸鞋櫃，還有 40 公分左右直線距離；洗手間有使用過的跡象，裡面被人清理過；房間內死者的拖鞋共有兩雙，都是塑膠軟底的，一雙沒有穿過，在鞋櫃裡，乾的，上面有灰塵，一雙是死者穿的，在床邊，上面明顯有血跡，兩雙拖鞋款式質地都差不多，並不標準的 40 碼，實際為 39.5 碼；姐那雙雨靴上的血跡又是怎麼回事？難道說是二次接觸上的？」

章桐搖搖頭：「我仔細看過了，血跡沒有拖擦痕跡，屬於滴落型，所以需要做個血跡形成的實驗，弄清楚是在什麼樣的高度才會形成這樣的狀態。我現在不明白的是，臥室內床邊只有一種明顯的帶有血跡的鞋印，屬於死者的拖鞋，玄關處除了死者的拖鞋就是一種 41 碼的軟底鞋鞋印，而鞋櫃裡又只有一雙雨靴的後幫處有血跡滴落的痕跡。鞋櫃高 120 公分左右，第二層距離地面也有將近 100 公分，進深 40 公分左右，這樣的高度就有點意思了。」

「為什麼這麼說？」

「結合屍體傷口深度來看，如果是從凶手的凶器上無意間滴落的話，不可能伸進鞋櫃至少 5 公分的距離而不讓鞋櫃沾染上，除非他是穿著這雙鞋，並且凶器是拿在手裡，作案後把這鞋子小心翼翼清理後放回鞋櫃，根據視野角度，鞋後幫那個位置又偏下，不是刻意去看的話是很容易被忽視的。照這麼推算，凶手身高應該和我差不多，在 165 至 168 公分之間，不會超過 170 公分。」章桐說著，抬頭看向不遠處的出事地點。

「咱手頭這事故處理完了，盡快去趟現場再看看。文化宮那現場是沒辦法去了，畢竟過了 9 年。但是我們還好有南江新村這個，也算是有點曙光。」她轉頭看向小九。

「沒問題。」小九咧嘴一笑，「聽姐差遣。」

＊　＊　＊

這時候的鐵軌附近就只剩下了發生爆炸事故的 2 號車廂殘骸，相隔 20 公尺範圍外用警戒帶包圍。為了不影響後續車輛的通行，鐵軌上已經被清理乾淨了。就在章桐費力地從後門爬進殘破不堪的 2 號車廂骨架時，一輛紅色的列車緩緩駛過事發路段鐵軌，車速明顯比以前慢了許多，車窗裡探出了一張張面無表情的臉朝殘骸的方向張望著。

雖然先期救援部隊已經仔細搜索過整個事發車廂骨架，但他們畢竟是為了倖存的人去的。章桐不一樣，她要做的就是在自己工作區域內固定爆炸現場分散的每一塊疑似人體組織所處的位置，拍照，編號，然後小心地取走歸檔。人體所受到的爆炸損傷可分為原發性和繼發性兩種，前者是離爆炸點最近的人才會承受到，包括炸碎傷，炸裂傷，燒傷和衝擊波傷，而後者則是相對較遠的位置，由爆炸物所引起的投射物傷、人體拋墜傷和擠壓傷，屬於二次傷害。

而 A 區是目前為止所有發現的遺骸中最嚴重的一塊區域，幾乎找不到四肢健全的人體。

進入車廂骨架數個鐘頭後，章桐便在後門附近收集和固定了大量的人體組織碎片與斷肢，有些部分不得不用隨身帶著的木板把它們從車廂壁上刮取收集起來，可見當時這塊區域內的爆炸力度有多猛烈，而不動用 DNA 技術辨別的話已經是沒辦法為這些殘骸判定身分了。最終，數不清的塑膠證據收集袋和小型裹屍袋被堆放在了列車殘骸旁的草地上，等待被收集走。

章桐站起身，環顧了一下車廂:「小九，尋找爆炸中心和投射物的話，我們需要把整節車廂做個復原才行。」

「沒問題，我去找人。」小九邊掏出手機邊往外爬，半道上他突然停了下來，「等等，姐，實時人數帳篷那邊傳過來了，按照乘客名單上的人數彙總，到目前為止還有 6 個人處於失聯狀態。」

6 個人？面對眼前這堆積如山的證據收集袋，章桐無奈地搖搖頭，這時候她才感到自己的後脖頸由於數小時保持不正常的彎曲狀態而開始產生椎心的疼痛。

6 個被炸得肢體離斷殘缺不全的人，他們瞬間失去生命的時候不知道會不會感覺到恐懼？章桐低頭看著自己已經面目全非的乳膠手套，陷入了沉思。

＊　＊　＊

爬下車廂殘骸的時候，已經是下午了。章桐只感覺自己的衣服都被汗水溼透了，她疲憊不堪地坐在草地上，正要伸手拉開防護服的領子透透氣，不經意間抬頭，又一次看到了那個身穿藏青色風衣的長髮女人，這時候女人已經明顯安靜了下來，正站在警戒帶外默默地朝這個方向看著，雙手插在風衣口袋裡，身體一動不動，身後臨近傍晚的陽光幾乎和她融為了一體。

「她——」章桐詫異地站起身，話到嘴邊又嚥了回去。這女人的身旁並沒有別的遇難者家屬，她的出現顯得極為突兀，章桐反而有種不安的感覺，因為她總是無法看清這個女人的臉。

眼角餘光一晃，小九的白色防護服出現在了車門口，他衝著章桐招招手：「章姐，都按照原來所在的位置盡量把它們給復原了，我拍過照了，妳可以先進來看看。」

因為樓梯無法復原，章桐還是只能費力地爬進了車廂。

「這座席車廂是經過改裝的，內部陳設和以前的綠皮車沒多大區別。」小九一邊說著一邊小心翼翼地繞開了 2 號車廂與 3 號車廂之間原來連線處地板上的那個大洞，然後蹲了下來，伸手指指黑漆漆的洞口，「我仔細看過了，這塊區域附近的車廂壁上有明顯的黑色燃燒物痕跡。我已經取樣了。」

章桐沒有吭聲，這時候周遭的光線開始有些減弱，車廂外的幾盞大號應急燈均已經悉數到位，很快便把車裡車外都照得一片雪亮。她開始從後門處緩緩朝車頭行進方向走去，目光幾乎在每一處殘缺的縫隙間滑過：「我們需要弄清楚三點，第一，炸點及爆炸中心高度；第二，何種爆炸物，引爆方法和爆炸物數量；第三，確定犯罪嫌疑人與爆炸物及炸點中心的關係。」

這時候老洪的聲音在車廂外響了起來：「章醫生，B 區方面我們完工了，痕檢的小曲過來幫你們，我這就叫他上去。」

小九一聽就樂了：「是我警校的同學曲浩，姐，妳不用幫我了，先過去吧，我們這邊拉完標尺記錄後就去帳篷那裡找妳。」

帳篷那邊有很多現場屍檢工作等著，章桐也確實不能再耽擱下去，便答應了小九，臨走時再三叮囑：「有需要考核的，馬上和我聯繫，我戴著藍牙耳機，通話方便。」在得到肯定的回覆後，這才放心地離開了車廂。

＊　＊　＊

帳篷在另一個方向，但是那個女人還沒走，她幾乎沒有變換自己站著的姿勢。章桐便向她走去，來到近前，說：「妳是失聯人員的家屬吧？」

年輕女人點點頭。

「我是法醫，妳在這裡等下去沒用，先回去吧，後續醫院那邊有消息了，自然會有人通知妳。」說完這些後，章桐剛要轉身離開，身後卻傳來了年輕女人微微顫抖的聲音。

「他……是不是死了？我打不通他電話。」

章桐沒有回答，穿過農田走進了濃濃的暮色中。直到將要走進帳篷的剎那，她忍不住又回頭看了一眼——那個女人還在，只是變成了一動不動的影子。

「怎麼就不死心呢？」章桐搖搖頭，轉身之際卻和李曉偉差點撞上。

「你怎麼來了？」她感到很意外。

李曉偉雙眼布滿了血絲，身上穿著藍色的防風服，帽子不見了蹤影：「我臨時被通知來做心理疏導，知道妳也在，我就順道來看看。」

「我好著呢。對了，那個女人，」章桐轉身朝不遠處一指，「你來的時候見過嗎？她應該很需要你的幫助。」

「哦，我知道她，來的時候就見到了，隨便談了幾句，她說她叫王佳，失聯人員家屬，她的丈夫裴小剛就在這趟出事的列車上，買的是座席票。」

章桐愣住了：「『王佳』？」

「對呀，王佳，三橫王，佳節的佳。」李曉偉低頭疑惑不解地看著章桐，「妳認識她？」

「奇怪了，她和 2010 年那起我跟你提到過的案件中的女倖存者同一個名字，那時候的她才只有 16 歲，現在應該二十五、六歲了吧。」章桐難以置信地看著遠處的人影，許久，果斷搖搖頭，「不可能的，我在瞎想些什麼呢。」

第二章　往返黑暗

從黑暗中來也必將回黑暗中去，或者說，我從沒有真正離開過黑暗。

01

爆炸現場的處理工作總共被分為五個要點，分別是確定爆炸中心、搜尋投射物、注意燃燒痕跡、提取爆炸殘留物和處理現場屍體。而現場所發現的每一具屍體上的傷口類型就能告訴警方爆炸中心究竟在哪裡。

帳篷內的空間按照屍體的受損程度又被分為 ABC 三個區域 —— A 區主要處理炸裂傷、炸碎傷和燒傷，這裡根本就沒有完整的屍體，它們通常來自裝藥半徑的 7 到 14 倍範圍內；B 區，主要處理程度較輕的炸裂傷、燒傷和較重的衝擊波傷，距離裝藥半徑中心點的位置是 14 到 20 倍；C 區，屍體大多完整，所受的都是單一典型的衝擊波傷，而它距離裝藥半徑在 20 倍以上。

蹲在地上的章桐感覺自己此刻與在戰地醫生工作一般無二，耳畔雖然聽不到傷者痛苦的哀號聲，但是看著 A 區塑膠布上的這些碎屍塊，她的心裡卻感到了陣陣的不安。剛才李曉偉離開時所說的那句話到現在還如鯁在喉 —— 我希望這真的只是一起事故，而不是人為造成的災難。

因為人能很快從天災中走出來，卻一輩子都不一定會走出人禍。

「章醫生，這邊都登記好了。」分局年輕的小法醫實習生起身說道，「下一步怎麼辦？」

「你那邊有每一塊遺骸發現時的原始位置和形態記錄，尋找每一處炸碎傷邊緣皮膚翻捲的方向並且都記下來，結合它原來發現的位置和方向，最後我們可以判定出炸點的方向。」基層法醫很少經歷這種大規模的人員傷亡事故，所以大家都在小心翼翼地摸著石頭過河。章桐感覺自己快站不住了，小腿的靜脈曲張這兩天總是時不時地讓她感到心煩意亂，索性便雙膝跪了下來繼續手頭的工作。

A 區和 B 區 C 區不同，那邊的屍體受損不是很嚴重，當班法醫很快就能確定死者性別身分和大致受傷原因，這樣有利於後續家屬的辨認。章桐工作的 A 區進度卻非常慢，難度也大。她不僅要盡量復原人體，判定所收集到的每一個屍塊爆炸損傷的程度和類型，而且要判定這種損傷是生前傷還是死後傷，大致劃出死亡原因範圍，判定死亡人員被炸前的姿態以及有無引爆動作。只有逐一細緻走好每一步，三區合一的時候才能夠真正判斷出爆炸裝置的類型、引爆人的身分和案件的最終性質。

初步判斷，眼前不到 6 平方公尺地方的死者遺骸確實應該屬於 6 個人。

童小川不知道什麼時候鑽進了帳篷，他就像一隻敏銳的老貓躡手躡腳地、攏著袖子蹲在了章桐的身邊，小聲嘀咕:「章醫生，這麼做下去的話，今晚都不一定能做完啊。」

「肯定做不完，」章桐頭也不抬地把一個殘缺的下顎骨放到右手邊的位置，上面還殘留著一多半焦黑色和灰白色的肌肉組織。而汗水流進眼眶讓她幾乎睜不開眼，「到時候還得把它們運回局裡去，不借助所裡的那些設備，很多東西光靠肉眼是判斷不了的。」

「這幾個受傷怎麼這麼嚴重？」童小川回頭看看另兩個區域的屍體，

搖搖頭。

「他們離炸點太近了。」章桐皺眉說道，「你看左面那兩堆，剛找出兩個缺損的顱骨，這兩位死者是迄今為止所有死者遺骸中下身受傷最嚴重的，年輕男性，我可以肯定他的位置就在炸點旁邊。」

童小川燦燦地笑了笑：「我什麼時候能有妳那麼厲害的眼睛就好了。」

章桐瞥了他一眼：「別太貪心，童隊，術業有專攻。對了，你來這做什麼？這起爆炸事件還沒徹底定性呢。」

「公事！」童小川輕輕嘆了口氣，眉宇間露出了沮喪的神情，「半小時前我接到海川南市局打來的電話，說他們轄區分局有一起和我們手法相類似的犯案現場，還沒破，1 個月前發生的，死者 19 歲，是個洗浴城的小妹，有過灰色工作史。我和鄒強先過去看看。咱安平的案子是妳經手的，所以跟妳說一下，順便看看這裡的情況。」說到這裡，他略微停頓了下，聲音變得有些發澀，「說實話，凌晨的車出事，應該沒多少人坐才對，在來的時候我本以為這裡最多就死一兩個，沒想到這麼多人，真是太慘了。」

「是啊，目前通報是 17 個。」章桐無奈地搖搖頭，「可以確定身分的是 11 個，我這邊 6 個中暫時只能知道是 4 個男性，兩位女性中有一位還是未成年。別的線索還需要大量的時間。」

「那小九呢？」童小川抬眼看了看，「他怎麼不在這裡？」

章桐現在是刑科所的代理主管，歐陽退休後，工作上小九的痕檢部門就暫時屬於她管轄。

「他在車廂現場那邊，」章桐露出一絲苦笑，「他那邊比我這好不了多少。」

聽了這話，童小川站起身，心有不甘地四處張望了下：「這裡的人員排查工作會由分局刑偵部門善後組處理，我短時間內是幫不上什麼忙了。只能先去海川南見見老鄭，回頭再和妳溝通洗浴城那件案子的情況。」說著，他對章桐和身旁的小實習生點點頭，隨即便匆匆走出了帳篷。

＊　＊　＊

這時候小九的處境確實有些困難，灰頭土臉不說，初夏的野外到處都是蚊子。

「直徑 1.5 公尺，深 0.1 公尺，塌陷炸坑呈長方形。九哥，你那邊距離是多少？我記一下。」曲浩用嘴咬開了水筆帽，藉著應急燈光在筆記本上飛速地記錄著。

「炸坑距離內側車門 1.45 公尺，右側車體內壁 0.9 公尺。」小九抬頭朗聲說道，「我們在客觀可能的角度上假設下，以炸坑裡的長方形為根據，那我們的爆炸物很有可能是被置放在一個長方體的硬包裝盒內，那麼，第一種可能，包裝盒在車廂地板上爆炸，所以才會出現這樣特徵的炸坑。」

曲浩聽了，點點頭：「沒錯，我也是這麼想的，炸點緊接地板，形成穿洞型炸坑。」

小九又回頭掃了一眼整個出事的 2 號車廂，看著遍布的證據牌，神情疑惑地說道：「可是車體炸損這麼嚴重，車廂玻璃也幾乎都震碎了，傷亡人數這麼多，爆炸物是硝銨炸藥的可能性比較大，並且不能排除是懸空爆炸。」

「你是說爆炸物攜帶者是拿在手裡直接引爆？」曲浩的臉上露出了不可思議的神情，「那不是自殺嗎？」

「我只是說人體是支撐物的可能性很大。」小九從炸坑下探出頭，俐落地一翻身來到車廂內，伸手拿過曲浩手中的筆記本和筆，然後在上面草草地畫了個簡易圖：「你看，這個爆炸物的體積並不小，不然的話不會有這麼大的損傷力度，而這個炸坑就在車廂的連線處過道附近。任何一種爆炸物的狀態都是非常不穩定的，如果你不拿在手上或者用自己的雙腿固定住的話，就很容易會被周圍來往的人發現。行李架上更不用說，那樣的炸坑就不會在這裡出現。雖然目前為止還不能完全確定這次爆炸的性質，但是有一點是可以肯定的，那就是爆炸物是被人為帶上了這趟列車，這是違法的。所以事主就必須非常小心謹慎，換了你會大剌剌地直接把它放在地板上擋道嗎？」

「還有就是，我來的時候聽列車機務段的人說了，這趟車的 3 節座席車廂從開出起點站的時候就已經客滿了，其中還有好幾張是無座短程票。下一站就是我們這邊，火車是準點到站的，上客 3 個，都是臥鋪車票，臥鋪車廂與座席車廂進入夜間行駛後，它們之間的通道門都被關閉，所以，出事的 2 號車廂乘客都是從起點站上車的，卻在我們境內出事，也就是說他保護了很長一段路，最終卻還是爆炸了。」

曲浩恍然大悟：「九哥，那我們就是要找出這個中心點距離高度。」

「不止如此，我們還需要傷者的回憶，希望能找到目擊者，因為畢竟是座席車廂，不確定因素太多了，如果能多幾個倖存者記得這個角落裡發生的事就好了，哪怕記住一張臉的大概都行，這樣就能儘早確定這傢伙的身分。」小九長長地嘆了口氣，他心裡清楚自己話說得是很輕鬆，但是真要做起來的可行性卻非常小，「喂，小曲，硝銨炸藥對人體介質作用係數的推導公式你還記得嗎？」

「哥，吃這碗飯的人怎麼可能忘。」曲浩露出了羨慕的表情，「九哥，咱這幫兄弟裡在警校的時候屬你成績最好，出來後也就你升得最快，厲害！名師出高徒！」

「你是說老歐陽吧？」小九感到耳根子有些發燙，心中卻又浮起一絲莫名的傷感，「其實我還真挺想念那老頭帶我下場子時候的感覺呢，刻薄是刻薄了點，但那也是為了我好，還有啊，至少不用像現在這樣扛這麼多壓力。」說著，他嚥了口唾沫，順手從工具箱裡拿出護目鏡丟給曲浩，「趕緊工作吧，事情多著呢，收工後我請你去吃宵夜，那家剛開，就在我們對面，味道一流！」

曲浩的眼睛中瞬間充滿了亮光。

＊　＊　＊

李曉偉走出帳篷後忙了一圈，接近傍晚準備開車回城的時候不經意間又看到了那個站在風中的年輕女人，他便走向王佳，順手把車鑰匙揣進兜裡。

「王小姐，我正好要回城，順道送送妳？」李曉偉一邊說著一邊環顧四周，「這荒郊野外的，不好叫計程車，妳一個人也不安全。」

見對方依舊沉默不語，李曉偉便伸手掏出了口袋裡的工作證遞了過去：「我真的是心理醫生，妳放心吧，我算是來現場出差的，不是渾水摸魚的壞人，警方那邊有我的備案。我只想幫幫妳。」

或許是聽了最後的這句話，陰影中的女人這才把工作證遞還給了他，聲音沙啞：「李醫生，謝謝你，我還不想走。」

「王小姐，妳的心情我完全能理解，留在這裡真的是於事無補。」李曉偉輕輕嘆了口氣，「傷者都被警方送到第三醫院去了，妳確信那裡面就沒有妳的丈夫裴小剛？妳真的要等的話，我這就送妳去第三醫院，怎麼樣？」

「我去過那，他們不讓我見傷者，我沒有辦法……不知道自己該做什麼……」王佳喃喃自語，垂著頭。

「我陪妳去吧。」李曉偉微微一笑，「妳可以在車上告訴我你丈夫的衣著和身體特徵，這樣可以減少辨認時的中間環節。」

王佳便沒再推辭。

李曉偉卻是一愣，他這時候才注意到王佳纖細的脖頸上反覆纏繞並緊緊裹著一條淺灰色絲巾，不僅不美觀，甚至會讓看見的人都覺得很不舒服，有種窒息的感覺，回想起丁然警官生前給自己看過的相片和章桐的話，他真的希望自己只是多慮了。

兩人向李曉偉的紅色比亞迪走去，王佳鑽進了車後座，上車後，李曉偉掃了眼後視鏡：「王小姐，妳就住在城裡嗎？」

「是的，東月季巷。」王佳的聲音變得平靜多了，「我就是本地人。」

李曉偉心中一怔，還沒到時候，自己不能冒這個險。

02

章桐終於復位出了六具殘缺不全的屍骸，但這還只是第一步工作，剩下的，就是包括所發現的位置在內把它們整體原封不動地給送回局裡的實驗室。

走出帳篷的時候，外面已經是星雲滿天，看來明天又會是個好天氣。她揉了揉發酸的脖頸，然後深一腳淺一腳地穿過農田向 50 公尺開外的車廂殘骸走去。

車廂內，所有因為爆炸而被散落在四周的座椅鐵架、皮革以及鍋爐房間壁的五層膠合板殘片，甚至於鐵皮都已經盡可能地被複原到了它們本來應該待的位置，小九之所以這麼做，目的很明確 —— 透過詳盡的復位、測量，運用逆過程反推理把中心炸點和周圍物質的分布關係由現在的終結狀態恢復到爆炸前的原始狀態。這是一項非常煩瑣的工程。

「小九，進展順利嗎？」章桐透過中心炸坑旁的空洞爬上了車廂支架。

小九咧嘴一笑：「姐，還行，至少現在已經確認炸坑中心右側約 0.18 公尺，以及第二排 2 號 4 號雙人座椅下面的鐵質框架破損變形是這車廂所有座椅支撐框架中最嚴重的。妳看，靠背測的水平鐵架向下足足彎曲變形有 0.1 公尺左右，能夠造成這種情況的只有一個可能，那就是炸點在座椅斜上方所產生的縱向力量，所以才會造成鐵框架會這麼彎曲。小曲，你那邊情況說一下。」

曲浩正鑽在原來的鍋爐房裡：「好，塌陷炸坑 0.36 公尺處鍋爐間五層膠合板間壁上的弧形缺口為弓長 0.95 公尺，距離地板高度為 0.9 公尺。」

小九問：「那被衝擊波丟擲車外的那塊鍋爐體中間部位不規則凹坑面積是多少？」

「0.78 乘以 0.44。」曲浩回答。

章桐雙手抱著肩膀，皺眉說道：「這麼大的不規則凹陷坑，難道說中心炸點就在鍋爐附近？」

小九點點頭：「凹陷中心距離地板高度是 0.87 公尺，能造成這樣的缺口和凹坑的，只有水平橫向衝擊波才行，別的外力造成不了。」

「照你們發現的推算，鍋爐體那塊塌陷坑的中心點距離地面的高度就是爆炸中心距離地面的高度。」說著，她又回頭看了看炸坑附近的布局，以及小九搭建的雷射標尺模型，很快，心中便有了大概，「爆炸中心點看來可以確定距離 2 號車廂列車前進方向內側車門 1.45 公尺，右側車廂內壁 0.9 公尺交點上方 0.87 公尺處。」

「是的，」小九抬頭看著章桐，神情嚴肅，「這個點正好處於右側前屬 2 號和 4 號座椅邊緣 0.18 公尺處過道上方的空間，上下都無明顯的懸掛物和支撐物，也就是說唯一可能支撐爆炸物的就只有緊靠炸點的人體。我們剛才根據損傷半徑測量出的結果推算出這傢伙所攜帶的爆炸物數量不少。而且……」

小九沒有繼續說下去，但是章桐卻聽懂了他的意思，她倒吸了一口冷氣：「難道說你們在爆炸半徑內沒有找到電池雷管或者拉管之類的引爆裝置？」

「目前來看是這樣，至於說那堆雜物嘛，」曲浩滿臉都是汗，狼狽不堪地鑽出了狹小的縫隙，「我跟九哥都找了好幾遍了，還動用了所有的傢伙，排除了車體設備碎片，還有死者的遺物和小孩的書包，燒焦的衣物碎片和小半張食物包裝紙，半本雜誌，鞋子、帽子……什麼都有，都是被第一波衝擊波和氣浪丟擲去的，但就是沒找到我們想要的東西。」

小九點點頭：「那就只有一個可能了，姐 —— 超短導火線。」

「爆炸點距離 2 號車廂地板上方 0.87 公分，當時車廂是滿員的，那犯罪嫌疑人就只有可能是抱著或提著爆炸物的站立姿勢。」章桐緊鎖雙眉喃喃自語，腦海中飛快地搜尋著自己經手過的每一處傷口形狀，「也就是說我們要找的是膝蓋以上至腰部間前重後輕的創傷者或者被炸藥高熱燒灼最嚴重的人。」說到這裡，她猛地轉頭看向小九，目光犀利，「巧了，我那正好有兩個人符合，兩個幾乎被炸碎的人。」

小九恍然大悟：「難道說就是那失聯的 6 個人之一？」

「目前來看只有這個可能，因為傷口吻合。我們局裡見。」既然已經找到了線索，章桐便沒心思再待下去了，她匆匆跳下車廂，順勢在草地上打了個滾，爬起身，向不遠處已經發動的半掛車跑去。

「唉，今晚看來又要通宵了。」看著章桐遠去的背影，小九忍不住仰天一聲長嘆。

「九哥，要加班？宵夜可別忘啦！」曲浩急了，「我肚子還餓著呢。」

小九順勢拍拍他的肩膀：「兄弟，忘不了。我們收工了，別落下東西啊，聽到沒？」

＊　＊　＊

此刻，作為主要收治火車傷員的定點醫院，市第三醫院急診科走廊裡擠滿了人。滿頭大汗的志工和護理師不停地來回奔走著，時不時地高聲叫喊著「某某家屬」的名字，而聽到召喚的人便立刻激動地擠進人群，眼巴巴地等著護理師帶自己去辦手續尋找病房中的親人。但是身邊更多的人卻又不得不在失望與希望中不斷經受著煎熬。

李曉偉和王佳擠進人群，兩人的目光在白板上的名字中間一個個仔細地搜尋著。這些都是已經確定身分的，成排的每個名字後有的被打了個勾，表示傷者已經恢復神志，可以與家屬進行簡短交流，他們的傷勢也比較輕。剩下差不多三分之一的名字後面則什麼都沒有，那就是憑藉隨身證件判斷的身分。而且傷者依舊處在昏迷狀態。

「你丈夫裴小剛是幾號車廂？」李曉偉大聲地問道。聲音很快就被嘈雜的人聲給吞沒了。

「我，我不知道他買幾號車廂。」王佳有些手足無措，她神情緊張地四處張望著，「我只知道他買的是座席票。」

這時候有個護理師急匆匆走了過來，手上拿著紀錄本，嘴裡咕噥著：「讓開讓開，別都擠在這裡。」人群不情願地讓出了一個小通道，她快步來到白板前，拿起記號筆，一邊在板上飛快地寫著名字，時不時地掃一眼自己左手拿著的紀錄本。

李曉偉是在醫院裡待過好幾年的，知道來的是護理師長，便趕緊湊上前：「護理師長，人都在上面了嗎？」

「去世的不算，直接被殯儀館拉走了，我們這邊的反正都已經確認完了。」護理師長用力寫完最後一個字後，轉身看著李曉偉，「你是傷者家屬？」

王佳趕緊上前點點頭，神情緊張地追問道：「我，我是，我丈夫裴小剛的名字怎麼不在裡面？」

「那我們不知道。」護理師長巧妙地轉換了話鋒，「可能也有遺漏的吧，總之，你們要去問警局的人。」

王佳不死心：「會不會你們登記錯了？」

護理師長看了她一眼，迅速上下打量了一下後，收回目光，臉上露出奇怪的神情，沒吭聲，轉身就走了。

王佳臉上一陣紅一陣白。

李曉偉把她拉到一旁：「別急，我們再找警方問問，一個大活人不可能憑空消失的。妳確定妳丈夫坐了這趟車？」

王佳點點頭。

「現在購票都是實名制，我幫妳查查，了解一下妳老公是不是上了這趟車。」李曉偉從口袋裡摸出了手機，邊朝外走邊撥通了章桐的電話，把事情經過簡要地說了一遍。

這時候，章桐已經從現場回到了局裡，正好走進更衣室準備換衣服。

「沒問題，我問下分局那裡，這事由他們和鐵路機務段的人負責的。」結束通話電話後，很快，她便又打了回來，肯定地說道，「她的丈夫裴小剛確實上了出事的這趟列車，而且座位就在 2 號車廂 1 號座……等等，他身高多少，體重多少？身上有沒有什麼特殊記號？有沒有隨身攜帶行李？」

李曉偉啞口無言，他轉頭看向身邊站著的王佳，輕聲問道：「妳丈夫的名字就在出事的 2 號車廂？」

「難怪我打不通電話，天哪……」

話音未落，強打精神的王佳終於支撐不住了，臉色刷白，雙腿一軟癱倒在地。

＊　＊　＊

和以往命案中的屍體相比，爆炸現場所發現的碎屍判斷難度是最高的。章桐幾乎花了整整一天的時間待在解剖室裡。頭皮，毛髮，離斷的肢體與支離破碎的內臟組織被整整齊齊地擺滿了三張不鏽鋼解剖臺，其中最大的一塊殘骸甚至都沒有超過正常成年人的手掌大小。整個刑科所的技術人員都在為這起突發事件而忙碌著，登記歸類提取檢材樣本做 DNA 直至最後的資料彙總。

房間角落的白板上按照已知的失聯人數劃分出了 6 塊區域，每次固定一個證據的歸屬，便在白板上做好相應的編號登記。

而在這期間，鄒強已經在門口朝裡張望了好幾次，每次都被房間裡忙碌的景象給打了退堂鼓。章桐也看見了他，最初還是選擇無視，直到這傢伙臉上的表情變得愈發尷尬的時候，這才心軟了，知道事情有些嚴重，便跟幾個技術員交代了一下後推門走出了房間。

走廊裡，童小川就跟丟了魂一樣在來回踱著步伐，直到章桐走了出來，瞬間就來了精神頭：「哎呀，章醫生，妳可終於出來了。妳們什麼時候能結束？我這可不等人啊。」

「我沒辦法，人手不夠，大家都沒閒著。」章桐手一伸，「給我看。」

鄒強趕緊把屍檢報告遞了過去：「姐，本來我和童隊想在那邊就跟妳聯繫的，但是想著妳這邊肯定很忙，而且電話裡一時半會也說不清楚，就乾脆回來找妳當面說了。」

章桐擺擺手示意他閉嘴。

手中的屍檢報告包括相片在內只有不到四面紙，但是她卻看得非常慢，逐字逐句來回看了好幾遍。

「章醫生，怎麼樣？」童小川頓時感覺情況有點不妙。

「屍體呢？」

「家屬領回去火化了。」鄒強回答。

「屍檢相片就這麼多嗎？」章桐緊鎖雙眉，轉頭看著童小川，「應該不止吧？能叫他們都掃描過來嗎？我每一張都要。」

一旁的兩人聽了，不由得面面相覷。鄒強連連點頭：「這沒問題。我這就和他們聯繫。」

「不要發給我，直接發給技術組，我要 3D 建模，他們做完後結合現場的痕跡物證和我手頭的這兩起案件比較就會有一個直觀準確的推論。」說著，她話鋒一轉，「但是，就目前這份屍檢報告來看，只能說嫌疑非常大，因為受損的器官部位是相同的，而且下手的刀法也相同。」

童小川臉上的笑容漸漸消失了：「還真的就是？」

「用刀，人人都會，但是兩個從未見過面的人，能夠在兩個不同的城市殺害不同的人時，在受害者身上位置相同的部位造成一模一樣的傷口，你說這樣的巧合，你信嗎？」章桐搖搖頭。

「可是，這個案發現場，死者在生前可是遭受過毒打的，而且她的體內並沒有發現麻醉劑的殘留成分。」童小川有些不甘心。

章桐抿嘴想了想：「這好辦，涉及犯罪模式的疑問建議你去警官學院問李曉偉，他能回答你這個問題，我這邊只就事論事。」

「好……好吧。」童小川和鄒強剛想離開，章桐卻一腳門裡一腳門外，頭也不回地說道：「童隊啊，差點忘了，提醒你手下的兄弟手腳快點，我們時間真的不多了。」

「為什麼？」童小川不解地看著她的背影，「妳那邊不是火車爆炸事故嗎？況且我這案子……」

「我就是說花橋鎮的火車爆炸事故，它沒這麼簡單，到目前為止，所有證據結合起來就已經可以判定為是一起人為事件，因為有人把爆炸物帶上了車，才會造成 17 死的後果，具體情況等今天做完後我會上報，如果真是命案的話，分局那邊沒這個處理資質，都得我們牽頭。總之，你做好心理準備吧。」說著，她便推門走進了解剖室。

童小川的臉色瞬間變得凝重了起來。三起女性被害案已經讓他感到很是頭痛，如今這爆炸案的複雜程度還是優先處理級別，他突然感覺有些喘不過氣來。

第三章　戒指圈裡的名字

世上唯一能徹底被抹去的，是人的生命。有些人看似死了，其實還活著，而有些明明活著，卻已經死了……

01

早上五點，所有的證據都彙總完畢，章桐雙手抱著肩膀，看著眼前密密麻麻寫滿資料和結論的白板，皺眉陷入了沉思。

善後組連夜從6名失聯人員家屬那裡取來DNA比對樣本，全部比對檢驗工作都是加急完成的，機器一刻都沒有停歇，目前6位死者的身分都已經得到確認，他們分別是1號死者，女，82歲，張桂蘭;2號死者，女，12歲，齊小雨，是張桂蘭的孫女，出事的時候她們的座位正對著爆炸中心點左側；3號死者陳強，男，47歲，同行的是4號死者，男48歲，房國棟，兩人是機床廠去別市出差的，沒有作案動機，位置在單號座位1和3，他們身上的投射物損傷位置正好與前面兩位死者的相反，但是傷口基本相同。照這麼推斷，5號死者裘小剛身上也應該和3號4號死者差不多，因為他所購買的位置是單數5號座，靠過道，可這名死者和6號死者身上的傷口位置和形成分類卻與前面4位死者完全不一樣，尤其是燒傷和衝擊波傷，面向爆炸中心一側的損傷是撕裂他身體的元凶，而與他處於相同位置的死者齊小雨卻相對燒傷程度要小很多。

而這失聯人員中最有可能攜帶爆炸物的就是裴小剛和第 6 位死者，裴小剛是已知爆炸中心範圍內死者的下身燒傷和炸裂傷最重的人之一。

提到第 6 位死者，29 歲，白宇，高中老師，他的座位是 12 號，在車廂中部。他並不屬於爆炸中心的乘客，雖然可以解釋為是死者在去車廂一側上廁所的時候不幸接觸了車前方區域的爆炸物，但是怎麼解釋他身上的炸裂傷的嚴重性呢，尤其是他的腹部和雙手，不只是燒傷嚴重，他的十指被炸斷，腹部被炸穿，雙下肢受傷的程度等同於裴小剛，這與偶然路過被炸傷的結果完全不符合，因為後者雙手會出現本能的防護傷，而不是手掌直接給炸沒了，他的皮膚被撕裂的位置也應該是自身側面或者是後背傷最嚴重才對，事實卻與這正好相反，他分明是迎著爆炸物而去的。

「小九，6 號死者的傷是正面近距離接觸造成的，而且他的雙手應該是下垂前傾的位置，你看他的雙上肢前端的傷，這只有在正面近距離接觸的前提下才能形成。」章桐伸手指著白板上的模擬圖，「至於說成因，我覺得造成這樣傷口的話只有一個動作才有可能。」

「姐，妳的意思是直接撲上去抱住？」小九恍然大悟，他伸出雙手比劃了一下，「我跟小曲在車上用雷射標尺恢復爆炸物衝擊波所經過區域的時候，雖然已經做好心理準備鍋爐邊這個位置極有可能會造成衝擊波的轉向，但是就有那麼十幾公分的距離對不上號，我那時候還認為是提著引爆，那其中一個手掌被炸飛是可以理解，因為離爆炸物太近，但 17 個死者中兩具屍體的身上同時發生這樣的狀況，那就稀奇了。」

「而且兩具屍體身上的炸裂傷和燒傷的狀況是相類似的。」章桐轉身看著他，「圖偵組那邊怎麼說？查到爆炸物是怎麼上火車的嗎？這 5 號和 6 號死者，兩位誰最可疑？爆炸物必定是其中之一帶上去的。」

「哦，我差點忘了，那段影片我複製過來了。」小九摸出手機滑了兩下，然後投影到了房間牆上掛著的顯示器螢幕上。

一段影片是候車室，熙熙攘攘的人群。

「姐，注意看，第 3 秒開始，洗手間邊上出現的這個背著牛仔雙肩包，戴著棒球帽，正抬頭看車站列車車次顯示器的就是 6 號死者白宇，5 號死者裴小剛出現在 22 秒的時候，穿一件深色衣服，提著個小行李箱，在 6 號門邊上那張椅子上坐著，正在低頭看手機。」小九說。

「兩人身高體型都差不多嘛，都在 170 到 175 之間。進火車站都要刷身分證和過安檢，小九，他們是怎麼把爆炸物帶進站的？」

小九聽了，臉上露出了苦笑：「姐，妳可別太天真了，大部分火車站地鐵站等公共場合安檢下班的時間都是凌晨零點，上班時間是早上 6 點，而這趟車發車時間是零點 32 分，也就是說，只要過了零點進入站臺的行李過安檢都是走走形式而已。以前都沒有出過事，再加上這是一趟普通的 K 字頭列車，不是高速火車，工作人員自然就懈怠了。」

章桐一時語塞，許久，目光中充滿了詫異：「難不成這兩人都是零點過後進站的？」

「是的。」

章桐竟然生平頭一回有了罵人的衝動，她咬著牙一字一頓地說道：「去向童小川彙報吧，這是件性質非常惡劣的命案，並且我們現在有了兩個潛在的嫌疑人。」

＊　＊　＊

童小川是在電話裡知道李曉偉把王佳安排進了第三醫院住院的，他急著和王佳談談，便和鄒強一起開車趕了過去。剛下車，李曉偉便迎面走了過來。

「人呢？」童小川看看李曉偉身後。

「急診病房 302 床。」李曉偉伸手朝身後的大樓指了指，「其實也沒什麼大礙，就是低血糖和營養不良，剛才護理師在做檢查的時候還發現她的肝臟有衰竭的跡象。」

兩人並肩朝醫院大樓內走去。

「肝衰竭？怎麼造成的？」童小川問。

「做了血檢，確定是酗酒和濫用藥物的原因，止痛類藥物成癮。」李曉偉一聲長嘆，「我本以為她只是因為丈夫的去世而情緒波動，結果還查出這麼一堆毛病。看來她還沒走出原來的陰影。」

童小川停下了腳步：「大哥，有話直說，我現在壓力可比你重，就差沒把自己變成個猴了。」

李曉偉笑不出來：「抱歉抱歉，職業習慣。這個王佳就是丁然 9 年前接手那個案子裡的倖存者。」

「你確定？」童小川臉色變了。

「剛才幫她辦理登記入院手續的時候，我看了她的身分證相片，和丁然警官曾經給過我的戶籍相片影本上的模樣差不多，畢竟才過去 9 年，一個人的外貌變化不會太大。還有啊，」李曉偉又伸手指了指童小川的脖子，「我們心理學上有一個名詞，叫主觀迴避行為，簡單來說就是對個人主觀上極端厭惡或者恐懼的某個身體部位、某個人、某件事進行主動地行動方向上的迴避，這麼做是因為要隔離的那部分會給自我個體本身帶來非常不好的感覺。而女人在自己的脖子上綁絲巾，還是繞一圈打一個結，再繞一圈又打一個結，時間久了會讓人呼吸困難感覺不舒服不說，看上去更像怕人看見自己有脖子一樣。要知道這種行為我只在未成年的孩子身上見過，一般發生在 7 歲以下，是一種自我保護慾望的衍生，只有在受了刺激後才會這麼做，不是什麼好事。」

「那她為什麼會這樣？」童小川隱約感到了一絲不安。

「9 年前的那起案件，她差點被人掐死。現在的她應該是在刻意迴避當初的這段記憶。你是為了這個事來找她的嗎？」李曉偉問。

「我沒那麼閒。」童小川心不在焉地朝外瞅了瞅，「她老公裴小剛的身分確定了，所以我有些事情要問問她。」

這時候鄒強跑了過來，來到近前先是和童小川耳語了一番，隨後便衝李曉偉點點頭：「李醫生好。」

三人來到病房區時，護理師長走了過來，她遞給李曉偉一張 X 光片：「你確定不需要幫她去掛個骨科？」

「不用了，謝謝，我們自己會看。」李曉偉燦燦地笑了笑，看著鄒強隨手帶上了病房的門，他便在走廊上用手機就著窗外的陽光把 X 光片掃描了下來，然後發給了章桐，附上一句話，這才安心地向走廊盡頭的自動售貨機走去。

買了一瓶水剛擰開蓋子，耳畔又響起了護理師長的聲音：「喂……剛才看你和警察認識，對不對？」

李曉偉一愣，隨即點頭：「沒錯，我們合作過很多次，我在警官學院當犯罪心理學講師。」

「你真的是警察的人啊，那我就放心了。」護理師長雙手插在護理師服兜裡，左右看了看，見沒人注意自己，這才低聲說道，「小華的案子，也是你們負責的吧？」

「小華？」李曉偉的腦海裡頓時滑過了那條 SNS 上熱搜的新聞 —— 第三醫院急診科護理師被害，犯罪嫌疑人行為變態。他瞬間連繫起來了昨天章桐有些不尋常的舉動，便悄然點頭。

護理師長鼻子一酸，眼圈頓時紅了：「那孩子是我徒弟，人老實，有點笨，雖然悟性不太高，但貴在誠實肯做。唉，就是太可憐了。你們一定要抓住殺害她的凶手啊！」

李曉偉默默地點點頭：「你放心吧，護理師長，我們都在盡力。」

這時候從護理師站的方向傳來了招呼護理師長的聲音。

「我得走了。」護理師長無奈地嘆了口氣，「這忙起來就沒個歇著的時候，對了，有件事，我不知道重不重要，裡頭那女的，應該不是你朋友吧？」

「不是，嚴格意義上來說是爆炸事故的家屬，我被請去幫這些人做心理輔導。」李曉偉回答。

「那好那好。」護理師長鬆了口氣。

「護理師長，妳有什麼事嗎？可以跟我說。」

「其實也沒什麼重要的，她才 25 歲，很年輕，比我還小了整整 5 歲呢，我知道年輕人嘛，現在工作壓力大，就總是多多少少會有些壞癖好，抽菸喝酒了啥的不管男女，每次體檢過後亞健康狀態都快超過老年人了，但是看她身體各項指標和 pet 增強檢查結果又不像得過宮頸癌的人，要知道對於一般主刀醫生來講都是不到萬不得已就不會做全切的。」

李曉偉神情凝重了起來：「那她……」

「沒錯，全切，一點都不留。」護理師長皺眉，語速飛快，「趙主任說看恢復狀況應該是 5 年以上了，但是不會超過 10 年。我問過病理科，活檢樣本乾乾淨淨。既然你是心理學方面的專家，想想還是提醒你一下比較好。都是女人，我們其實也挺同情她，因為子宮全切這個手術對於一個這麼年輕的女人來說損傷真的是很大的，正常人絕對不會去做，更何況自身有肝衰竭跡象，就像我剛才說的，除非得了宮頸癌。哦，還有啊，她看著有些眼熟，好像和小華是老鄉，我記不清了，護理師節那天見過她一次，她來找小華，具體為了什麼我不知道。以前我不管這事，但是現在想來，如果她真是小華老鄉的話，或許還能給你們案件一點幫助。」

「老鄉？」

「對，都有口音。」

護理師長點點頭，走了。

李曉偉有些心不在焉了，他想了想，決定去警局找章桐問問再說。

＊　＊　＊

急診病房內除了一張供病人休息的病床和凳子外，連個床頭櫃都沒有，窗子外側更是加裝了全包的防護柵欄，而房間內一角的天花板上還裝著一個高畫質監控探頭。

童小川一臉狐疑地看了看鄒強，後者則朝床頭的方向努努嘴——插著病人姓名年齡辨識卡的地方加了一條深紅色防護標誌。他頓時明白了，這間病房是醫院專門準備來應對那些有自殺傾向卻又沒有家屬陪伴在身邊的急診病人的。

「你們是誰？」身穿病號服，臉色泛黃的王佳躺在病床上，目光中充滿了戒備，「你們不是醫生。」

「妳別緊張，我們不是醫生。」童小川伸手拉開病床前的椅子坐了下來，「我們是市警局的，我姓童，他是我的同事鄒強。這是我的工作證，你看一下。」

王佳的眼神這才變得輕鬆了許多：「你們和上次來找我的警察不是同一個單位的？」

「他們是分局善後組的。」童小川回答，「他們的工作是確定爆炸事故中失聯人員的身分，現在移交給我們了。」

一聽到這裡，王佳呆了呆，眼淚無聲地滾落下來：「是不是真的在裡面？真的……死了？」

「恐怕是的。」

房間裡變的死一般寂靜，王佳嘴唇微微顫抖。許久，她啞聲說道：「你們想知道什麼就儘管問吧。」

「那好，妳丈夫裘小剛生前從事什麼職業？」

「我們在網路上開了一家服裝店，我老公經常要出去進貨，平均每個月都要出去一次，尤其是換季的時候，這一次就是去川東看秋裝。」她轉頭看向童小川，淚眼矇朧，「他負責進貨，我看店、發貨和本市範圍內的短途送貨。都怪我，沒有攔住他上這趟車。」

「出事的這趟 K3278 在本市火車站也有停靠，妳丈夫為什麼偏偏要捨近求遠去起點站上車？」童小川一邊問，一邊仔細打量著王佳臉上的表情，他注意到那條絲巾正如李曉偉剛才所說詭異地繞在了王佳的脖子上。

「這趟車因為時間不錯，價錢便宜，所以我們這邊一直都很難買到座席票，我老公捨不得買臥鋪，這一站就是 10 多個鐘頭，他雙腿有靜脈曲張的毛病，受不了，就乾脆坐大巴去那邊，因為起點站座席票好買。」王佳的回答合情合理。

「你是本市戶口對嗎？」

王佳點點頭：「我出生在這，只不過中途離開了幾年。結婚後又回來買了房子，還是老家好。」

童小川想了想，又問：「妳丈夫裴小剛也是出生在本市的嗎？」

「是的。」

「他的家人呢？」

「我公婆去年因為煤氣中毒去世了，所以除了我之外他沒有別的親人。」王佳頹然靠在了枕頭上，目光呆呆地看著天花板，「他為人老實，對我又很好，什麼都不要我做，現在他走了，我真的不知道以後剩下的日子該怎麼去過。」

「那妳丈夫裴小剛生前有沒有因為生意上的事情而得罪什麼人？」

王佳一聽這話，強撐著又坐了起來，對著童小川和鄒強果斷地搖搖頭：「他是個好人，幫別人都來不及，又怎麼可能會得罪別人。」

「稍等下。」童小川掏出手機，很快就找出了那段小九剛發過來的時常為 32 秒的起點站車站監控，自己粗略看了一遍後便把手機遞給了王佳：「這是站臺監控，妳確認下，其中有沒有妳丈夫？」

因為是當天的最後一趟車，影片中除了 6 號門附近排了好幾百人外，大半個候車室都是空著的。

王佳急切地接過手機，而童小川犀利的目光也從來都沒有離開過她的眼神。

來回看了好幾遍後，王佳艱難地點點頭，眼淚又流了下來：「有，他帶了個箱子，坐在那裡看手機。」

「謝謝你協助我們工作。王女士，妳好好休息。我們改日再談。」童小川不動聲色地站起身，把手機又放回口袋裡，和鄒強兩人一前一後離開了病房。

＊　＊　＊

回局裡的路上，鄒強把車開得不緊不慢地，猶豫了好一會兒，見童小川依舊沉著臉，便小聲嘀咕：「童隊，我看你眼神不對。」

「是不對，」童小川緊鎖雙眉，「她認識白宇。」

鄒強呆了呆：「你到底是怎麼看出來的？」

「那段影片！我一開始還真的以為她就是想看看自己丈夫裘小剛最後的畫面影像，我盯著她是因為我心裡就是有那麼一點懷疑，或許是因為受了先前和李醫生交流過意見的影響吧，我就多了個心眼去看著她。她看起來是真的在辨別影片裡的人，翻來覆去好幾遍，最後才回答我們認出來了。事實卻是她一開始就認出了白宇，直到她確定了白宇過後，才在剩餘的影像片段中去尋找裘小剛的畫面。這天底下演技再高超的演員也有露馬腳的時候，因為她不可能永遠都在演，懂不？更何況是對自己有著特殊意義的人。」說到這裡，童小川轉頭看著鄒強，聲音也變得嚴肅了起來，「這段影片是由兩個半段拼接起來的，前面 13 秒是白宇，後面那部分才是裘小剛，把手機給她之前我可是看得清清楚楚的。從第 3 秒開始，白宇出現在畫面上的時候，她就在努力克制自己的情緒，而從裘小剛出現開始，她就只是一帶而過，由此可見，她對白宇動真感情都是有可能的。」

「現代版潘金蓮？」鄒強吃驚地問。

「殺死自己配偶的案子以前我們不是沒見過。」童小川搖搖頭：「事實應該沒那麼簡單，因為再想殺了自己丈夫，也沒必要炸火車報復社會啊你說是不是？」

「沒錯，小九剛才電話中提到說爆炸物不是遙控的，所以凶手當場被炸死的可能性非常大。」鄒強頓時激動了起來，「童隊，我回去後馬上申請搜查裴小剛的家。」

童小川搖搖頭：「在這之前馬上調人，24 小時給我盯著王佳，再去搜查裴小剛和王佳在月季巷的家。」

「在醫院也要跟嗎？」鄒強有點意外。

「對。」童小川咕噥了一句，「9 年前那案子拖太久了，也該結了。」

回想起李曉偉說過的話，想著那條絲巾，童小川認定一點，如果王佳真的失憶，那麼就不會刻意地不分場合地繫著絲巾了。那種感覺看上去真的就像抓住了自己的救命稻草一樣。

「強子，我們剛才去的是什麼醫院？」警車開進警局大院的時候，童小川冷不丁地問了一句。

「第三醫院呀。」鄒強拉上手剎，吃驚地看著他，「童隊，你怎麼了？」

「沒什麼，你先別回來，把那兩件事給我辦妥了，我馬上帶人去查白宇，晚上局裡碰頭。」說著，童小川便鑽出了警車。

02

三分鐘熱風吹過，警局大院裡的銀杏樹枝葉沙沙作響。

「你那麼關心她？」章桐的神情有些古怪，「可是你了解她嗎？」

李曉偉苦笑著搖搖頭：「我是心理醫生，妳別多想，我就是覺得她或許是我們打開 9 年前那起案子的關鍵，作為唯一的目擊證人，所以才特別重視。再說了，丁然警官雖然不在了，但是他的委託我還是要做到的，妳說是不是？」

章桐不置可否地看著他，示意他繼續說下去。

「今天在急診室檢查完身體後，護理師扶她回病房，我就跟在身後，這時候我才注意到她走路姿勢有點不對，尤其是右腿脛骨韌關節的位置，好像行動受限，我就出面要求醫生幫她做了個 X 光片檢查。結果出來後我就直接來找妳了。」

「那片子我看了，你在醫院時為什麼不掛骨科？」

「這事太多人知道了不好，畢竟是人的隱私。」李曉偉苦口婆心地解釋，「所以有妳這個專家在，我幹麼捨近求遠去聽那幫老頭一堆廢話啊，對不對？」

章桐嘴角劃過一絲笑意：「好吧，聽說過一個名詞叫撕脫性骨折嗎？」

李曉偉先是搖頭，然後迅速點頭：「那課我們是開卷考試。」

章桐擺擺手：「不跟你浪費時間，簡單來說就是肌肉或者韌帶突然猛烈收縮，使得肌肉、肌腱和韌帶附著處的骨質拉斷、撕脫形成的。照王小姐的體型來看，不可能是因為過度肥胖造成，那麼就只有一種原因——人身傷害案，她被人用力推倒，導致右腿受傷處肌肉保護性收縮，骨質撕脫，才會產生這種典型的橫形，因為撕脫的骨片是隨著肌肉牽拉方向移動的。主要表現就是疼痛和關節活動部分受損，照這個程度來看，她應該是在床上休養了很久。不過，有點奇怪。」

「什麼？」李曉偉急了。

「她沒有做常規的復位治療，而是讓它自然癒合，結果才會導致這樣的陳舊性骨折，簡單來說她跛腳了，平時如果不留心的話不一定能看得出來，那是因為事後她做了高強度的自我康復，努力歸努力，但那畢竟不專業，所以成了瘸子。」說到這裡，章桐難以理解地搖搖頭，「她身上到底發生了什麼？」

李曉偉想了想，問：「那這傷是多久前形成的？」

「上不封頂，已經有了嚴重的骨質增生，應該有五年以上的時間了，不排除更久。」

李曉偉臉色沉了下來：「護理師長跟我說她還在五年前做了子宮全切，做過增強 CT 的篩查，沒有患子宮癌的跡象。」

「難道說她懷過孕？」章桐有點吃驚，「如果是 9 年前的事，她那時候還是未成年，你能具體到手術時間嗎？」

李曉偉搖搖頭：「護理師長說不會超過 10 年。」

「要不，問問她？」

李曉偉趕緊出言制止：「不行，她現在這種精神狀況，如果直接問這麼隱私的問題的話，很有可能會適得其反，別開玩笑。」

章桐輕輕嘆了口氣：「我只是想弄明白她到底在為誰打掩護。因為當時案發現場應該有不止一個凶手。而她是目前來說唯一的知情者了。」

正在這時，小九在二樓窗口探出頭，興奮地招手：「姐，曲浩他們剛打來電話說現場證據有新發現，要我們馬上過去。」

「好的，我這就來。」章桐應了一聲，面帶歉意地對李曉偉說，「今天就不能和你去吃黃魚麵了。」

李曉偉的目光中滿是陽光：「去吧去吧，注意安全，我這兩天沒課，打算去王佳父親的原籍那邊走走，找人聊聊，或許能有什麼新的發現，我會和童隊聯繫的，妳記得隨時打電話給我，再見。」說著，便快步走出了警局大院。

兩人離開後，警衛室收養的一隻老貓輕巧地跳過花壇，窩在銀杏樹下，暖暖的陽光穿過樹葉照射下來，老貓很快就進入了夢鄉。

＊　＊　＊

白宇住在高鐵東站附近的天白中學教師宿舍。在這之前，當地派出所配合分局善後組已經把白宇在爆炸案中確定身亡的事通知了他的父母。所以，當童小川按照電話中約定的時間來到教師宿舍樓下時，他一眼就看到了兩位神情悲傷互相攙扶的老人正站在路口等著他們。

「那是不是白宇的父母？」童小川一邊停下車一邊吃驚地問，「他們為什麼都在外面站著？難道不住在這裡？」

下屬陳靜是隊裡唯一的年輕女警，做事乾淨俐落，因為這次要見老人，所以童小川便把她帶了出來。

陳靜點開手機頁面手機比對了一下相片：「沒錯，他們就是白宇的父母，白成海，方曉梅。他們不和兒子住在一起，家在後面一棟。這上面記錄白宇還沒結婚，去年剛來天白中學高中部教書。」

「明白了。」童小川鑽出警車，快步向兩位老人走去。

「你們就是市警局的人吧？」頭髮花白的老人在臉上努力擠出一絲笑容，開門見山地說道，「來吧，跟我上樓，去小宇的宿舍坐坐，這樣有些東西也能給你們看，不然的話，我這老頭一時半會也講不明白。」

身旁的老太太卻臨時改變主意，執意要回家。看著自己老伴孤單的背影，白成海長長地嘆了口氣：「昨天到現在，小宇他媽一點東西都沒吃，我也拿她沒辦法，兒子沒了，唉。」

三人前後走進了樓棟，來到 4 樓，打開了 401 房間。這是簡單的一室一廳布局，進門就是一個大書櫃，書櫃裡密密麻麻地塞滿了書。旁邊是一圈籐椅，圍著茶几。臥室在書櫃右手方向進去。房間的陳設簡單卻整整齊齊。

「小宇的宿舍總共兩把鑰匙，他自己一把，我們一把，平時我們空了就來幫他打掃一下房間，這不，他工作忙嘛。」老人有一句沒一句地說著，目光中卻充滿了傷感與依戀。

三人在籐椅上坐了下來。

「白老先生，節哀順變。」陳靜柔聲勸慰道。

「謝謝你。對了，我什麼時候可以把小宇接回來安葬？我問過分局的人，他們說沒有這個許可權，我就只能麻煩你們了。其實呢，也不用太擔心我們會想不開，我和小宇他媽雖然很難過，畢竟小宇走在我們前面，但是我們年紀也大了，也就沒什麼牽掛了，說不定很快就能見到小宇了，這樣想的話，我們心裡也能好受些。小宇出了這個事故，我知道，都是天災，我們沒辦法的，所以只能認命。」老人絮絮叨叨地說著，目光卻看著窗臺上的那盆仙人掌出神，「等這事了了，我得趕緊替小宇去找塊好地。」

童小川問：「老人家，你們家小宇是教什麼科的？」

「高中政治。」

童小川若有所思地點點頭，接著又問：「老人家，你剛才說有什麼東西要給我們看是嗎？」

一聽這話，白成海點點頭：「小宇有個女朋友，我們沒見過，但是聽小宇說很快就會帶來見我們，因為他準備結婚了。你們要是有機會見到她的話，請告訴那孩子，忘了小宇吧，別耽誤了自己。」

「她叫什麼名字？」陳靜問。

老人家搖搖頭：「我不知道，但是在整理遺物的時候，我發現了一張訂購結婚戒指的發票，你等等，我拿給你。」說著，他從茶几下摸出一個早就準備好的牛皮紙信封，然後從裡面倒出了一張購買戒指的發票，取貨時間是三天後，購買人是白宇，「麻煩你們，幫我查查這個孩子的下落，然後把這戒指送給她做個紀念，如果她還願意要的話。」

童小川有些不太明白：「這個戒指上為什麼會有女方的線索？」

白成海笑了：「今天上午的時候我們問過隔壁的小娟老師，她下個月結婚，男方就是我們學校的生物老師，她非常肯定地說這牌子的戒指就是給未婚妻的結婚戒指，還說什麼一輩子只能買一個的那種，裡面還會刻上女方和男方的名字。」

童小川似乎聽明白了什麼，他暗暗嘆了口氣，轉而問道：「那這次白宇有沒有跟你們說他為什麼要去那裡？」

「沒詳細說，他出事前一天中午坐的是火車，下午三點的時候打來電話說要去見個人，要處理一點事情，還說後天，也就是今天，6 號，他媽生日，小宇肯定會趕回來，小宇這孩子最心疼他媽了，他還說下個月就打算結婚了，說這一次回來後一定會帶著她來見我們，誰知道這一去……」說到傷心事，老人家再也忍不住了，想起兒子的慘死，不禁老淚縱橫。

陳靜一邊安慰老人，一邊問道：「老人家，那你知道你兒子小宇的手機號碼嗎？」

老人止住哭聲，點點頭：「知道，189******6。」

「那白宇在那裡有沒有朋友或者同學？」

「小宇是道地的本地人，師範學院也是在這邊念的，同學中沒有被分配到那邊的，只有幾個去了 S 市。他平時因為帶的是高三，教學任務比較忙。我也不知道他去那裡究竟和誰見面。」

童小川點頭，看著老人顫抖的雙手，目光卻始終不離開茶几下那張全家福，心裡頓感一陣說不出的酸楚。

＊　＊　＊

在回市局的路上，童小川撥通了市局刑偵大隊內勤情報組的電話，報出白宇手機號碼後要求查看 4 月 4 號所有從本地發車的列車購票名單並查詢白宇的名字，很快，結果回饋了回來 —— 白宇乘坐的車次是 K3277，2 車廂 12 號座。

童小川有些不太相信自己所聽到的回覆：「你再說一遍？」

「上午 10 點 27 分，K3277，2 車廂 12 座。用本人手機號進行網路訂票。」

「出事那趟車 K3278，白宇買的是從哪裡到哪裡的車票？」童小川問。

「4 月 5 日，海川南到安東，同樣是手機訂票。沒有再訂回程。」

「這一個月就這一次訂票紀錄嗎？」童小川追問。

「是的。除此之外沒有白宇的紀錄。」

「那你再查查王佳這個名字，三橫王，佳節的佳。」童小川一字一頓地說道，「查一下她從 4 月 1 號至今有沒有購買過從安平至海川南的往返車票，包括大巴和火車票在內的相關資訊，都要查。」

電話那頭一陣快速地敲擊電腦鍵盤的聲音過後，結果更是令人感到詫異 —— 王佳本月根本就沒有去過海川南的任何購票紀錄，海川南也沒有以王佳名字登記的住宿紀錄，而她的丈夫裴小剛購買了 4 號從安平到海川南的大巴車票，以及 5 號從海川南到川東的 K3278 次車票，8 號從川東到安平的 K3277 次車票，並且都是座席票。

最後，內勤情報組的技術人員說道：「童隊，我們剛才順帶著查了王佳半年內的出行紀錄，她只去過一次海川南，就在上個月的月初 3 號，4 號回的安平。」

童小川腦海裡閃過海川南老鄭提到的案發時間恰好就是 3 月 4 日：「裴小剛呢？」

「4 號大巴去的，出發時間是上午 5 點 30 分，5 號大巴回，到達安平時間是中午 12 點 15 分。」

「那白宇有沒有去？」

「上個月沒有。大資料情報顯示白宇半年內都並沒有離開過安平市。」

童小川有些不甘心：「你再查一下裴小剛近半年來去海川南的次數和時間，然後發給我。還有，幫我查一下白宇手機號半年來的通話紀錄，著重查詢近一個月內機主登記為異性的通話紀錄，一起發，別忘了。」

結束通話後，警車已經開進了安平城區，因為正值下班高峰期，車速也漸漸慢了下來，童小川陷入了沉思。

王佳對白宇有感情的可能性非常大，而如果能證實白宇所謂的未婚妻就是王佳的話，那在作案動機上似乎就有了一絲曙光。海川南那起凶殺案的案發時間和王佳出現在海川南的時間正好相符，這又意味著什麼？王佳說過自己專門在家經營電商和發貨，她為什麼會突然想到要去那裡？裴小剛又為什麼會與妻子前後腳出現在那？

正想著，童小川突然心中一動，伸手指著前面路口的廣告牌：「小陳，去下蘇寧百貨。」

「你要買什麼東西嗎，童隊？」陳靜把車開進輔道。

「白宇父親剛才不是說那戒指一輩子只能買一個嗎？這種店的顧客紀錄應該都很全，說不定那裡能找出點什麼有用的線索來。我們也就不會白跑一趟了。」

鎖好車後，兩人走進百貨商場，來到一樓的戒指專櫃。聽完童小川的簡單介紹後，專櫃經理很快便找到了白宇的購買紀錄，看著上面的女方名字，童小川臉上這才露出了一絲笑容：「你們記得這麼詳細啊？真不錯！」

專櫃經理臉上的笑容則是非常職業化的：「那是當然，我們都是要把未婚夫婦的名字給刻在戒指裡層的，畢竟這是我們公司三十年來所秉承的對顧客不變的承諾呢 —— 一顆永流傳！」

「那戒指現在在你們這裡嗎？」

專櫃經理有點笑不出來了：「在，但是按照規定，是要 —— 」

童小川可沒耐心繼續聽他磨蹭，他接過陳靜遞給自己的發票，又一次拿出自己的工作證，然後一起放在玻璃檯面上：「拿紀錄本給我，我簽字。」

「當然可以，顧客就是我們的上帝。」專櫃經理尷尬地漲紅了臉，趕緊抓過紀錄本，雙手捧著戒指盒恭恭敬敬地遞給了童小川。

走出商場，情報組的簡訊已經發了過來，童小川來回看了兩遍後，臉上終於露出了欣慰的笑容：「白宇認識王佳，而且白宇出事前在海川南不止一次接聽過王佳的電話。」

「童隊，那戒指怎麼辦？」陳靜問。

童小川咧嘴一笑：「我當然會把它交給本來就應該擁有它的人。」

第四章　透明的人

人啊，渴望著能看透自己身邊的每個人，卻唯獨害怕自己被別人看透。

01

夕陽西下，市警局大院外的路燈開始有序地亮了起來。

副局長辦公桌上出現了一堆小山似的菸頭。

「我們安平郊外的河口鎮上有很多養魚塘，當地成年男性村民大多數都會做這種硝銨類的土炸藥，經濟實惠，有的是偷偷拿去炸魚的，有很少一部分是因為後山自己挖的小土礦，上次派出所裡就查了好幾公斤。雖然好幾個村都篩子一樣過了幾遍，但是保不齊就會有疏漏的，更何況翻過山就是和我們相鄰的 S 市，人往山裡一躲，麻煩就大了。」說到這裡，分局政委重重地嘆了口氣，「老朱已經安排幾個重點村落的派出所所長親自帶人下去蹲點，做群眾工作。總之，第一，做到從源頭上給堵死；第二，查出這次火車出事的爆炸物是怎麼來的。」

副局長點點頭，神情凝重地說道：「17 條人命，我們要給群眾一個真正的交代，不然對不起我們肩頭的責任和群眾的信任啊。對了，老姜，那些倖存者中有沒有目擊者？」

「有是有，但是很少，目前為止就一個。」分局政委點燃了最後一支菸，隨手便把空煙盒丟進腳邊的垃圾桶，「那是個帶孩子的中年婦女，去川東看孩子他爸的。今天早上剛醒過來後跟我們的人說的。她的車票買的是 3 號車廂 3 號座，孩子才 7 歲，因為是午夜的車，孩子沒休息好，情緒一直很亢奮，上車後就吵著要吃東西，而按照鐵路方面的規定，零點過後至早上 6 點，車廂內是不會提供流動販賣車的，但是會 24 小時提供熱水，這位中年婦女就去 3 號車廂和 2 號車廂之間的鍋爐房接水給孩子泡泡麵吃，就是那時候她注意到了有兩個男人在車廂連線處說話。」

「火車上在過道處說話很正常啊，座席車廂人來人往亂哄哄的，為什麼會引起她注意？」副局長有點意外。

「或許是直覺吧，因為那說話的語氣有點不太正常。」分局政委搖搖頭，「可惜的是只聽到一兩句，因為這中年婦女急著回去看孩子，沒怎麼仔細去聽。她回憶其中一個好像是說 —— 你根本就不了解她，我勸你放棄吧。而另一個說 —— 沒辦法了，我已經陷進去了。」

「看清楚是誰說的了嗎？」副局長問。

「沒有，因為中間隔著一塊膠合板，沒顧得及看清長相。倒滿水後她就端著泡麵碗回自己的座位了。吃完麵條，孩子總算消停了會兒，她也就抱著孩子睡著了，開車半小時後，車廂裡就安靜了下來，沒什麼人走動了，因為是夜間，連報站名都停止了，到安平的時間需要 1 小時 37 分，那趟車很少有人在安平下車。從安平開車後又過了大約半小時吧，具體時間也是我們推測的，火車從安平出發到出事地點就是半小時左右。那位婦女因為帶著孩子，所以不敢睡死了，她回憶說朦朦朧朧間好像聽到了打架的聲音，還有一聲男人的怒吼，她被瞬間驚醒了，剛想睜開眼看看發生什麼事，因為聲音的來源方向就是自己的正前方。就在這時候車廂爆炸了，唉，她的孩子傷得不輕。」說到這裡，分局政委重重地嘆了口氣。

「老姜，那監控方面怎麼說？有沒有什麼發現？」

姜政委搖搖頭：「哪有你想的那麼好哦，廣播室和監控電腦都在七號車廂，但是因為車輛配置太老，好幾節車廂的監控壞了兩個月了都沒有人管，不像火車，那些設備都是最好的。出事的這種車遲早都是要被淘汰，資金方面自然就不會扶持太多。為了節約成本，這趟車只在 1 號和 4 號車廂車門處裝有兩個普通監控，目的是用來觀察座席車廂和臥鋪車廂的人流量的。治安方面，平常的時候就隨車乘警多巡邏幾遍了事。」

「這些都不符合規定啊！」副局長有些吃驚，「小偷才不會管你坐什麼車呢。」

「車站派出所沒少處理這事，唉，意見提了，整治也是需要時間的。」姜振偉又問，「那你們這邊現場證據查的得怎麼樣了？」

副局長下巴朝門口努努：「這不在等嗎，刑科所那邊正開著會呢，應該快了。」

＊　＊　＊

刑科所大辦公室裡，小九指著白板上的示意圖：「我和曲浩又查一遍現場發現的全部來源不明的各式各樣碎片雜物，逐一過篩，就發現了一塊特殊的厚度為 7 公分左右的深棕色不規則玻璃碎片，從形狀判斷應該是容器的底部，因為有個特殊的弧形。玻璃碎片內裡的玻璃壁上由於有不規則的點狀凸起，這樣才會殘留下一些內容物，事後我們確實在上面做出了爆炸物化學反應陽性。

從這個證據就能證明這塊碎片所在的瓶體曾經被用來裝過膨化硝銨爆炸物，因為一般的民用玻璃瓶不會特製成這麼厚。同時再結合碎片發現的位置和衝擊波發生的方向計算，更加可以證實這次火車爆炸事故的爆炸物就是被裝在這樣的一個特製的深棕色玻璃容器中。為了便於大家直觀理解，我畫出了個大概模樣供大家參考下。硝銨類都是屬于強氧化類的化合物，性質非常不穩定，除去專門的遙控引爆外，雖然需要一定的外部條件和引爆導線才能實施爆炸，但是自身的原因，比如說外部劇烈撞擊，也有可能會出現意外情況。所以……」

「一定要有人引爆才會發生爆炸對嗎？」章桐打斷他的發言。

小九搖搖頭：「我們最初是這麼設想的，但是後來結合分局善後組那邊目擊證人的走訪報告確認在爆炸前一刻曾經發生過肢體衝突，所以，不排除整場事故也有可能是因為這個意外行為而導致。」說著，他伸手從桌上拿起一個塑膠證據袋，「這塊特製的厚玻璃碎片就是我剛才提到在現場附近找到的，硝胺化學反應呈陽性，在這塊碎片不規則破口處的縫隙裡還發現了一種較為粗厚的色織經面斜紋棉布纖維，靛藍色，經過我們比對，來源是一種牛仔布料。圖偵組的兄弟幫我們逐幀比對了海川南候車室檢票處依次通過閘機的旅客衣著特徵和行李，最終還是確認了和我們影片中6號死者白宇所背著的那款牛仔包顏色相符。

由於當時案發時間段能夠證實兩位死者是處於近距離接觸狀態，所以玻璃碎片按照常理應該是無法接觸到牛仔背包布才對，比方說白宇去上洗手間或者抽菸時把它放在行李架上了，或者依舊背在肩膀上，那麼玻璃碎片在爆炸時就不可能撕裂牛仔背包從而發生二次接觸。所以我們組一致認定的結論是這個裝有膨化硝銨爆炸物的容器當時是在白宇的背包內。兩人有肢體衝突時，背包所在的位置就在兩人中間，並且兩人都同時抓著這個牛仔包，被爆炸物衝擊波炸裂的瓶體玻璃碎片上才會攜帶有牛仔背包上的布料纖維。」

聽完小九的陳述，章桐不由得長長出了口氣：「我們一直認為裴小剛才有可能是凶手，這麼看來，攜帶爆炸物上車的竟然是白宇？他難道不知道這是自殺的行為嗎？」

「裴小剛？王佳的丈夫？」

章桐點點頭：「今天李曉偉給我看了一張 X 光片，證實裴小剛有家暴的跡象。王佳酗酒嗑藥，還在多年前切除了子宮。一個正常的婚姻中的女人，在沒有先天性重大疾病的前提下，又是那麼年輕，除非流產或者宮頸癌，否則她是不可能對自己的身體做出這麼傷害性的決定的。對了，你們看到刑偵大隊那邊的人了嗎？」

曲浩擺擺手：「都出去了，說是去搜查裴小剛的家，我們分局痕檢組有派人過去支援。」說著，他瞥了一眼手機螢幕，臉上露出了詫異的神情，「等等，剛才善後組的兄弟傳來訊息說遺物清單方面好像有對不上的。九哥。」

小九一愣：「具體說了哪樣對不上號嗎？」

「就是我們在爆炸中心點直徑 3.23 公尺處發現的那個被炸剩下三分之一的粉紅色手機，標號為 2-39 號的證物，死者家屬說他們家孩子沒有帶手機。」

「那會不會是車廂裡別的乘客的？」

曲浩搖頭，他一邊傳手機訊息一邊說道：「已經排除這個可能了，車廂裡沒有別的兒童。我通知他們立刻去電信部門查下，看能不能找到這個手機的生產廠商和具體入網號。並且盡快通知我們。」

章桐明白小九他們為什麼會這麼擔憂，因為一旦落實，所有先前的推斷可能就會被完全排除：「你們發現的手機，會不會是兒童玩具模型？」

「不可能，有一半手機電池與機子本體因為高溫而融化在一起了，之所以還能有部分剩下，我想很有可能是被別的車上設備給擋了一下，所以才沒全部燒融。」小九回答。

「好吧，火車爆炸案現場這邊我們也已經搞得差不多了。今天時間太晚了，大家先回去，好好休息休息，明天我們再繼續討論南江新村殺人案。」她回頭看向情報組的陳洪，「老陳，海川南那個案件的 3D 建模做得怎麼樣了？」

「還差一點，今晚就能收工。」

聽了這話，章桐懸著的心終於放下了。雖然說海川南的案子失去了一手的檢驗價值，但是 3D 建模從屍體身上的傷口就能夠逆反推出凶器打擊的方向和力度，綜合各種資料後自然可以從另外一個角度在電腦上再現案發現場曾經發生過的一切。儘管並不能馬上鎖定凶手的身分，至少可以有破案的新線索。

章桐去副局辦公室彙報完當天工作進展後，見所裡的同事都已經陸續回家了，便也收拾收拾，關好辦公室的門，拿上挎包，順著長長的走廊向大樓門口走去。兩天都沒回家了，李曉偉去了海東也一直都沒有電話過來，也不知道他的進展怎麼樣了。

一邊走一邊在訊息欄裡漫無目的地上下翻找著。突然，一條訊息跳了出來，是李曉偉發給她的——我在回市區的路上，剛下火車，有很大收穫，晚上我們見個面，就在妳家社區外的天香茶樓，我想先和妳談談，我會等妳的。

章桐的嘴角露出一絲笑意。

正在這時候，路旁的陰影裡走出一位身穿藏青色風衣的年輕女人：「請問，妳是現場的那個法醫嗎？」

這沙啞的嗓音很熟悉，章桐轉頭看去，路燈下站著的正是王佳：「妳有什麼事嗎？」

「我是火車事故案的死者家屬，我叫王佳，我想請妳幫我個忙。」王佳的聲音很平靜，「能不能讓我見見他，我知道你們還沒移交給殯儀館。」

「可是，」章桐剛要出言制止，轉念一想，王佳是裘小剛的合法配偶，不管裘小剛或者白宇做過什麼，王佳都是沒有責任的，作為配偶，見一下自己家人的屍體也是無可厚非，便同意了她的請求，「那也行，但是，辨認上會有一定的困難，妳確定妳能承受？」

王佳點點頭：「讓我見見吧，求妳了，我看一眼就走。」

「好吧，我帶妳進去。」

02

月季巷 23 號樓下停著兩輛警車和一輛灰色麵包車，麵包車的擋風板上面有明顯的警務標誌。警戒帶外站滿了圍觀的百姓。

「人跟丟了？」童小川對著手機發火，「竟然連個女人都跟不住！丟人！趕緊給我找去。」

鄒強站在一旁根本插不上嘴，好不容易等火氣消了點了，這才把手中的小本子交給童小川：「童隊，你看看這個。」

這是一本已經作廢的爆炸物品操作許可證，頒發地點是市郊的河口鎮，許可證的所有者是裘大海。

「我知道這地方，有很多養魚場，後面山上還有一些小煤窯。」童小川皺眉說道，「裴大海是不是裴小剛的父親？」

「對，他們老家就在河口鎮，我剛才電話聯繫了情報組，查到說裴大海是去年去世的，死因是煤氣中毒，他老婆也沒倖免。36 歲之前，裴大海在河口鎮後面山上有個小煤窯，另外還承包個魚塘，日子還算過得去，後來政府不讓私人用爆炸物品了，煤窯上也出了事，賠得一乾二淨後，裴大海就乾脆帶著老婆孩子來城裡，進了印染廠工作，退休後就義務當了消防隊員直至去年去世。」

「他們和兒子兒媳一起住嗎？」童小川問。

「不，還住在以前王佳他們一家的樓下。直到上個月去世時為止。」鄒強回答，「現在裴大海住的房子被兒子裴小剛掛了出售，只是還沒賣出去罷了。」

「去查下裴小剛他老家還有沒有房子或者倉庫一類的東西，得弄清楚這些爆炸物到底是哪裡來的，又怎麼會到了 K3278 上，速度要快。我這就回局裡去開傳喚證。」

童小川拉開警車門鑽了進去，把車開出了月季巷。

＊　＊　＊

警車開進警局大院的時候，鄒強打來了電話：「童隊，弄清楚了，裴小剛家河口鎮上確實有一間小倉庫，據說堆放的都是雜物。現在河口鎮派出所正派人趕過去進行勘查，還有就是圖偵組那邊這兩天查了安平和 S 市開往海川南的大巴行車紀錄器，4 月 4 號那天有一輛 S 市到海川南的過路大巴曾經在站外高速入口處拉了一趟私人工作到海川南汽車站，貨主是個年輕女人，就一個紙箱，面積不大，包裝得嚴嚴實實，當時說是顏料樣品，進口的，給了兩倍的車票錢。說到了海川南有人會來接。」

「哦？」童小川頓時激動了起來，「給他看過相片沒？」

「看過了，司機說送貨的就是王佳，收貨的是白宇，也是在高速路口接的貨。」鄒強回答，「這些大巴司機經常接這種私人工作，警惕性全憑直覺和個人經驗來判斷，看到漂亮女人又有錢拿的話，自然就會放鬆警惕了。」

「很好，我這邊開傳喚證，你催促他們盡快找王佳下落，找到後就傳到局裡來，別耽擱。」

結束通話後，童小川看著章桐正向自己走來：「章醫生，妳現在才下班啊？」

「裴小剛的妻子王佳剛才來了，她要求見一下自己丈夫的遺骸，我同意了。」

「她人呢？」

「走了。」章桐回答。

「妳為什麼不攔著她？」童小川急得轉身就走。

「我為什麼要這麼做？她是死者家屬，我沒有職權扣押她。」章桐感到有些不滿。

「她有沒有告訴妳會去哪裡？」站在路口，童小川左右張望了一下，早就不見了王佳的蹤影，便向警衛室跑去。

「她說她要回家。」

章桐確信童小川並沒有聽到自己最後的回答，便嘆了口氣，準備先去見李曉偉。

＊　＊　＊

來到天香茶樓的時候已經是晚上 8 點，兩天不見，李曉偉明顯消瘦了。

要了一壺雨前茶，李曉偉取出一個厚厚的資料夾放在桌上：「這就是我此行的收穫，在火車上抓緊時間做了整理。」

「我本來想直接找童小川，但是來的時候我決定還是先找妳，等下再去找他，反正該收集的資料都已經準備好了。」李曉偉輕輕拍了拍面前的資料夾。

「你有顧慮？」章桐問。

「其實也沒什麼，就是心情不好。系裡最近有個課題，研究有關人的犯罪基因，加上當初答應丁然警官的委託，這個案子應該也是我的心結吧，我就想著自己趁這機會務必要去海東看看。現在看來，我有些草率了。因為我或許還沒有做好足夠的心理準備。」李曉偉的目光中閃過一絲憂慮，「一般刑事案件中，如果夫妻一方出事，性格迥異的另一方有嫌疑的可能性占到 8 成以上。當年，王志山從海東來到安平讀大學，畢業後進了安平印染廠，那個年代能進印染廠這種國有企業的都是讓人非常眼紅的，而他後來做到人人羨慕的供銷科長，肥差啊。我到現在都不太明白工作中的王志山是如此如魚得水，但是生活中的他卻性格過於內向，做事也沒有主見，所以當他遇到自己在肉聯廠工作的妻子趙秀榮時，對方過于強勢的性格就完全壓制住了王志山的本性。周圍的人本以為他們倆走到一起根本是不可能的，就像兩條平行線一樣，沒想到半年不到的時間兩人就領了結婚證。」

「等等，這些都是誰告訴你的？」

「他的妹妹王霞，也是他除了女兒王佳以外唯一的親人了。」李曉偉苦笑，「王志山自從娶了這樣子的老婆後，家裡很多親戚都和他斷絕了來往，他也好多年都沒有回過海東了，直到這次他老婆去世。」

「他傷心嗎？」

「別人看不出來，只是知道他酗酒，就連最終的去世也是因為酗酒，而不是車禍。周圍人都認為他是因為自己妻子被人殺害的緣故過於悲痛。但是王霞卻不這麼看。」

「為什麼？難道說王志山恨自己妻子？」章桐感到很奇怪。

「沒這麼簡單。」李曉偉抬起頭看著她，「王霞說王志山自從回到海東後一天到晚喝酒，往死裡喝，但奇怪的是他卻從不去醫院看自己女兒王佳，醒了就喝，醉了就睡。你沒覺得有點不對嗎？」

「王佳在安平的時候就應該已經看好身體了，為什麼還要去醫院？她除了頸部的扼痕，安平出院病歷上就沒有別的情況紀錄了。」

李曉偉輕輕嘆了口氣：「妳換個角度思考吧，什麼樣的傷妳們警方一般不會主動查？妳應該就能明白為什麼王志山在安平會拒絕警方進一步檢查她女兒的身體，而且在洗清了自己的嫌疑後，他似乎根本就不在乎知道案件的真相，相反也躲避了起來。」

「性侵？不會啊，根據當時的法醫紀錄，在現場發現王佳時，她的衣服是完整的，沒有性侵跡象。你說她父親不希望抓住殺害妻子……」說到這裡，章桐突然臉色一沉，「對了，王佳懷孕了，作為監護人，王志山才會急著要把女兒帶走。因為王志山來自海東農村，觀念比較守舊，他接受不了周圍異樣的眼光，所以就拋棄一切帶著女兒走了，對不對？」

「能讓一個步入中年的男人完全放棄自己成功的事業和社交圈，這個理由必須足夠充分。越是本性被壓抑得內向沉悶的人就越是好面子，他能忍受一切，但面子卻是他最後的尊嚴。」李曉偉無聲地點點頭，「王志山愛王佳，因為她是自己的女兒，但是他又恰好知道了事情真相 —— 王佳在安平時偷偷去了私人診所做了流產，結果沒處理好，化膿潰爛，為了保命不得不做了子宮全切，這是案發之前的事，由於傷口沒恢復好，回到海東後，王佳不得不再一次進了醫院，於是紙包不住火，本以為清淨的海東也不得安寧了，海東所有認識王志山的人幾乎都知道了這件家醜，這應該就是王志山沒有去醫院看過自己女兒一次的真正原因吧。王霞說這些都是王志山在喝醉酒以後告訴自己的。」

「嫌丟人？」章桐皺眉看著李曉偉。

「應該還有別的原因。王志山沒說是因為那個案子過去太久了，現在只有王佳和那個男人知道真相了。」李曉偉又一次為章桐面前的杯子倒滿茶湯，「我第一次聽丁然警官說起這個案子，不瞞妳說，我當時懷疑的就是王志山，儘管他有不在現場的監控證據，除此之外他可是占據了犯罪嫌疑人的各種要素。但是現在看來，這個想法可以徹底推翻了。不僅他沒有作案時間這個關鍵點，而且王志山知道的真相可能比我們想像的還要多，不然的話他不會用酗酒和拒絕見女兒這種方式來懲罰自己。」

「我認真思考過，起先的時候，王志山應該不知道他女兒到底發生了什麼事，因為那段時間裡他總是出差，顧不了家裡，只是聽妻子趙秀榮說把女兒毒打了一頓並且去學校找老師算帳，就此流言四起，很快王佳就在學校裡待不下去了，徹底輟學，整天在外面廝混直至案發。而趙秀榮作為母親，嘴巴雖然厲害，但心裡還是軟的，也或許真的只是為了自己的面子，她到處找女兒，找回來就又是一頓毒打，惡性循環，家裡的親情關係幾乎蕩然無存。」

「王佳第一個孩子是誰的？」

「不知道。因為王佳沒說，王志山也沒說，王志山的妹妹就更不可能知道。王志山是個一輩子都聽自己老婆話的男人，幾乎從沒有替自己說話的機會。在老婆面前都是唯唯諾諾的，這種性格類似於斯德哥爾摩症候群。但是在案發後他卻一反常態，也不關心案件的進展，直接就辭了工作，賣掉安平市多年經營的家產，寧可回到老家海東這個偏僻的小縣城生活，並且徹底斷絕了以前所有的人際關係網，就好像憑空消失了一般。」李曉偉看著面前茶杯中清澈碧綠的茶湯，喃喃說道，「所以我覺得他肯定是知道真相的，他帶女兒走應該並不只是為了讓女兒能夠有一個新的開始，那樣做的話他不該恨自己女兒。而且提到失憶，相對應的那段記憶就該完全是一片空白才對，王佳卻採用的是迴避的方式。王霞說王佳自從回來後一年四季脖子上都戴著一條絲巾，就好像不願意讓人看到自己的脖子，這是我現在唯一想不通的點，我知道她在母親被害現場被人掐過脖子，卻從沒在成年人身上見過這麼大的反應。」

章桐的腦海裡閃過了王佳脖子上的傷口：「那她又是什麼時候和裴小剛結婚的？」

「裴小剛和王佳應該算得上是青梅竹馬吧，他跟父親裴大海來安平的時候才 17 歲，上高一，後來因為沒考上大學就走上了社會。裴小剛和王佳兩人年齡差不了幾歲，又是在同一所高中讀書，接觸的機會自然會多一點。王佳的母親出事後，王志山帶女兒回了老家，後來王志山去世，應該是王佳通知了他，裴小剛就來到海東帶走了王佳。王霞本來想阻止，但是她發覺自己根本控制不了局面，也就放棄了。沒多久，傳來了兩人結婚的消息。所以，可以排除裴小剛對王佳的家暴，相反，我總感覺裴小剛對王佳的感情是真的，而且王佳絕對不會向裴小剛隱瞞子宮切除的事。」

章桐緊鎖雙眉，默默地點頭。

「我差點忘了，還有件事，你們最近是不是在處理一個護理師被殺案？」

「是的。」

「她是不是叫小華？」

「寧小華。」章桐有些訝異，「你是不是有什麼線索？」

「第三醫院的急診科護理師長對我說寧小華是海東人，而王佳也有那邊的口音，她們是同鄉，並且她在這之前好像在醫院見過王佳一兩回，護理師節前後，具體什麼時候記不清了。所以那護理師長表示說你們可以去問問王佳有關小華的事。」

章桐臉色一變：「我知道了。不過你最好也把這個消息告訴童小川，因為他們負責這個案件的走訪調查。」

＊　＊　＊

窗外，夜涼如水。

走出茶樓，李曉偉把章桐送回了家。站在窗臺旁看著他遠去的背影，章桐心緒煩亂，總覺得哪裡有些不對勁。傍晚的時候在法醫解剖室裡，王佳是非常平靜地面對丈夫裴小剛的遺骸的，卻唯獨對旁邊標籤上寫著白宇名字的冰箱沉默了很久，章桐驚愕於自己在她眼睛裡看見了淚水。

想到這裡，她摸出手機撥通了李曉偉的電話：

—— 有沒有王佳恨裴小剛的可能性存在？

—— 他給了她安定的生活和一個美滿的婚姻。為什麼要恨他？

—— 我感覺王佳似乎更在意另外一個男人。明天我會去查一下裴小剛父親的屍檢報告。

—— 妳是什麼時候開始懷疑的？

章桐輕輕嘆了口氣，回答：

—— 今天傍晚，她來到警局，提出想見見自己丈夫裴小剛的遺骸，作為家屬，她的要求我們必須尊重，但是我注意到她看裴小剛遺骸的時候是面無表情的，但對一旁的白宇，她哭了。

—— 天吶……

李曉偉沒有再說下去，章桐結束通話了電話。十多分鐘後，她又一次走出了家門。

＊　＊　＊

凌晨三點，童小川辦公室的燈還沒有熄滅，面前的辦公桌上放著李曉偉剛送來的資料夾，左手邊豎著的白板上則寫著一條清晰可辨的時間線，目前為止，時間線上只差了一小段沒辦法得到合理的解釋，那就是 3 月 3 號，4 號和 5 號，為什麼王佳和裴小剛兩人會前後腳的功夫去了海川南？案件中那位 19 歲的死者身上的傷口是非常熟悉的，王佳說過自己只負責短途市內送貨和發貨，裴小剛才會經常外出進貨，而他走的線路就是安平坐大巴去海川南，再從海川南坐火車去川東，回來的時候同樣線路，只不過是在安平下車的。這樣的外出習慣似乎從未被打破過，除了上個月。而且幾乎從不離開安平的王佳為什麼單單在那天去了海川南停留一天？她到海川南到底做什麼了？

正想著，章桐敲了敲童小川的門，然後走進了辦公室。

「哦？章醫生，妳不是下班了嗎？」童小川有點驚訝。

「我放心不下裴大海的屍檢報告，還有 3D 建模的事，所以就叫車來局裡了。剛才我去了老陳那裡，看著他在程式上同時執行了兩個案發現場的模型圖，第一，南江新村的案子，我一直看不透現場的血跡，非常複雜，各種形態都有，這一點是明顯反常的。」章桐緊鎖雙眉，分別拿出了兩份現場環境模擬圖列印件，「因為死者寧小華是在非常意外的情況下被人麻醉了，根本就不存在什麼反抗一說，那麼，凶手後來實施的犯罪行為就是建立在一個平靜的案發現場，血跡種類就不應該那麼多，這就像一個為了掩蓋自己的腳印而刻意走在群體大部隊中的人。我們分析出了好幾處可以拋灑甩落的血跡範圍，還有擦拭的範圍，在正對床頭附近的血跡中確定了兩枚血足印，這串血足印所穿的就是那雙 39 碼的女式淺黃色雨靴，之所以先前沒確認，因為覆蓋了太多死者的血，就此我們可以認定這兩枚血足印出現在床前時，案件還沒發生。

我們還找到了第一刀下手的位置，就在這裡，你仔細看，床架這邊的牆上，血跡有個特殊的弧形，就好像被什麼東西擋住了一樣，這是噴濺出的動脈血造成的，因為直接割斷了右側第二胸肋關節處的主動脈，凶器拔出時帶出的血液噴了出來，凶手就站在這個位置，後面正好是牆，所以才會在牆上留下了自己的『影子』。我們根據這個影子的高度，結合床的高度和死者原來的位置，推算出了凶手的身高不會超過 165 公分到 167 公分之間。」

「除了那雙 41 碼的鞋印，現場內不是除了死者外沒有發現陌生鞋印嗎？」

章桐搖搖頭：「我剛才就跟你說過了那雙 39 碼的淺黃色雨靴。」

「哦，我想起來了，小九給了我刑科所的證據彙總，當中提到了這雙鞋子，39 碼的女式淺黃色雨靴，後幫處有血跡，死者的血。」童小川回答。

「如果穿這雙鞋的人不是死者呢？」

「妳說什麼？」童小川問，「那鞋底我看過，是乾淨的。」

章桐果斷地否決了：「魯米諾光下沒有一雙鞋子是完全乾淨的。凶手在殺死死者後對鞋底進行了清理，然後放了回去，那處血跡不排除是他手執凶器進行清洗時無意中滴落的，鞋子上半枚指紋雖然沒有比對價值，但是卻可以佐證這雙鞋子被凶手在殺人後用手拿過。我組裡的技術員仔細查過這雙雨靴，顯微鏡下沒有在後幫處發現大腳穿小鞋所經常出現的凸出痕跡，所以，凶手的腳碼數應該是 39 左右，女性或者身材矮小的男性可能性非常大。還有一點非常重要，因為死者寧小華當時是處於存活狀態的，所以現場出血量很大，凶手身上也會有沾染，為此，經我提醒，分局的法醫去了現場，對浴室下水道進行提取，發現瓷磚牆壁有兩處死者血跡，呈現出明顯拖擦痕跡，下水管道凹槽內發現陌生女性長髮，考慮到這是出租屋，也有可能是上一任租客所留，但是可能性並不大，因為分析現場環境，我們可以判斷出凶手要是不進行清理的話，將會是一身血汙走出犯罪現場，上午那個時間點這麼走在老社區裡，風險太大，所以在浴室洗澡並且換上死者的衣服或者自帶衣服才是非常有可能的選擇。」

「而這趟 39 碼血足印最後是進入了浴室，凶手在洗澡換衣服的同時清洗了這雙靴子。」

童小川想了想，神情嚴肅地問道：「章醫生，我們在時間段裡看到的那個男的，會不會是凶手？」

「身高不符。而且，寧小華沒有男友。分局法醫反映說房間裡的第一感覺是非常乾淨，浴室裡也是，東西都在原來的位置上，但浴室明顯是被使用過的，並且是一個非常了解丁小華個人習慣的人。這種人除了同居男友就是老鄉閨蜜。」說到這裡，她長長地出了口氣，「所以呢，我覺得凶手應該是認識丁小華並且對她很熟悉的人，丁小華也對凶手不設防。案發那天，凶手穿著41碼的鞋子來到她家，進入房間，在玄關處沒有像往常那樣換了拖鞋，因為現場的拖鞋都是塑膠質地，後面凶手不好偽造現場，掩蓋自己的痕跡，所以穿上了那雙早就注意到的雨靴，輕便而沒有聲音，足印也很淺，很容易被死者大量湧出的血掩蓋，非常適合自己，進入房間後趁死者不注意，給她用了準備好的麻醉藥。之所以用麻醉藥，我們所裡也討論了一下，前面那個案子，包括海川南的案子，都沒有麻醉藥，這個會出現，那只有一個可能，就是凶手不希望受害者反抗，並且凶手非常恨受害者，才會一刀刀捅下去。」

童小川倒吸了一口冷氣：「我剛看了李曉偉給我的資料，他和我也在電話中溝通了下，特地提到說王佳與丁小華是老鄉，可是王佳並沒有動機去殺害丁小華啊？」

章桐搖搖頭：「我不知道，小九那邊還有一個實驗沒有做出來，到時候對南江的41碼鞋印以及這雙雨靴印做個完整的比對，報告一出來我就通知你。」

「比對什麼？」

「同一個人無論穿哪雙鞋，她的穿鞋習慣因為固有的走路姿勢和用力的方向而不會改變。41碼那雙明顯是小腳穿大鞋，但是39碼的不同，而且這雙鞋子質地非常軟，鞋底就是一層軟塑膠，沒有平常的硬質鞋底，只要能從床右側的那兩個可疑血足印用電離法分離出有效的樣本，說不定就會有發現。而這一對位於死者頭部附近的血足印是唯一能夠提取下來的了。」

「至於說海川南凶殺案，死者和凶手有過搏鬥，死者十指指甲縫隙中發現的是未知男性 DNA 屬於裴小剛，但是現場模擬卻證實最終給予她致命一擊的是個女人，身高與南江新村案件中凶手身高相符。現場沒有發現有效足印，在死者房間裡發現了男人的牙刷，上面的 DNA 是裴小剛的，也就是我們火車爆炸案中的第 5 號死者。先前我們之所以沒有辦法確認，是因為火車爆炸案沒出，裴小剛的 DNA 沒有進入系統。」

＊　＊　＊

「裴小剛是海川南殺人案的凶手？」童小川焦急地看著章桐。

「不，只能證實裴小剛與那位死者同居過，所以在她的手指甲縫隙中發現了裴小剛的 DNA。」章桐說，「在昨天晚上認屍的時候，王佳對白宇是流淚的，但是對裴小剛卻沒有，我有些想不通。」

「那是因為王佳愛上了白宇。」

章桐滿臉的疑惑：「既然夫妻間已經各自有了愛人，為什麼不離婚？你看了李曉偉關於王志山的那段報告了嗎？」

「看了，我也無法相信。」童小川果斷地搖頭，「如果這事是真的，王佳真的被裴小剛父親侵犯過的話，那裴小剛依然要娶王佳的目的是什麼？」

「為了還債吧。」章桐的心情有些沉重，「裴大海夫婦倆去年 12 月底死於煤氣中毒，但是我查了出警紀錄，當天老夫婦被鄰居發現時還有氣息，所以被緊急送往最近的第三醫院急診中心。老太太在路上就死了，而裴大海是在急診室 ICU 待了 48 小時後因為器官衰竭去世的，其間有短暫的神志清醒，當天當班護理師就是丁小華。」說著，她便把一張第三醫院當班紀錄表和接處置病人紀錄表交給童小川，「雖然沒有直接證據證實老夫婦是死於王佳之手，但是如果裴大海在臨終前對丁小華說了什麼，那隨後丁小華被害的犯罪動機是完全可以成立的。」

「為什麼要隔這麼久才下手？」童小川不解地問。

章桐站起身，苦笑：「你們走訪的時候，丁小華的身邊人是怎麼評價她的？有時候人太善良了也會被人害死的。」

＊　＊　＊

第二天下午，一輛警車無聲地在南江新村 1 棟樓門口停了下來，徹夜未眠的童小川從駕駛座的方向鑽出了車，車後座，目光無神的王佳呆呆地看著窗外，左右身旁分別坐著陳靜和鄒強。

還有最後一塊碎片，整個拼圖就可以完工了，童小川敲響了 102 公寓的房門，面對站在門口的張阿姨，童小川在掏出工作證件的同時，掏出了兩張相片，一起遞給了張阿姨。

答案是肯定的，老阿姨最後補充說這個相片中的女人不止一次來過這棟公寓樓，就是找 3 樓的寧小華，包括出事的那天早晨，她去牛奶箱拿牛奶的時候，同樣見到了這個相片中女人的背影，時間大概在 7 點左右。

至於說為什麼會記住，很簡單，因為這個女人長得很漂亮，走起路來的姿勢卻有點古怪。

回到警車裡，童小川並沒有馬上開車，他回頭看著王佳，許久，還是把到嘴邊的話給吞了回去。轉身放下了手剎，車輛無聲地向前滑動著，右手邊空著的副駕駛座上擺著兩份手機通話清單，上面用紅筆做了標註。

第五章　絕望是什麼滋味

活著的人能感到生的絕望，那死了的人呢？

01

預審室內，隔著不鏽鋼柵欄，王佳穿著橘黃色的背心坐在木凳上，還沒開口就先輕輕嘆了口氣。

「王佳，妳明白我們為什麼要帶你來嗎？」童小川問。

「我不知道。」王佳搖搖頭。

「這是妳在安平汽車站外的高速路口攔住一輛從 S 市經過安平到海川南的大巴車時，車上的行車紀錄器拍下來的，妳手中的這個箱子裡裝的就是導致隔天凌晨安平境內花橋鎮路段 K3278 次快速列車 2 號車廂被炸的爆炸物，當時妳不會不知道箱子裡裝的是什麼吧？」陳靜依次展示的監控相片非常清晰，「這是 3 個小時後在海川南高速路口白宇拿走箱子時的監控畫面，12 分鐘後他打開箱子取走了裡面的深棕色玻璃瓶，然後放進了自己隨身帶著的牛仔背包裡，剩下的包裝被他隨手丟進了旁邊的垃圾桶，這個包裝盒我們已經找到了，上面有妳的指紋和白宇的指紋。整件事妳不會那麼快就忘了吧？需要我提醒妳瓶子裡裝的具體是什麼嗎？妳該清楚我們說這個話就肯定有證據。」

空氣瞬間凝固得幾近窒息，突然，王佳毫無徵兆地尖聲叫了起來，雙手上下揮舞，語速飛快，情緒非常激動：「我真的不知道白宇要拿去炸火車啊！他問我有沒有硝銨炸藥，我說我公公原來河口鄉下小屋裡還有存貨，只是不知道還能不能用，可能都已經失效了，他說沒事，說自己同學承包了個小煤窯，想偷偷擴建，就在長橋那裡，海川南邊上的小鎮，爆炸物的數量是政府嚴格管控的，他們申請不到了，就想請我幫幫忙。」

看著王佳的瘋狂，童小川微微皺眉：「白宇是怎麼知道妳能弄到硝銨炸藥的？」

「我，我說的，白宇雖然是高中政治老師，但是他的大學專業是化學，我們在一起聊天，我就無意中說起曾經看見公公在河口鎮鼓搗過這些，我想，他就在那時候記住的吧。」王佳回答。

「白宇到底是怎麼認識妳的？」

「他有一次購買了我們店裡的衣服，因為不合適，要換貨，我看正好是在市區，就說去取貨吧，我親自送過去，我們就這麼認識了，後來吃過幾回飯。」說到這裡，王佳漸漸地安靜了下來，「白宇是個非常單純的大男孩，對感情也很執著，他以前沒有談過戀愛，我不想騙他，就告訴他我是有丈夫的人，結果，他對我說他愛上了我，所以他會一直等下去，等我離婚。後來，我沒想到的是，有一次我們開房出來，被小剛看到了。他當時沒有說什麼，回家後，小剛就第一次打了我，事後我感覺不再虧欠小剛什麼了，就跟他說我們離婚吧，因為我背叛了你，結果你猜小剛說什麼了嗎？」

童小川茫然地搖搖頭。

王佳嘴角揚起一絲古怪的笑意：「他說這輩子裡他都不會離開我，因為他對我負有不可推卸的責任。所以他要照顧我一輩子。」

「照你所說，既然是裴小剛死纏著妳不讓妳走，哪怕妳出軌了都不讓妳走，那麼，裴小剛理應對妳忠貞不渝才對，他自己為什麼要在海川南包養情人？而且妳對他在外面有情人這件事也是心知肚明的，就是因為嫉妒，所以妳才會去殺了他的情人。」童小川低沉的聲音猶如一記沉重的耳光狠狠地掮在了王佳的臉上。

王佳臉色瞬間變得灰白，下意識地伸手撫摸起了自己脖頸上緊緊纏繞著的絲巾。她雖然進了看守所，按照規定是不能戴絲巾的，童小川卻接受了李曉偉的建議，讓她暫時保留，只是相應加強了監護。

「上個月 3 號，妳一個人去了海川南，4 號離開，而那時候妳丈夫裴小剛緊接著就跟去了海川南，乘坐的是 4 號早上第一班大巴，與妳擦肩而過，5 號才回安平的。」看著王佳臉上絕望的神情，童小川突然意識到了什麼，目光變得犀利，「等等，看來妳根本就不知道上個月 4 號那天妳丈夫裴小剛也去了海川南，對不對？妳在海川南殺了邱月紅，妳本以為神不知鬼不覺，卻不知道裴小剛在得知妳的舉動後，第一時間就趕去了海川南試圖阻止妳，但是一切都晚了。所以，他做了一個愚蠢的舉動，又一次為你掩蓋了殺人的真相。」

「又一次？」

童小川嘴角露出了一絲笑意：「應該說是第二次，對不對？說到第三次，妳不會忘了南江新村的丁小華吧？第三醫院的護理師長也認出了妳，知道妳在護理師節的時候去看過丁小華。妳看看這是誰？」說著他拿出了那張南江新村口裴小剛出現的監控畫面列印件，站起身來到王佳身邊，「這個背影，妳應該熟悉吧？」

王佳默默地閉上了雙眼，點點頭，艱難地說出了一個名字：「裴小剛。」

「妳同樣不知道他也去了現場，他雖然沒有進去房間，但是他去了，因為他知道妳去過，或許他也想制止妳，不過又晚了一步，他與妳出現在案發現場的時間差了將近兩個小時。而妳殺丁小華，理由只是因為她發現了妳的祕密，對不對？裴大海臨終前說出的懺悔。」

「懺悔」兩個字似乎深深地扎痛了王佳的心，眼淚無聲地滑過漂亮的臉頰。她無力地抬起左手，把遮蓋住自己半張臉的頭髮夾在腦後，露出了目光呆滯的右眼。

這是一隻永遠都無法看清楚這個世界的右眼。

02

預審室外的走廊上，章桐已經在單向玻璃前站了很久，這時，小九與李曉偉一起也來到了走廊上。

「章姐，情報組分析報告出來了，根據王佳手機號當晚的通話紀錄顯示，就在火車爆炸案發生的那一刻，凌晨 2 點 21 分 18 秒開始，王佳接連撥打出兩個電話，都是同一個號碼，這個手機號被證實是透過假身分證購買的，而且通話時間都只有一秒鐘，一接通就掛掉。」

「什麼時候辦的手機號？」章桐問。

「去年 8 月分，但是一直都沒有使用過，直到案發當晚才有電話撥進。」小九神情沮喪地看著章桐，「姐，我失職了，最初我和曲浩都認為這次爆炸是短導火線，但是現在看來沒這麼簡單，那半個兒童手機，粉紅色的，我先前會議上提到過的，對不對？透過殘餘的三分之一入網號查到就是王佳在最後撥出的那兩個電話的被叫號。我們最初以為這手機是屬於那位未成年死者的，但是善後組回覆說移交遺物的時候家屬確認小女孩並沒有手機，老人也沒有，車廂裡幾乎所有乘客都被排除了，剩下的那就只有兩個人了。」

「因為兒童手機面積小，看上去像玩具，但是非常結實耐用，所以能夠倖存，如果大一點的話，像我們的普通智慧手機，就直接被衝擊波炸碎了。小九，你馬上把這消息發給裡面的童隊，然後把粉紅色手機的相片也傳給他。我看到現在，南江新村和海川南的案子基本已經拿下了，就差火車爆炸案和當年的趙秀榮被殺案。」章桐轉頭看向李曉偉，「我還是不懂，既然王佳喜歡白宇，而且她也確實為白宇流淚了，她趕到爆炸現場，那時候的表情可不是輕易能裝得出來的，那是真的傷心，但是她這麼做到底是為什麼？明知道那個爆炸物會讓很多無辜的人喪命。」

「聽說過反社會型人格障礙嗎？那天妳來學院找我的時候，我就跟妳提到過這個問題。」李曉偉回答，「只不過最初我懷疑的對象是王志山。」

「你確定王佳是反社會人格障礙？」章桐驚得目瞪口呆，「那可是 17 條人命啊，包括她愛的人在內。她怎麼下得了手？」

「和自己的祕密被人知道相比，人命不算什麼。」李曉偉看著預審室內坐著的王佳，冷冷地說道。

章桐呆了呆，目光中閃過一絲恐懼，她喃喃地說道：「9 年前的案子，我分析出現場至少有三種凶器和兩個攻擊方向，而且不是一個人做的，這些我都寫在補充報告裡了，難道說那打在自己親生母親背後的那一棍子，是王佳做的？那王佳脖子上的絲巾……」

李曉偉突然推開門走了進去，然後在童小川耳畔低語了一句話。童小川雖然有些不太相信，但還是站起身，走到王佳面前，目光示意王佳身後的女警按住她的雙手，然後伸出左手，手掌中不知何時多了一把鋒利的小剪刀，迅速剪斷了王佳脖子上的絲巾，接著用力一抽，斷成兩截的絲巾落地，露出了發紅的脖頸與一片因為長期不正常裹著絲巾而近乎壞死的淺褐色皮膚。

他伸手一指，憤怒地說道：「妳母親當年差點掐死妳，妳因為恨她而在她死後還破壞了她的身體，她最後一刻都放過妳了，為什麼妳卻不能夠同樣放過妳母親？」

王佳臉上的表情迅速變化著，最終臉色鐵青，近乎崩潰一般聲嘶力竭地吼道：「因為她罵我是婊子，她讓全校的同學都瞧不起我，她就該死！」

雖然早就對這個可怕的現實有了心理準備，但是當真相最終從王佳嘴裡說出來的時候，聽到這句回答的所有人還是被驚呆了。

「那白宇呢？他也瞧不起妳嗎？你自己都說他對妳動了真感情，他想和妳結婚。」童小川竭力克制著自己的憤怒，他從桌上拿起那枚戒指，「這個戒指裡面有妳的名字，還有白宇的名字，戴上這個特殊戒指的人，一輩子只能愛一個人，白宇把它送給妳，妳呢？妳卻給了他父母這輩子都走不出去的噩夢！」

「妳知道嗎？白宇父母還對你心存愧疚，因為他們兒子最後所打的那個電話裡說得很清楚，他要跟妳結婚。妳卻做了些什麼？」

王佳沒有看戒指，卻只是低下了頭，她彎腰撿起了地上的半截絲巾，輕輕披在脖子上，過了很久，她的情緒奇蹟般地平靜了下來，語氣平緩，就像在說著別人的故事：「白宇很相信我所說的每一句話，他為了能和我結婚，願意付出任何代價。而我不可能和他結婚的，因為我手上有人命，而他最終也會在知道真相後拋棄我，在 9 年前，其實我早就已經死了。我恨裴小剛，也恨他父親，那是一個虛偽的討厭的老混蛋，我知道我如果說出真相，沒有人會相信我所說的話。我本想自己把這噩夢吞下去算了，我用自己偷偷存的零用錢找了私人診所，我想著接下來能考上好的高中，然後離開，重新生活。但是這事情被我媽知道了，因為我始終都不願意也不敢說出是誰做的，我媽就逼著我去學校找老師算帳。這種醜事是不需要有人去刻意傳的，很快整個學校就都會知道，我第二次被毀了。這次，是徹徹底底的社會性死亡，我媽罵我是婊子，她極盡所能地諷刺我，有時候我真的覺得我不是她生的，因為她對我沒有親情，有的只有不斷地控制，就像她養的小狗，只是她絕對不允許自己的小狗丟臉，丟她的臉。我害怕了，離開學校後，我變得自暴自棄，整天在外面混，我想著能逃離家庭，但是還是被我媽找到了。9 年前，那天晚上，她又一次抓住了我，狠狠地打我，拖著我朝家走，在經過文化宮那邊的時候，我跑進了沒有鎖門的店面房，我媽追了進來，她要我回去，我不願意，她最後說，如果我能說出那人是誰，她就放我走，我到現在都不明白她當時臉上的表情為什麼會是笑，我不騙你，她真的笑了，我也昏了頭，就當場用裴大海給我買的手機打了個電話。後來的事情，你們也知道了，刀，是我媽一直帶著的，她從肉聯廠出來後就帶著它，是剔骨頭專用的，很長也很鋒利，我被這刀割破過手。我媽教過我怎麼剔骨頭，怎麼分割肉，她說女孩子將來是要做家務的，不會做家務的女孩子會被夫家瞧不起。我又想不通我媽為什麼來找我的時候要時時刻刻帶著刀，或許，她是想防身用吧。沒多久，那老頭來了，我只要打電話給他他都會來。我媽瘋了，他們兩人廝打在了一起，因為太晚了，那地方又比較偏，所以沒有人圍觀，也沒有人報警，我本想偷偷溜走，誰知我媽逮住了我，她瘋了一般掐我，她說掐死我算了，就當沒生我這個女兒，我做夢都忘不了她的眼神，我知道她是真的想殺了我，而我，要麼認命，要麼就殺了她，因為她已經不把我當女兒了，所以，趁她分神的時候，我也拿起了地上的棍子。後面的事情，你們就知道了。現場是那老頭安排的，他是消防隊的，懂這一套。至於說我為什麼要用刀捅我媽那裡，因為她罵我是個婊子，一個不要臉的娼婦，只配勾引老頭，還罵我丟盡了我爸爸的臉。」說到這裡，王佳哼了一聲，臉上滿是鄙夷的神情。

「那裴小剛呢？」一旁的李曉偉忍不住問道，「妳對他難道就沒感情嗎？」

王佳冷笑：「這次裴小剛臨離開家的時候對我說希望我去自首，就因為我殺了那個騷貨，說現在自首不會被判死刑，他會等我出來，好好過下半輩子。騙誰呢，我知道他心疼自己的情人，我跟你說啊，你們男人就是甘蔗，開頭的時候啃上兩口可甜了，後面呢，不光是靠不住不說，再啃幾口的話，吐出來的可就都是渣了。裴小剛找上那個小婊子不就是這個道理嗎？他們一家子都是欠我的，我才是真正的受害者。」

童小川簡直不敢相信自己的耳朵：「妳就為了這個？那車上可是 17 條人命啊！」

「我本來也不想這樣的，就是打算全都了了，可是後來白宇在海川南的時候怎麼也沒辦法找到裴小剛，並且把手裡的東西交給他，我就只能用最後一個計畫了，但是我沒想到白宇竟然沒有在安平站下車，他本來是可以躲過一劫的，而那麼點藥量，那老頭教過我計算方法，最多也就炸兩平方的魚塘，所以炸死裴小剛之外，就是傷幾個人罷了，沒多少的，那藥早就過了保固期了。」王佳慢條斯理地說道，「我也不知道會死那麼多人。你說說看，這午夜的車都有那麼多人坐，真是邪門。」

聽到這話，門外的章桐默默地閉上了雙眼：「天吶，她就是魔鬼。」

「最後問妳一個問題。」童小川若有所思地看著王佳，「白宇知道妳交給他的是什麼嗎？」

王佳聳聳肩：「誰知道他怎麼想的。我叫他買安平下車的車票，只是覺得他還沒那麼壞，不值得陪那傢伙死罷了。」

童小川卻感到揪心般的疼痛，目擊者的話再一次在自己腦海裡響起，還有兩具屍體最後被永遠在爆炸中定格的姿態，他突然覺得自己已經沒有必要把那一幕的真相告訴眼前這個可怕的女人了。或許，對已經死去的人來說，就讓他們帶著祕密永遠活在真正愛自己的人的記憶中去吧。

＊　＊　＊

夕陽西下，章桐和李曉偉兩人在海邊散步。

「你說，王佳會有機會上法庭受到審判嗎？」

李曉偉搖搖頭：「我不知道。昨天來專家了，先幫她做精神評估，結果出來後才能確定。」

「我有個問題，」章桐停下腳步看著他，「白宇為什麼沒有及時下車？」

李曉偉的目光中滿是溫柔：「我想，應該是『良知』，是做人最起碼的良知讓他最終沒有按照王佳的吩咐去做，雖然已經沒有可能知道他最後的決定到底是什麼，但至少有一點我們是可以肯定的，那就是白宇努力想去提醒裴小剛，而且那時候的他已經徹底看清楚了王佳的可怕，也知道這一次如果裴小剛沒死，那下一次王佳還是會做的。」

可惜的是白宇卻做夢都沒有想到王佳那麼早就撥打了那個死亡電話，而離火車出事地點 2.8 公里處就是花橋，橋下是洶湧奔向大海的江水……

這，或許就是人生吧。

看著遠處布滿晚霞的天空，章桐輕輕閉上了雙眼。

故事二
獵殺者

黑夜給了他黑色的眼睛，他卻藉助光明走向深淵……

楔子

白天是屬於正常人的，晚上才屬於他。

因為做他這一行的，根本就見不了光。只有到了每天晚上，運管和交警都下班的時候，才是他最忙的時候。

臨近午夜的火車站站前廣場上依舊熙熙攘攘，而且就要過年了，火車站正是人潮最擁擠的時候。每隔一段時間，出站口的大柵欄杆子就會高高地抬起，緊接著呼啦啦地走出來一群人，神情疲憊，或提或扛著大包小包的行李，走向標有「計程車」字樣的等候區域。

那根被高高抬起的桿子就是他開工的象徵。

他是個精明透頂的黑車司機，本著「花最少的錢辦最實在的事」原則，親手把那輛已經報廢的計程車翻修一新，除了那盞高仿的頂燈是花了五十塊在汽配市場買的，別的零件能順就順。天道酬勤嘛，營業至今他也確實賺了不少錢。

「小姐，坐車吧，這麼晚了，沒有公車了……」「先生，計程車要嗎……」他熱情地向走過身邊的每一個人打招呼，臉上盡量保持著友善的笑容，可惜，沒有一個人搭理他。他有點失望了，依依不捨地看著最後一個旅客費力地拖著行李箱走過身邊，這才沮喪地朝地上吐了口痰，隨即裹緊了外套，頂著寒風，轉身向不遠處停車的地方走去。

突然，眼前的一幕讓他迅速轉憂為喜，那根賺錢的神經繃緊的同時，他也加快了腳步 —— 一個年輕女人正站在他的『計程車』旁。

這可是個非常漂亮的女人！披肩長髮，戴著墨鏡，肩膀上挎著一隻小巧的坤包，深色的風衣很好地勾勒出了苗條誘人的身材。唯一美中不足的是她用圍巾包住了大半張臉。

按照以往的經驗，他得出但凡穿著時髦的漂亮女人多半都不會在車費上斤斤計較的結論。

「小姐，坐車嗎？」這個問題問得有些多餘，他殷勤地為年輕女人拉開了後車門，然後一溜小跑繞到前面駕駛座的位置，打開了後車箱，因為她的身旁還放著一隻形狀怪異的大箱子。

女人看出了他的用意，卻只是微微點點頭，退後了一小步，算是默許了他的殷勤。

大箱子非常重，具體多少他不知道，唯一可以肯定的是和自己家廚房裡那袋子 50 斤裝的稻米重量比的話，還要重上一點。

最終，行李箱被成功塞了後車箱，安放好，他這才重新回到駕駛座上，發動了汽車引擎。在開出幾公尺後，還裝模作樣地按下了所謂的「計價器」。

他一邊打著方向盤，一邊隨口問道，「小姐，妳去哪裡？」

「光華路。」女人的聲音有些沙啞。

＊　＊　＊

透過後視鏡可以看到女人的臉裹得嚴嚴實實的，他決定試探一下；「小姐，光華路很遠啊，在市區的另一頭。妳這是第一次來嗎？」

「嗯。」女人的回答非常簡單。這下他放心了，開始思索著一會兒到底該走哪一條路可以盡可能多算一點路費。

車漸漸駛離了火車站，街頭的行人逐漸稀少。當車駛入內環高架路口時，他便把方向盤一轉，車子就輕盈地轉上了高架。這市區內環高架繞一圈下來，至少多跑好幾公里。他從後視鏡中掃了一眼後座上的女人，見對方並沒有發覺自己的小算盤，嘴角不由得露出了得意的笑容。

正當他開始盤算刨去油錢能到手多少的時候，女人卻開始說話了：「司機，麻煩在前面路口下，開回去，我有東西落在火車站了。」

他心中頓生不滿；「小姐啊，妳剛才怎麼不早說呢，要知道這上了高架可不是隨便就能下的，交警一張罰單我半個月白跑了啊。」抱怨歸抱怨，可還是不敢得罪眼前這位財神爺，只好乖乖把車開下了高架，重新駛上了通往火車站的大路口。

很快，燈火通明的火車站廣場又一次出現在了車子的正前方。「到北站臺的廣場就可以了。」年輕女人淡淡地說了一句，視線依舊投向窗外。北站臺廣場是火車站的入口處，他一邊把車靠邊停下，一邊不放心地回頭提醒：「小姐，麻煩快一點，這裡車子不讓停太久的。」女人沒吭聲，拉開車門快速鑽了出去，接著便步履輕盈地直接走向入口處。那裡進門左拐有個儲物櫃區，專供過往旅客自助存放小件行李。

不得不承認女人的背影是迷人的，光是那左右扭動的腰肢就能勾掉他一半的魂魄，更別提那沙啞性感的嗓音，一時之間這空空的車廂裡氣氛頓時變得不一樣了起來。

最要緊的她還是個有錢的人。

可是沒多久他就開始懊悔了，為什麼不要點定金當車費呢？最起碼那剛才的汽油費就不會肉包子打狗呀。

有了這個念頭，臉上的笑容瞬間變得僵硬了起來。可是轉念一思索，後車箱裡那死沉死沉的大行李箱不還在嗎，他多少是見過點世面的人，很清楚光是那箱子就已經很值錢了，因為地攤貨的把手絕對不會是真皮的。箱子既然價格不菲，那裡面的寶貝就更不用說了，這小姐不回來反而更好。想到這裡，他嘿嘿笑出了聲，瞥了一眼儀表盤上的時鐘，最後望了望人來人往的入口處，心一橫，猛踩油門，一溜煙把車子駛離了站前廣場。

這叫人無外財不富！

第一章　箱裡的屍體

清晨的薄霧仍然徘徊在城市上空，陽光透過雲層，將斑駁的光影傾瀉到城市的各個角落裡。在冬天，這是一個難得的好天氣。至少，在陽光的照耀下，人不會感到那麼冷。

可是，城市太大，總會有陽光照不到的地方。

在戴上醫用乳膠手套之前，章桐先活動了一下十指，盡可能地讓每一個指關節到指肚的區域，不會因為寒冷而導致僵硬。她隨即戴上了一次性口罩，穿上鞋套。等這一切準備工作都就緒後，章桐轉頭看了看身邊站著的助手小潘，說：「可以打開了。」

此刻，章桐面前平放著的一個外形類似大提琴的行李箱，長約 150 公分左右，最寬的地方不到一公尺。箱子表面包著一層厚厚的黑色的皮質，明顯經過了防水處理。而箱體表面厚度則超過了五公分，皮質柔軟暫且不說，就連最不起眼的把手處的搭扣上，也被小心翼翼地包上了真皮革面。顯然，這是一個超豪華的並且價值不菲的大行李箱，讓人不禁猜想著，箱子的主人之所以購買它，肯定是因為箱子裡面的東西更加寶貝。道理很簡單，好馬要有好的馬鞍才能夠配得上。

可惜的是，此刻箱子裡裝的並不是與之相配的一把音質優美、做工精細的大提琴，而是一具屍體。確切點說，是一具已經腐爛的女屍。

女屍渾身赤裸，側躺著，保持著貌似母體中胎兒的姿勢。

章桐皺了皺眉，無法把女屍和這麼精緻的大行李箱連繫在一起。

這本來就是屬於兩個世界裡的東西，一個太過於美好，而另一個卻是冰冷的死亡。

她彎下腰，用半蹲半坐的姿勢，竭力把手伸進了大行李箱裡，在屍體沒被移動之前，她必須對屍體表面先做一次初步檢查。

死者是女性，儘管屍體已經嚴重變形，但是，仍然能從一些明顯的體表特徵來辨認出性別。章桐用戴著手套的手，輕輕地抹去死者面部的蛆蟲，她失望了，這是一張已經嚴重變黑腫脹的臉，別說長相，就連大致年齡也很難辨認。

突然，她的目光被死者的雙手吸引住了，於是輕輕地抬起死者的手腕，略微活動了一下，心裡頓時一沉，隨即抬頭對小潘說：「幫我把屍體往側面轉一下。」

當大行李箱的襯裡顯露出來時，章桐伸手摸了摸，不出她所料，手套表面並沒有附帶任何油脂狀物質。「章醫生，怎麼樣？死因能確定嗎？」說話的是童小川的助手老李。

章桐搖了搖頭，站起身：「我在箱子底部沒找到屍體腐爛期所產生的屍油痕跡，而死者的雙手手腕是在死後被人為折斷的，我判斷，死者應該是在死後過了最初的腐敗期，才被人塞進了這個大行李箱，以便於最終的拋屍處理。屍體在這裡停留的時間不會超過兩天。」她環顧了一下四周，「老李，這裡充其量就只是個拋屍現場。」

「能肯定是謀殺嗎？」老李問。

「等解剖後我才能夠告訴你，屍體腐敗的程度太嚴重了。」說著，章桐和小潘一起把大行李箱重新合上鎖好，「今天怎麼沒有見到你們老大？」

「童隊一大早就去開會了。」

章桐在現場紀錄本上簽名之後，收好工具箱，轉身向停在不遠處的現場勘查車走去。

＊　＊　＊

回到解剖室，章桐立刻讓小潘打開了解剖室裡所有的通風口，空調也被調到了極低。在現場的時候，由於處於露天的環境中，屍臭的味道並不明顯。但是此刻，就連最濃烈的來蘇水的味道都無法掩蓋住那股特殊的味道，雖然章桐多少對這種氣味已經有了點免疫，卻還是感到有點說不出的衝鼻。

裝屍體用的大行李箱被另一位新來的工作人員送去了痕跡鑑定組。

刑科所法醫處本來就人手短缺，作為新人，彭佳飛自打進來後就少言寡語默默做事。在特招進局裡之前，年近 30 的他履歷表上職業一欄填寫的是外科醫生，工作於三甲醫院，後來因為出了重大醫療事故才辭職的。雖然院方並沒有吊銷他的行醫執照，也算給他留足了面子，彭佳飛卻還是改行了，去警局當了法醫處編外輔助人員。

此刻從現場搬運回來的屍體被平放在解剖室正中央的不鏽鋼解剖臺上，雙手擺放在身體兩側，雙腳則靠近解剖臺邊緣的水槽。屍體腫脹，蛆蟲在明亮的不鏽鋼表面滾動著，密密麻麻的猶如沸騰的水蒸氣一般。

在清潔屍表之前，章桐用鑷子和試管分別取下了屍體不同部位的蛆蟲，其中包括了一些蟲蛹的空殼，這表明已經有一些麗蠅被成功孵化了出來。

在檢查到屍體的下體部位時，她心裡一沉，麗蠅在這裡所產下的卵的數量明顯要多於其他部位，而麗蠅是很少在屍體的生殖器附近產卵的，除非死者在臨死前遭受過暴力侵害。

「彭佳飛，我需要你盡快做一個性侵害檢查。」她頭也不抬地說。

「可是，章醫生，屍體都腐爛成這樣了，檢查結果會可靠嗎？」彭佳飛明顯有些遲疑。

「只要有一絲可能，我們就必須去做。」章桐嚴肅地說，「一般來說，麗蠅只會在屍體的開放性創面和臉部產卵，但是在這個部位，麗蠅卵的數量有些不正常，我得證實死者在死亡前後是否遭到過性侵害。」

彭佳飛點點頭，走向了屋角的工具臺。

「章姐，說實在的，妳也不用對老彭這麼嚴厲吧，他和我不一樣。」小潘湊近章桐小聲嘀咕著。

章桐目光嚴肅：「做事吧。」她知道小潘擔心什麼，畢竟那成堆的文書工作可不是開玩笑的。

等所有的標本都取樣完備後，章桐便把試管放回醫用托盤裡。雖然溫度是死亡時間的重要證據之一，但由於屍體在先前已經不止一次被轉移，所以目前只能依靠托盤裡的這些讓人感到頭皮發麻的小蟲子來判斷具體死亡時間。

她重新把視線轉移到了屍體上，抓起水管開始認真清洗屍體，裡裡外外，很快，屍體的表面就變得平靜下來了。

這時候，她注意到了一個細節 —— 屍表雖然鼓脹，並且呈現出皮革狀態，這樣也完全符合屍體腐敗的外表形狀，但是體表皮膚的裂隙卻產生的很不自然，尤其是胸口部位，在第三和第四節肋骨之間的幾道裂隙明顯是由外部作用所產生的，因為傷口創面由外部向體內逐漸擴大。

人的死亡需要一個過程，心臟停止跳動也並不意味著生命已終止，屍體內部的腸內細菌會隨著時間的增加而瘋狂地呈幾何倍數狀繁殖。儘管體表此刻看上去或許還是很平靜，並沒有多大的變化，但是體內，細菌卻再也找不到容身之地，會撐破腸體對屍體表面進行攻擊，所產生的氣體最終會把屍體撐破，就這樣造成了屍體表面的裂隙。但是眼前的裂隙卻分明是由利器造成的，傷口附近的皮膚也沒有發白脫落的跡象。

「把這幾道傷口拍下來。」章桐對站在對面的小潘說。正在這時，身後解剖室的門被推開了，童小川急匆匆地走了進來：「怎麼樣了，有結果嗎？」

「沒那麼快。」章桐乾脆地回答，「有結果我會第一時間通知你。」

童小川滿臉的失望，一屁股在門邊的椅子上坐了下來，皺起了眉頭：「上面在催，報告不出來，我就只能在這邊等了。」

章桐頭也不抬，伸手接過小潘遞給自己的手術刀：「你要是不嫌臭的話，我倒是沒意見。」

不說臭還好，一提到這股特殊的味道，童小川的臉色頓時變得很難看，低著頭，雙手交叉抱著肩膀，兩眼則死死地瞪著解剖床：「什麼味道？」

章桐抬頭瞥了她一眼：「臭味。」

小潘忍住笑，伸手指了指身邊工作臺上的托盤：「童隊，裡面有口罩，還有薄荷膏，你抹一點在鼻子下面的人中位置上，味道就不會那麼難聞了。」

童小川感激地看了他一眼，儘管薄荷膏辛辣的芳香味道讓人眼淚鼻涕直流，但是相比起濃烈的屍臭味來可要好得多了。

「聽老李說，出現場的時候，這屍體好像沒有這麼臭。」童小川邊說便手忙腳亂地給自己戴上口罩，這才放心地深吸一口氣，卻又馬上被嗆得直咳嗽，眼淚也流了出來。

「你塗太多了！」章桐無奈地搖搖頭，繼續滑動手裡鋒利的刀刃，「現場是露天的，而這裡就跟個罐子似的。」她伸手從工具托盤裡抓起了二號手術刀，「童隊，我建議你真要等的話，還是去我辦公室吧，不然等下的情況會更糟。」

童小川二話不說，趕緊站起身，推門走了出去。

章桐微微一笑，搖搖頭，毫不遲疑地把手術刀插進了屍體的肩胛骨部位。

＊　＊　＊

一個多小時後，章桐回到了法醫辦公室，不過並沒有見到童小川，這也不奇怪，這傢伙基本上就沒有閒下來的時候。她伸手摘下桌上的話機聽筒，撥通了刑偵大隊辦公室的電話。

「先通知你們一下，死者是女性，年齡在二十到二十五歲之間，他殺。胃部是空的，至少表明死者在死前六個小時之內沒有進食。」

「那死亡方式呢？」專案內勤鄒強急切地問，同時朝身邊人吼了一句，「快給我支筆，法醫那邊出結果了。」

「因為屍體已經嚴重腐爛，我還要做進一步的毒化檢驗。體表沒有明顯的致死傷痕，只在屍體胸口左邊肋骨第三和第四根的部位發現一些外部硬物所導致的傷口，等匹配報告出來後才能最終確定是哪一類硬物所導致的，我現在只能說這些傷口不是致命的。」章桐想了想，繼續說道，「但是，毒物報告做出來有點奇怪，同時在死者血液內發現了腎上腺素和阿托品。而這兩種東西是不應該在同一個人的體內出現的。」

「為什麼？」筆尖接觸紙張的摩擦聲停止了。

「阿托品是從顛茄和其他茄科植物提取出的一種有毒的白色結晶狀生物鹼，主要用其內部含有的特殊硫酸鹽來解除病人的痙攣，減少分泌，有緩解疼痛和散大瞳孔的作用。臨床適用於搶救中毒的病人，這種藥可使病人的呼吸速度和深度明顯增加。如果用量控制不好的話，反而會引起病人的心跳減慢，甚至心律失常併發室顫，那就不好辦了。而我們這個死者體內所含有的阿托品的含量是嚴重超標的。」章桐再次核對了面前速記本上的資料，「超標八倍以上！」

「那腎上腺素呢？」

「那是由人體腎上腺髓質分泌的一種兒茶酚胺激素。在應激狀態、內臟神經刺激和低血糖等情況下，釋放入血液循環，促進糖原分解並升高血糖，促進脂肪分解，引起心跳加快。一般用於醫療急救，當病人出現心跳停止，瞳孔散大時，這種藥物才被普遍使用。因為人類的心臟一旦停跳超過一段時間，就會對人體的死亡產生不可逆轉的嚴重後果。可是，腎上腺素和阿托品是兩種相互牴觸的藥物，水火不相容。」

「章醫生，那妳擔心什麼？」

「死者體內這兩種藥物同時存在，半衰期也差不多，顯然是在差不多時間段被注射的，對此我找不到一個合理的醫學上的解釋。從藥理學角度來講，腎上腺素能使我們人體心肌收縮力加強、興奮性增高，傳導加速，心排血量增多。對全身各部分血管的作用，不僅有作用強弱的不同，而且還有收縮或舒張的不同。由於它能直接作用於冠狀血管引起血管擴張，改善心臟供血，因此是一種作用快而強的強心藥。而阿托品，則正好抵消。死者體內的情況說明她幾乎是在同一時期被注射了這兩種藥物。而這個世界上沒有一個醫生會同時給病人開超劑量的阿托品和腎上腺素，那會出人命的。」

「那具體死亡時間呢？出來了沒有？」

「等屍體表面的蟲卵培養實驗出來後，我才能確切告訴你。」

＊　＊　＊

結束通話後，章桐在辦公桌旁坐了下來，伸手打開了桌面上的電腦，開始記錄蛆蟲樣本和生長期限。

這時，身後傳來了彭佳飛的聲音：「章醫生，能讓我看看這些樣本嗎？」

章桐起身把螢幕前的位置讓了開來：「你看怎麼樣？屬於第幾期？」履歷表上標明過彭佳飛擅長的方向是生物學，所以她還是很願意隨時徵求一下自己這個新組員相關方面的意見的。

「一般的昆蟲會在屍體死亡後的兩天左右產卵，雖然現在是冬季，室外溫度也並不很高，但是最多也不會超過七十二小時，看這個蟲體是屬於第三期，我想應該在六天以上。」彭佳飛吸了吸鼻子，補充說道，「章醫生，這應該是麗蠅的幼蟲，對嗎？」

章桐點點頭，伸手指了指螢幕上的另外幾個培養皿：「還有日蠅，這表明屍體最初所處的環境應該比較潮溼。」

看著這些，彭佳飛的目光中流露出了興奮的神情。

「對了，章醫生，我差點忘了跟妳說了，痕跡鑑定組那邊通知——現場取回的裝屍體的箱子的檢驗報告在下午五點之前會出來，我還沒來得及過去拿。」

「沒事，我來處理。」看著手機上通知開會的訊息，章桐走出了辦公室，「我去案情分析會，這邊交給你了。」

第二章　屍蟲的暗示

市警局五樓會議室，童小川在接到通知後，早早地來到了會場，很快，各個參與案件偵破的部門負責人也相繼趕到了，大家各自落座後，交頭接耳，議論紛紛。

這時，局裡的唐政委推門走了進來，身後跟著一個個子很高，身形卻又很瘦弱的中年男子，穿著略微有些短的黑色夾克外套，頭上戴著一頂普通的沒有任何標記的棒球帽。和唐政委一臉的焦灼相比，後者則面容平靜，很是沉著。

「大家靜一靜！」唐政委清了清嗓子，「這一位是新來的副局長，張景濤，張副局長。張副局長以前主持刑偵工作，從現在開始我們刑偵工作都會由他負責。」說著，唐政委轉身，心事重重地離開了會議室。

一時之間整個會議室鴉雀無聲。張局環顧四周：「案子緊急，客套話我就不多說了，你們各部門以前是怎麼做的，現在還是照樣子做。不要有所顧慮，明白嗎？現在談談案情吧。」說著，他一屁股坐在椅子上，滿臉嚴肅的神情。

童小川點點頭，隨即示意身邊坐著的老李打開幻燈機，屋裡的日光燈也同時被關閉了。隨著幻燈片一張張展示，童小川解說道：「今天早晨六點三十七分，市局接到群眾報案，說在城東垃圾處理場發現了一個箱子裝著一具屍體。經過我們查證，這確實是一種專門用來裝大提琴的箱子，市面上有售，我已經派人去查了。大家看到的這第一張相片，就是案發現場周圍的環境，相片右下角是用來裝屍體所用的大提琴箱，箱子很新。我們詢問過報案人，他除了打開箱子以外，並沒有移動箱子的位置。為了以防萬一，報案人強調是戴著手套打開箱子的，沒有直接接觸。」

說著，他揮手示意放下一張，「大家現在所看到的，是我們到現場打開大提琴箱蓋子後的屍體特寫。根據法醫的描述，屍體是在死後被放進了這個箱子，並且被刻意擺成了這種姿勢，時間不會超過四十八小時，也就是說我們所看到的這個大箱子應該是凶手拋屍用的。」

「那誰會想到用大提琴箱來拋屍呢？」黑暗中有人小聲嘀咕。

「這也正是目前要調查的問題之一，在拿到檢驗報告後，我們已經派人和這款大提琴箱的銷售代理商取得了聯繫，他們正在整理最近一年以來的所有銷售紀錄。拿到紀錄後，我們會繼續派人走訪排查。還好，用這種箱子的人並不多，我想調查起來的難度應該不會很大。所以本案性質是他殺，只是屍源的調查還是會有一定的難度。」

他接著點開了自己面前電腦螢幕上的一個小視窗，會議室投影螢幕上便出現了一段現場影片。由於拍攝時間是晚上，所以螢幕的背景很是昏暗。

「這是一段剛剛從交警那裡調來的監控錄影，時間是案發之前四個小時左右，地點就在垃圾處理場附近不到兩公里的岔道口。由於是凌晨三點不到，所以路面的車輛並不多，即使有過路的，也基本上都是那種跨省運輸的大型貨櫃車輛。」說著，他按下了暫停鍵，靜止的畫面上所呈現出的是一輛桑塔納車，但是由於燈光昏暗，監控錄影的畫面是黑白色的，也不是很清楚，所以車輛顏色和車牌就無從得知。

「那你怎麼確定這輛車子比較可疑呢？」張局問。

童小川把滑鼠移動到了車子頂端：「這一塊很像一種車輛的頂燈。」

「有沒有辦法把錄影的畫面再處理得清楚一點？」

一旁的鄒強搖搖頭，說：「沒辦法了，鏡頭不是高畫質的。」

聽了這話，張副局長更是好奇了：「那你們為什麼會認為這輛車子很可疑？」

「因為這個時間段，這種小型車輛是很少出現在這個路口的。要知道這個岔路口附近是偏僻的荒郊地帶，幾乎沒有居民區，而出城的話司機也不會從這裡走。」說著，童小川又移動滑鼠點選了螢幕下方的快進按鈕，「十多分鐘後，這輛車又出現了，按照這個距離和通過監控時它的平均時速計算，如果往來於垃圾處理場拋屍的話，時間剛好。」

「這應該是一輛計程車吧，你看那頂燈！」說話的是三隊的盧浩天，他伸手指著螢幕中那輛桑塔納黑乎乎的頂端，「我想這應該就是我們在街上經常見到的計程車的那種頂燈。」

一直默不作聲的章桐突然站了起來，向前湊近電腦螢幕，仔細看了一會兒後肯定地說：「這確實是一輛計程車，但不是正牌的出租，應該是一輛『黑車』。」

「『黑車』？你說它是『裡鬼』？」盧浩天愣住了。

「我對這種車非常熟悉，因為法醫處經常不定時下班，我離家又遠，沒公車可坐的時候，就經常坐這種車回家。你別看它的外表和真的計程車非常相似，旁人眼中幾乎看不出差距，但是，你只要仔細看，還是能夠分辨得出來的。」章桐伸手指了指車子的尾燈，「我從前幾天的晚報上看到，從這個月十五號開始，所有本市掛牌計程車都統一換成了桑塔納 3000 的最新車型，相比起以前所用的桑塔納 2000 來說，可要好得多，因為是天然氣的，所以執行起來比較經濟實惠，也環保。而一些黑車司機因為不想承擔這筆改裝換車的費用，上街賺錢又怕被抓，所以很多都採用了私自改裝以前的報廢車輛，想矇混過關。但是百密必有一疏。你們看這個車尾燈，3000 車型的尾燈呈環狀的，這個根本就不是。」

「那我們豈不是要找一個黑車司機？這上哪裡去找？」

老李想了想，說：「我或許有辦法，我的老鄰居，聽說現在就在做這一行，我這就找他出去打聽一下情況。」說著，他站起身朝辦公室門口走去，同時掏出了口袋裡的手機。

童小川有些舉棋不定：「他會幫我們嗎？這些做黑出租的，見了我們可是跑都來不及的。」

老李笑了笑：「我們是警察沒錯，但又不是運輸管理部門的，沒管理許可權，而他們這種人精明得很，不用我們刻意提醒。」兩人邊說邊朝外走去。

關上門後，房間裡出現了片刻的安靜。

房間裡的燈亮了起來，張副局長探身對章桐說：「章醫生，那接下來就由你來說說屍體方面的情況吧。」

章桐打開自己面前的工作紀錄本：「經檢驗，除了箱體外表那一組已經被證實是報案人的指紋外，裝屍體所用的箱子中並沒有提取到有效的指紋，這表明兩點：第一，證實了箱子是用來拋屍的，在這之前沒有別的用處；第二，凶手把屍體裝入大提琴箱中時意掩藏了自己的指紋，從這一點看來凶手具有一定的反偵察意識。」

「那死者的指紋呢？有沒有順利提取到？」

章桐搖搖頭：「死者的指紋被抹平了，我們在死者的指尖上提取到了殘留的濃硫酸痕跡。顯然凶手不希望我們確定死者的真實身分。DNA 方命案更不用提，庫裡沒她的資料。」

「大提琴箱裡有效的生物證據應該只有那些屍體上的麗蠅和日蠅的蛹殼了。由於死者的屍體曾經被搬動過，為了能夠被順利放入大提琴箱，凶手甚至還不惜折斷死者的手腕，而在搬動的過程中，一些本來在屍體內部的蛹殼就被滑落了下來。經過檢驗證實，死者死亡的時間應該是在一週上下。」

「一週？現在是大冬天，室外氣溫最起碼在零下十五六攝氏度，一週就腐爛成這個樣子，可能性大不大？」鄒強一邊問一邊迅速做著紀錄。

「當然可以。」章桐點點頭，「屍體上發現的日蠅蛹殼就是一個很好的證據。要知道，日蠅平常生活的環境就是非常潮溼陰暗的地方，而麗蠅，人類死亡二十四小時之內，只要環境溫度允許，就會在屍體上找到合適的地方產卵繁育後代。目前在屍體上就只找到了這兩種昆蟲的痕跡。綜合可以得出這樣的結論：死者死亡時間在一週左右，死亡環境是一個陰暗潮溼的地方，溫度應該是在二十五到三十攝氏度之間，這個溫度很適合昆蟲的生存，直到案發七十二小時之前，屍體才被轉移進了那個特殊的大提琴箱中。而大提琴箱的密封效能非常好，表皮材質又是皮革，這對屍體的腐爛程序又有了一定的保障，使得屍體不會因為外部的寒冷環境而受到影響。」

「現在這樣的天氣，能一直保持這樣溫度的地方應該就只有開著暖氣的室內了。」盧浩天嘀咕了一句，「究竟是什麼樣的人，殺了人之後，還要把人的屍體放在屋裡這麼多天？心理承受能力真是厲害。」

張局說：「一般的犯罪嫌疑人，在殺害對方後都會急著拋屍來掩蓋真相，而眼前這件案子的對手，卻不緊不慢地把屍體放在開了暖氣的屋裡三天以上。我認為他的抗壓力極好。那麼，凶手為什麼不馬上拋屍？還有，就是那個大提琴箱，他為什麼要選擇大提琴箱來拋屍？這又意味著什麼？我見過很多種拋屍現場，總結起來無非就是兩種方式：要麼圖快和省事，要麼就是對死者充滿了愧疚，想著盡量彌補一點，所以在包裹屍體的物證上，會盡量奢侈，以謀求自己內心的平衡。可是，誰會特地去找個大提琴箱來裝屍體呢？方便運輸嗎？大號航空行李箱不就行了？何必這麼費事呢？在價格上，一個真皮質地的大提琴箱可比相等容量的大行李箱要貴很多啊。你們說是不是？」

會議室的門被推開了，童小川走了進來：「章醫生，那痕跡鑑定組那邊有沒有確切查出大提琴箱的使用程度？有沒有使用者的個人習慣？」

章桐搖搖頭：「箱子是全新的，裡面沒有任何存放過除屍體以外物品的痕跡。不止如此，我還在屍體體內發現了一定含量的阿托品和腎上腺素，都是被注射進體內的。可是我現在從藥理學的角度上還找不到一個合理的答案解釋這種現象，除非……」

「除非什麼？」張局長連忙問道。

「大膽推測一下，這樣大的劑量，除非是凶手用阿托品把死者弄暈後，在死者即將死亡之前，又立即用腎上腺素讓她清醒過來。一次又一次地重複。」章桐皺眉說道，「阿托品是一種麻醉藥劑，我檢查過死者的眼睛，在殘留的玻璃晶體上所存在的阿托品劑量明顯呈現出異常狀態。稍微有點藥理學常識的人都知道，超劑量的阿托品會使病人心臟逐漸停跳最終導致死亡，而腎上腺素屬於一種強效的強心針劑，在臨床急救時，醫生一般都會在病人心臟部位實行注射，以達到使停跳的心臟恢復跳動的效果。

可是，我們往往只看到這種強心針挽救生命的作用，卻不知道在另一方面對心臟卻是一種折磨，病人是在極度痛苦中恢復生命跡象的。如果反覆使用阿托品和腎上腺素的話，可以說對方就會因為難以承受的痛苦而感覺生不如死！」

「所以我才會說，凶手有可能是在折磨死者。」說完這句話後，章桐默默地合上了手中的檢驗報告。

散會後，童小川剛走出電梯，迎面就撞上了老李。老李興沖沖地朝他揮了揮手機，說：「有消息了，我正要打電話給你呢，那個黑車司機！走，我們這就去找那個小子！」

第三章　溺水而死

若要人不知，除非己莫為。

這回，王偉算是真的後悔了，真不該貪那點小便宜啊，搞得這兩天晚上睡覺都不敢關燈，洗臉的時候更不敢看洗臉池上方吊著的那塊汙漬斑斑的小玻璃鏡子。總是擔心那讓人頭皮發麻的玩意兒會再次出現在面前，把自己嚇得夠嗆。恐怖片裡不都是那麼演的嗎？王偉做夢都沒有想到這樣的倒楣事如今會落到自己的頭上。他怎麼也想不通，為什麼同樣做黑出租這一行的，偶爾都能順一點值錢的玩意兒回家，然後在同行面前樂呵呵炫耀上幾天，為什麼自己就偏偏順了一具屍體回家呢？要命的是居然還是一具高度腐爛的屍體。味道那個臭啊，逼得他天不亮就去敲洗車店的大門，哀求著對方徹徹底底地把這輛車每個角落都仔細地清洗一遍，生怕哪裡會遺漏。王偉都顧不上心疼錢了，活該自己倒楣啊！

看來，人就不能隨隨便便起貪念，否則肯定會有報應的！王偉叨叨咕咕地拉開車門，撲面而來的刺鼻的香水味讓他幾乎作嘔，都已經兩天了，這味道還是散不去，他強忍住胃裡一陣陣的翻騰，心裡思索著今天再去火車站站臺北廣場那邊看看，一方面是為了生意，另一方面，當然了，王偉心裡總念念不忘要找到那個女人，那個把自己坑了的謎一般的女人。

想到這裡，他狠狠地一咬牙，剛要轉火車鑰匙，頭頂突然傳來砰砰的敲擊聲，王偉剛要發火，轉頭一看，車窗上出現了一張熟悉的臉，他隨即搖下了車窗玻璃，問：「丁叔，找我有事嗎？」

「我有兩個朋友要找你聊聊！」說話的是一個年過四十的中年男子，由於長年在外開車奔波的緣故，中年男子的臉上布滿了皺紋，皮膚黑裡透紅，伸手朝自己後面招了招，「李哥，你們快過來吧。」

王偉心裡一陣莫名的恐慌，他略微鎮定了一下，心想，那事應該沒有那麼快找到自己，自己也沒有那麼不小心。再說了，面前的老丁也是做這一行的，他為什麼就像沒事人一樣呢？

正胡思亂想著，王偉的後車門被人拉開了，鑽進車裡來的正是童小川和老李。王偉一愣，面露驚慌之色，老李微微一笑，順手摸了摸他的頭髮：「兄弟，放心，我們是市局刑警大隊的。」說著，他出示了相關的證件，右手大拇同時指朝身後指了指，「我們找你是為了你車子後車箱裡曾經放過的那個東西。」

一聽這話，王偉就像洩了氣的皮球一樣，身體幾乎癱倒在駕駛座上。

＊　＊　＊

刑警大隊辦公室，童小川特地選擇了在這裡對黑出租司機王偉進行詢問，而王偉的桑塔納則被拉到了位於地下停車庫的刑科所痕跡鑑定組的車輛鑑定實驗室。

此刻的王偉，一改先前垂頭喪氣的樣子，涕淚縱橫地拚命辯解著：「我沒有殺人，我真的沒有殺人，老天有眼，抓住那個挨千刀的女的，是她害了我呀，要是早知道那裡面是那玩意兒，把刀架在我脖子上我都不會起這個貪念啊……」

見此情景，老李知道這傢伙是真的害怕了，他只能強忍住笑，倒了一杯水，放在王偉的面前，接著便在他身邊坐下，「兄弟，別慌，說說這個大提琴箱到底是怎麼到你車上的。」

王偉頓時面露喜色：「那麼說，你們知道人不是我殺的？」

老李瞥了他一眼：「問你什麼你就回答什麼，你把事情的前前後後詳細地給我們說一遍，一個細節都不要漏掉，明白嗎？」

「明白！明白！我肯定說……」王偉就像抓住了一根救命稻草一般，竹筒倒豆子地把那天凌晨所發生的奇怪經歷都一五一十地講了出來，生怕表現不好，又添油加醋地形容了一遍那個女乘客的外貌打扮，到最後，他雙手一攤，仰天長嘆，「我這輩子都不敢再做這種缺德事兒了，我向你保證，我一定天天做好事。」

老李沒再搭理喋喋不休的王偉，看了看身邊默不作聲的童小川。

「你看怎麼辦？」

「你先帶他去正式錄個口供，等樓下那邊報告出來後，我們再對他進行處理。」

聽說還要處理自己，王偉急了：「我把知道的全說了，死人真的和我一點關係都沒有啊……」

「你以為事情就這麼容易過去了？這個案子中，你發現屍體時沒有及時報警，反而一丟了事，所以現在你涉嫌拋屍，知道嗎？在案子沒有解決之前，你身上的嫌疑是沒有辦法洗清的！」童小川嚴肅地說道，「你給我聽著，現在你所能做的，就是在接下來的時間裡好好配合我們工作，盡快找到那個女人，將功補過，爭取寬大處理！」

王偉忙不迭地點著頭，灰溜溜地跟在老李的身後走了。

童小川一邊收拾桌上的筆記本，一邊抬頭對一隊副隊長于強說：「于強，你馬上調一張火車站站臺北廣場的地形圖出來，然後給剛才的目擊證人辨認，以確定那個女嫌疑人最後消失的具體位置，同時帶上案發當天午夜零點到五點之間北廣場監控探頭的監控錄影資料，讓這傢伙在其中找出那個女嫌疑人。一有結果就通知我。」

「好的。」于強草草地記下要點後，起身向辦公室外走去。

正在這時，童小川口袋裡的手機響了起來：「章醫生，有什麼新發現？」

「你過來一趟，死因出來了，只是……我覺得有點奇怪。」

＊　＊　＊

當童小川和鄒強推門進入法醫解剖室時，房間裡就章桐一個人，她伸手拉開了標著 32 號的冷凍櫃門，然後用力拖出了那具在大提琴箱中發現的腐敗女屍，揭開白布：「死因是溺死。」

「溺死？」童小川和鄒強對視了一眼。

「別開玩笑，我見過浮屍，章醫生，妳對『溺死』的結果確定嗎？」

章桐點點頭：「確切點說應該是『乾性溺死』，也就是指溺水者落水後死亡，但在我們法醫屍檢過程中未見呼吸道和肺泡中有較多的溺死液體，死亡機制可能為落水後因為冷水進入呼吸道而刺激聲門，引起反射性痙攣，從而發生急性窒息所導致的死亡。還有一種可能是冷水刺激皮膚、咽喉部位以及氣管黏膜，引起反射性迷走神經抑制作用，緊接著就導致心搏驟停或者原發性心臟休克而死亡，在此期間會有一定的時間段，但是不會很長。這和我們平時所見到的一般性溺死是完全不同的兩個概念，有時候溺死者在出水時還是存活的表現，但是她的體內卻已經出現了致命性的變化，所以只要不及時進行呼吸道插管救治的話，病患會在幾分鐘內出現不可逆轉的死亡。」

「那你是怎麼確定她是溺死的呢？」童小川疑惑不解地問道。

「共有兩個地方：第一，她的齒根和牙床，」說到這裡，章桐伸手掰開了屍體的嘴巴，指著口腔內部：「你注意看，牙齒都呈現出明顯的粉紅色，尤其是齒根部位，這在我們行話中被稱為『粉齒』，是死亡時死者體內嚴重缺乏氧氣供應的特徵。剛開始的時候還差點被我忽視了。第二，死者鼻腔內部的微量蕈樣泡沫，這是由於冷水刺激呼吸道黏膜分泌出大量黏液，黏液、溺液及空氣三者經劇烈的呼吸運動而相互混合攪拌，最終所產生的大量細小均勻的白色泡沫，因富含黏液而極為穩定，不易破滅消失。但是蕈樣泡沫對確認溺死有一定意義，但是也可偶見於其他原因死亡的屍體，比如說中毒、勒死等等。而後兩種死因在我們這具屍體上，我卻找不到可以用來佐證的證據。所以，我暫時只能用它來證明有關溺死的推論。」

鄒強小聲嘀咕：「章醫生，現在室外的溫度這麼低，死者發現時全身赤裸，身上的衣服又找不到，妳說兩者之間會不會有相應的連繫？」

「你說的也有道理，寒冷對我們人類的皮膚突然產生刺激的話，也是能夠對心臟發揮到連帶影響的作用的，只是，我在屍體表面並沒有發現突然降溫所導致的皮膚血管收縮的主要表現，比如說表皮變白發皺，而屍體的結膜部位也並沒有顯著淤血，這也是最初我一直沒有辦法確定她死亡的具體原因所在，直到我發現了『粉齒』。」

說著，章桐把女屍重新又推回了冷凍櫃，然後熟練地關上了櫃門，鎖好後，摘下手套丟進了腳邊的醫用廢棄物回收桶裡。

「章醫生，我還是不明白妳的意思，既然死者是溺死的，為什麼在我來這邊之前的電話中，妳會說『奇怪』兩個字呢？」童小川還是一臉的疑惑。

「在我們以往的解剖案例中，一般的溺死都是可以透過死者體內的溺死水源的微生物含量來判定死亡第一現場的所在，比方說海邊還是溝渠河流之類，但是我在死者的體內卻怎麼也找不到這些特殊的藻類微生物。當然了，屍體腐敗有可能會對結果產生一定的影響，但是這也太乾淨了，難道死者是被純淨水淹死的？」章桐看著他。

「也就是說，妳沒有辦法確定第一案發現場！」童小川終於聽明白了，臉上的神情也變得嚴峻了起來。

「沒錯。至少目前如此。」章桐伸手從工作臺上拿過一張電腦畫像遞給童小川，「這是死者的模擬畫像。你結合我驗屍報告上的屍體特徵，就可以發『認屍啟事』了。」

手中攥著畫像，童小川欲言又止。

「對了，還有一點，死者在生前曾經有過性行為。但是我們並沒有在屍體的某些特殊部位找到相應的凶手所留下的生物學上的證據。」章桐若有所思地說道。

童小川輕輕咒罵了一句，和鄒強兩人灰溜溜地走出了法醫處。

第四章　同心酒吧

傍晚，天很快就黑了，下起了小雪，陰沉沉的天空中雪花飛舞，觸地即化，迅速消失得無影無蹤，只剩下地面上溼漉漉的一片。空氣中越發透露著刺骨的寒意，潮溼陰冷的感覺似乎占據了現實和虛幻中的每一個角落。

突然，一個女人發出的撕心裂肺的尖叫聲劃破了這死氣沉沉的夜空，緊接著又是一陣令人心悸的尖叫，雖然短促了許多，但仍然可以讓聽到的人感到頭皮一陣陣發麻。

市區城北東林花園社區 45 棟 A 樓的居民們紛紛打開家門走了出來，幾個膽大的則沿著方才傳來的尖叫聲向三樓快步走去。很快 302 室的房門被猛地推開了，一個中年婦女跌跌撞撞地衝了出來，面如死灰，還沒有站穩，便倚著牆角一陣反胃乾嘔。

「出什麼事了？要報警嗎？」

「是不是家裡進小偷了？」

「要不要緊？」

…………

鄰居們議論紛紛。見 302 的房門還開著，不等中年婦女回應，兩個膽大的鄰居就推門走了進去。

這是一個典型的兩房一廳套房。此刻，兩個臥室的門都緊鎖著，客廳裡沒有人，地面上孤零零地放著一個打開的拉桿行李箱。兩個鄰居好奇地上前探頭一看，行李箱裡被一個怪異的塑膠袋給塞得滿滿的，塑膠袋裡面的東西黑乎乎的，空氣中隱約縈繞著一種怪異的焦煳味。他們不由得互相對視了一眼，其中一人稍加遲疑後便伸手拉開了行李箱中已經被打開口子的塑膠袋，眼前出現的一幕頓時把他嚇得手腳冰涼，沒反應過來就一屁股坐在了大理石磚鋪成的地面上，嘴巴哆嗦著，半天都說不出一個字。在同來的鄰居吃驚的目光注視下，他努力了半天，只能勉強伸出一根手指，指著塑膠袋，那人惴惴不安地也探頭，打開袋子朝裡一看，臉色頓時變了，緊接著就頭也不回地跑出了房間，邊跑邊玩了命地哀號：「它在笑！那袋子裡的死人在笑……」

塑膠袋中是一具焦炭狀的小小的人類的屍體，頭部殘缺不全，嘴裂開了，露出了幾顆慘白的牙齒。

＊　＊　＊

只要符合一定的溫度條件，所有的東西就都會燃燒。這種由外至內所產生的死亡過程，緩慢而又痛苦。皮膚在火舌的舔舐之下，迅速起泡，隨即變黑變脆，就如同一張薄薄的紙片，被硬生生地從人體的表面剝離。失去保護層的皮下脂肪本身就有足夠的油脂存在，在這突然到來的高溫的侵襲之下，迅速液化，就如同一鍋沸騰著的滾燙的熱油，使人體的燃燒更加劇烈，四肢著火，頭髮早就無影無蹤，全身上下沒有一個地方可以倖免。遠遠地看過去，此刻燃燒著的人體就如同一個巨大無比的人形火柴，唯一不同的是，這根特殊的火柴會不停地滾動、慘叫和掙扎。可是，這時候的火已經沒有辦法被阻止，隨著人體四肢的肌腱和肌纖維因為水分的失去而猛烈收縮，導致燃燒著的四肢開始怪異地四處滑動，就如一尾在海洋中迷失了方向的魚，毫無目的卻又拚命地想尋找著出路，猛地看去，這就猶如一種讓人心悸的死亡之舞。舞蹈結束的時候，人體內部的器官早就被燃燒殆盡。生命在這個時候已經被終止。還在燃燒的，只不過是蛋白質和脂肪的混合物而已，因為它占據了我們人體百分之八十的重量。

當火焰從這根特殊的人形火柴上最終熄滅的時候，原本 167 公分的人最終或許只會剩下一公尺不到的面目全非的軀體。

眼前是一具燃燒並不完全的屍體，但就表面看上去，也已經漆黑一片、面目全非，根本就辨別不出死者擁有過的生前的相貌。再加上曾經被裝在塑膠袋裡，又用力地塞進了一個並不太大的拉桿行李箱中，這番折騰使得屍體的形狀顯得更加怪異。而令章桐感到奇怪的卻是另一方面。

因為屍體面部表情竟然是如此的平靜，眼前的這張被大火所燒過的臉上，除了因為面部頜骨肌腱收縮所留下的特殊痕跡外，根本找不到一絲死者最後掙扎時的痛苦。

「難道是死後被焚屍？」小潘站在解剖臺的另一邊問。

章桐搖搖頭，她用手術刀指著被切開的死者的氣管，「氣管壁上明顯有被燻黑的跡象，說明是活著的時候被投入火中的。而且每百毫升血液中的碳氧血紅蛋白濃度高達 40% 到 60%，肺部和其他器官中也有明顯的燃燒煙塵和炭末粉。屍體呈現出典型的『騎馬狀』，手腳蜷縮收緊。燒傷截面的檢查也顯示在起火燃燒的那一刻，血液是流動的，這也就說明死者在那個時候還活著。」

說著，她退後一步，回頭問右手邊拿著相機的彭佳飛：「包裹屍體的塑膠袋上的殘留物檢驗得怎麼樣？」

彭佳飛趕緊放下相機，轉身從檔案筐中找到了那份剛送來的檢驗報告：「章醫生，這上面說發現了人體組織殘留物。還有……」

「還有什麼？」章桐皺眉，解剖刀停在了屍體的上方。

「還有……還有微量的排洩物。」彭佳飛的聲音中充滿了疑惑不解，「怎麼會有這個？」

「說明她是活活被燒死的。只有在那樣的前提之下，搬動屍體時，淤積在下體器官中的排洩物才會有少量外流的跡象。看來我們麻煩大了。」

章桐把解剖刀伸向了死者的腹腔部位，很快，取下了縮小到只有原來三分之一大小的肝臟，放在不鏽鋼托盤裡，這才抬頭對小潘說：「馬上做毒物殘留檢驗，尤其是要關注藥品的殘留。越快越好。」

小潘點點頭，接過托盤，轉身向隔壁的實驗室走去。

身後，彭佳飛默默地看著解剖臺，臉上露出了古怪的神情。

＊　＊　＊

刑偵大隊辦公室，老李手裡拿著一個小小的USB，最多只有三公分大小。他迅速地把USB插在童小川電腦的USB接口上，然後一聲不吭地拿過滑鼠，點選，打開了一個影片資料夾，這才回頭對他說：「我們找到那個女人了。」

監控鏡頭是高畫質的，不過因為時間是晚上，影片的背景有些昏暗，螢幕左上方是火車站北廣場的入口處，在一個背著孩子的中年婦女走過後沒多久，就出現了一個修長的身影，此時，螢幕的背景時間顯示是凌晨01：07分。而這個修長的身影最引人注意的就是那條長長的圍巾，正如那黑車司機所說幾乎圍住了女人大半張臉，在她微微側過臉的那一刻，童小川一眼就看到了那副墨鏡，不由得脫口而出道，「那傢伙沒瞎說，果然戴著墨鏡。」

「是啊，你說這大半夜黑燈瞎火的，戴著墨鏡做什麼？除了盲人，誰會在晚上戴墨鏡？難不成是怕我們看出她的長相？」老李嘀咕。

「我想這不是一般類型的普通墨鏡，應該是特殊的偏光鏡之類的東西，外表看上去和墨鏡沒什麼兩樣，主要是司機晚上開車用的，不然的話，你看她怎麼行動自如？再說了，現在是大冬天，更加沒有必要戴著墨鏡，所以，真正目的是掩蓋住自己長相的可能性非常大。」童小川肯定地點點頭。影片繼續看下去沒多久，螢幕上便出現了一個酒吧門口的景象。

「監控錄影一路追蹤到這裡。她進去後就再也沒有出來過。」

「這是什麼地方？」童小川問。

「離火車站不到三公里，是個酒吧，同心酒吧。監控錄影中顯示嫌疑人是步行過去的。」

「她手上有拿什麼行李嗎？」

老李搖搖頭：「除了肩上的一個挎包外，別的什麼都沒有。我們本來以為她是去車站北廣場的小件行李寄存處領取行李的，但結果是她只轉了一圈，就從旁邊小門出去了，並沒有出去尋找那輛黑出租，也沒有報警，直接就走了。」

聽了這話，童小川一聲冷笑：「她能不走嗎？那個大提琴箱裡裝著的又不是什麼好東西。酒吧那邊你派人去了沒有？」

「去了，可惜根本就沒有人注意到有這麼一個女人進去過。門口對面的監控錄影查到今天早上八點，還是沒有見到她出來。對了，這是一家24小時營業的酒吧。要不，我們現在再去那裡看看？」

老李卻欲言又止。

「怎麼了？」

「有點小麻煩。」

「什麼意思？」童小川被老李的眼神看得有些發毛。

老李咬了咬嘴唇：「老大，我們隊裡就屬你長得又帥，身材又好看，皮膚也白。」

「你什麼意思？」

老李一咧嘴：「你也別怨我，誰叫你長得那麼好看。不瞞你說，我那幫兄弟們去過酒吧，什麼都問不出來！陳靜那孩子是內勤，又沒這種臥底經驗，去了容易出岔子，我們尋思著就得你去了。」

「什麼意思？」童小川嘀咕，「你們沒去過酒吧？」

老李面容一正，向後退了一步，然後嚴肅地說：「你就別問我了，等你去看了，就什麼都知道了，但是在這之前，你得化妝臥底，因為那地方太特殊了。」

童小川似乎明白了點什麼：「我在禁毒隊的時候倒是當過臥底沒錯，難不成你要我換女裝？」

老李拚命點頭，伸手一指對面椅子上的大塑膠袋：「行頭都備齊了！」

＊　＊　＊

在旁人眼中，同心酒吧和那些矗立在鬧市街頭的形形色色的酒吧沒什麼兩樣，廣告牌、霓虹燈、必要的裝飾品……應有盡有，典型的巴洛克式風格的棕色小木門僅僅能夠容納一個人透過，木門上面掛著一個手工繪製的小木牌，小木牌的襯底是淡藍色的，上面用橘黃色的螢光筆寫著：24小時，請進！

可是，直到最終進入這間位於地下一層的小酒吧裡，童小川依舊沒弄明白老李就像被蠍子蜇了一樣，死活都不願意走進這個酒吧的原因。他甚至於寧肯窩在沒有空調的車裡凍得瑟瑟發抖，也不願意走進酒吧的空調房間裡來暖和一下。

雖然時間才是下午四點多，夜生活還沒有真正開始，但是小小的酒吧間裡卻早已經聚集了不少的人，隨著節奏柔和的背景音樂，人們時而輕聲低語，時而放聲大笑。

身上的外套有些緊，應該是小了一號，童小川暗自咒罵了句，然後深吸一口氣，抬頭挺胸走向吧檯，向正在吧檯後面忙碌的服務生打起了招呼：「妳好，能和妳們經理談談嗎？」

童小川話剛說完，眼前這個畫著濃濃眼圈的女孩嫣然一笑，她並沒有停下手中上下翻飛的調酒瓶，反而仔細打量起了童小川，眼神中充滿了欣賞的味道。隨後，沙啞著嗓子說道：「我就是經理，姓汪，有什麼事嗎？」

年輕女孩直勾勾的目光讓童小川感到渾身不自在，為了掩飾自己的尷尬，他取出一張影片放大截圖的列印件遞給對方：「我想請妳看看認不認識這上面的女人。」

聽了這話，年輕女孩的臉上露出了笑容，欣然接過了，伸手打開吧檯上方的照明燈，仔細看了看，然後遞給了童小川，說：「我認得這身打扮，至於她叫什麼，我記不太清了，那時候有很多人過來，我這個酒吧生意承蒙好多朋友看得起，所以還算不錯的。」

「那她什麼時候離開的，妳有印象嗎？」

年輕女孩搖了搖頭，「我只知道她來過好幾次，但都是一個人。」說著，她伸手指了指左手邊牆角的小包間，「每次來都坐那個位置，只要馬丁尼加黑橄欖。不過我很忙，不可能老盯著她看，你說是不是？當然了，我也不會主動去打聽她的底細。來這裡的人，心裡或多或少會隱藏著一個不為人知的祕密。這也是現代人的通病。你說對不對？」

「來的都是熟客嗎？」童小川指了指自己的周圍。

「那是當然。」年輕女孩臉上的笑容突然變得嫵媚而又迷離，「但是這也要看你如何界定這個『熟客』的概念了，熟悉這張臉並不等於我們就知道她是誰。在我們這個圈子裡，雖然都是互相介紹著來的。原因很簡單，這裡是我們『取暖』的地方。但是真要知根知底地讓別人來了解自己的話，我猜想這房間裡是沒有一個人會願意的。」

「取暖？」童小川感到一絲詫異。

「你也可以來啊，」說著，女孩停下了手中的調酒壺，俐落地擰開蓋子，然後倒了一杯混合馬丁尼，輕輕推到對方面前，神情異常專注，「其實同樣的道理，我們活在世界上的每個人不都是需要經常『互相取暖』的嗎？這杯，我請客。」

年輕女孩的話越來越離題了，童小川趕緊藉口不會喝酒推開了酒杯，四處環顧了一下酒吧，注意到吧檯上方有一個監控探頭，便伸手指了指：「能讓我看看嗎？」

女孩聳聳肩，表示無所謂。

＊　＊　＊

十多分鐘後，童小川一臉懊惱地推門走出了酒吧，撲面而來的寒風夾雜著細小的雪花鑽進了他敞開的女式風衣領子，凍得直哆嗦。

跌跌撞撞來到車門前，一頭鑽進車裡關上車門後，車子迅速啟動，駛離了酒吧門前的街道。

「東西拿到了嗎？」老李邊開車邊問道。

童小川一把摘下假髮，解開外套領子，這才長長地出了口氣，順手從懷裡掏出一個 USB 朝他晃了晃：「總算拿到了。」

老李瞥了眼後視鏡，不由得笑出了聲：「我就說非得你出面才行，你看這不立刻就見效了？」

「你這話是什麼意思？」

「老大，你怎麼這麼天真？這個酒吧名字叫什麼？」

「同心。怎麼了，有什麼不對勁嗎？」童小川回答。

「同心？同性啊！這分明就是一個同性戀的酒吧，你進去的時候，有沒有感覺人家看你的眼神有些跟平時不一樣？」

經這麼一提醒，童小川頓時恍然大悟：「是有那麼一點，尤其是那個姓汪的年輕經理，總是用那種怪怪的眼神看著我，讓我有些不舒服。」

「那她有沒有和你說什麼？」

「有，她提到那個女的去過幾次，但都是一個人，有著固定的座位。看來是個熟客。可是她們這裡似乎有個規矩，就是不互相打聽對方的底細。老李，難道說這個女的也是個……」

「不排除這樣的可能，我手下的那幾個人雖然在酒吧裡沒有問出什麼有用的線索來，但是走訪周邊時，不止一次地聽周圍的居民說，去這個酒吧的，都是同，正常性取向的，知道這間酒吧底細的，都絕對不會去這種地方。」

童小川一瞪眼：「所以你就把我叫去了？也虧你想得出來！」

老李哈哈大笑，一邊打方向盤，一邊揮了揮右手，表示投降：「老大，我們這不也是沒有辦法嗎，這地方的人只會對女人說實話，我們不找你出面找誰？再說了，隊裡除了你以外還真沒誰最合適的了。」

「下次記得和我提前說清楚！」童小川漲紅了臉，「難怪那老闆娘說話的口氣不對，以前臥底就沒這麼彆扭過。」

警車轉出了光華路，快要上高架的時候，童小川又一次掏出了那張特殊的列印件，藉著車裡的燈光看了起來。這個謎一般的女人太會掩藏自己了，那長長的圍巾，還有黑黑的鏡片，一切的一切都在表明，她原本就不想讓周圍的人知道自己的真正長相。而北站臺廣場上的那一幕，現在想來，也肯定是凶手藉此機會的脫身之計而已。至於那個黑出租司機，他做夢也不會想到自以為撿了個大便宜，其實卻鑽進了別人設下的陷阱裡，當了代罪羔羊。而凶手也料到了黑出租司機絕對不會就這麼扛著個裝屍體的大提琴箱去警局報案，他們一旦發現後，就肯定會巴不得立刻把後車箱裡的那個「燙手山芋」給丟得遠遠的。沒有誰會願意和這種倒楣事掛鉤的。

顯然凶手是個非常聰明的人，她借別人的手除去了自己的麻煩，那麼，她肯定也會預料警方找到同心酒吧也只是時間問題而已。那為什麼監控錄影中她的身形步伐又是那麼鎮定自若呢？一點都不像作案過後那種驚慌失措的樣子。還有就是，她為什麼選擇在火車站搭車？難道不怕警察順著同心酒吧找到她嗎？

回到局裡，童小川在更衣室換好衣服後剛走出電梯，迎面就撞上了值班的小鄧。

「童隊啊，你們可回來了，我已經把『東林社區焦屍案』的相關人員帶到審訊室了，於隊正在那邊。證物也被送去了痕跡鑑定組，報告猜想要晚上才出來，我現在正在等法醫那邊的屍檢報告。一有情況我就通知你。」

童小川點點頭，轉身對老李說：「先把酒吧那事情放一下，我們聽聽這邊的情況再說。」

「沒問題。」老李跟在身後向審訊室走去

審訊室裡，辦公桌對面的椅子上坐著一個年近五旬的中年婦女，穿著打扮有些邋遢，上身穿的一件紅色的棉衣上沾滿了星星點點的油漬，尤其是兩個袖口處，磨得可以看出裡面棕色的襯裡。褲子是那種深藍色的老式大棉褲，有前門襟，褲腳沾滿了泥巴。中年婦女局促不安地偷偷瞅著進屋來的人，眼神中明顯流露出慌亂和恐懼。

童小川在辦公桌後面左邊的椅子上坐了下來。這是本週的第二個報案人，這次他雖然沒直接去現場，但是從現場報告中得知屍體也是在一個箱子中發現的，只不過這一次是一個拉桿行李箱而已。

在考核過姓名和家庭住址等相關資料後，老李看了看案卷，抬頭問：「田秀芳，在妳家中發現的這個拉桿行李箱是妳的物品嗎？」

這個被叫做「田秀芳」的中年婦女頓時神情緊張，趕緊搖手否認：「不！不！不！不是我的！真的不是我的！」

「和妳一點關係都沒有嗎？」

「沒有關係，一點關係都沒有，我怎麼會有這種東西，太可怕了！」田秀芳驚魂未定地瞪著老李，「要早知道裡面是這個玩意兒，打死我都不會貪小便宜往家裡拿啊！」

「妳說什麼，這箱子也是妳從外面撿的？」童小川忍不住打斷了田秀芳的陳述，繼續追問道，「妳把詳細情況說一下。妳是怎麼撿到的，知道是誰丟棄的嗎？」

田秀芳委屈地點點頭，擤了擤鼻涕，這才一臉沮喪地說：「箱子真的是我撿的。我在城南菜場早市上班，上班時間是從晚上十點到第二天早上五點半，主要工作是負責分發鮮魚，五點半下班後，我乘坐 105 路公車返回所住的東林社區。今天早上人不是很多，我就坐在了後面那幾排，在我前面坐了個女的，打扮很時髦，就帶著這個箱子。看樣子像是去趕火車。因為這趟 105 路的終點站就是火車站。後來，因為上夜班的緣故，我就睡著了。等我醒來的時候，差點坐過了站，我趕緊站起來準備下車，正在這個時候，我就看到了這個箱子，而那女的卻早就不見了蹤影，箱子還放在那裡，我見沒有人注意，心裡一動，就……就帶著箱子下了車。後面的事情，你們也都已經知道了。」

童小川和老李不由得面面相覷，搖了搖頭，輕輕嘆了口氣。

老李低頭看了看手裡的案件資料：「那個女的，妳有什麼印象嗎？」

「沒有，她脖子上圍著很長的圍巾，還戴著一副遮了大半張臉的墨鏡。再說了，公車裡光線不是很好，我怎麼看清她的長相啊，就感覺她很時髦，身上香噴噴的。那香味，比雅霜還要濃好幾倍。」說著，田秀芳的臉上流露出不屑一顧的神態，轉而恨恨地抱怨，「這種女人，我早就應該知道她不是好人！」

「為什麼？」聽了這話，老李不由得啼笑皆非，他一邊整理問詢筆錄，一邊頭也不抬地問，「說說看，妳到底是怎麼看出對方不是好人的？」

「好人不會塗得這麼香噴噴的！」田秀芳認真地回答。

對於這種簡單的好人壞人邏輯，童小川不好多說什麼，於是站起身，走出了審訊室。關上門後，他對一直站在審訊室門外的于強說：「這裡繼續交給你了，你派人去公車公司調看一下當時的車載監控錄影，確認是不是和火車站北廣場那段監控錄影中的女的是同一個人，你可以去找章醫生，她或許能幫助你辨認。」

正在這時，童小川的手機響了起來，一看是章桐的號碼，隨即朝于強點點頭，快步向樓梯口走去，邊走邊接聽電話。

＊　＊　＊

章桐臉色陰沉地查看著手裡的這份毒物檢驗報告，難以理解這個世界上為什麼會有對死亡和折磨如此著迷的人存在。在這個案子中，自己以往所學到的所有知識，工作中所累積起來的所有經驗，都沒有辦法用來解釋眼前這份報告的字裡行間中所透露出來的那顆黑暗的心靈。

童小川走進法醫辦公室，接過章桐遞過來的報告，在上面看到了兩個熟悉的字眼 —— 阿托品、腎上腺素，不禁一愣：「怎麼，又是那個混蛋做的？」

章桐點點頭，說：「手法應該一樣，只不過這回又多了點東西 —— 奎寧！」

「奎寧？」

「俗稱奎寧，茜草科植物金雞納樹及其同屬植物的樹皮中的主要生物鹼。一般是用來治療瘧疾，但是如果過量使用的話，一般是在 8 克以上的量，會產生急性中毒，常見的致死原因是呼吸停止，伴隨腎臟衰竭。而這種過程，常常要持續幾個小時乃至於幾天的時間。因為屍體已經經過了火燒，所以別的檢驗就沒有辦法進行，這些都是透過肝臟和腎臟檢驗得到的結果。我們真得感謝這場火災並不很徹底，要是再燒個半個小時的話，我們就什麼證據都沒有了。」章桐耐心地解釋道。

「那再加上死者體內發現的阿托品和腎上腺素，章醫生，妳能否解釋為什麼凶手要這麼大費周折對這個死者呢？」

「折磨！」章桐嘆了口氣，「凶手用不同的藥物來折磨著死者，奎寧，讓人呼吸停止，阿托品，使人麻痺，在死亡的過程中感受不到痛苦，沒錯，人死了自然也就感受不到痛苦了，可是，隨之而來的大劑量的腎上腺素，卻是讓死者在慘叫聲中恢復神智。童隊，這是藥理學上的酷刑！」

「還有，章醫生，我記得在妳第一份屍檢報告中，第一個死者胸口利器的檢查結果還沒有辦法確定，現在怎麼樣了？」童小川的目光落在了章桐辦公桌旁的那盆無名植物上。

「第一個死者前胸部，第三和第四節肋骨之間的幾處硬物傷，已經被證實，均有鋒利銳器刺入右心房而形成的刺入創傷。我用探針測量過創道，最淺處三公分左右，可以造成大量內出血，但是卻不會馬上致命。」

「那這個凶器究竟是什麼？」童小川問。

章桐搖搖頭：「我比對過很多種，但是沒有辦法確定到底是不是刀，只能肯定凶器是由堅硬材質製造，長度在五公分到八公分之間，非常鋒利，而且這幾處刺創沒有在傷口的邊緣造成任何鋸痕，所以說我就沒有辦法最終確定凶器是否有齒邊。」

「這樣查詢起來範圍就很大了。妳就不能再縮小一點範圍嗎？」

章桐想了想，走到工作臺邊，戴上手套，在等待整理的一堆不鏽鋼解剖工具中翻找了一下，取出一把類似於手術剪之類的特殊解剖用刀具，說：「只有這個，長度和彎度都大致吻合。」

「這是什麼？」童小川問道。

「腦刀。」

「只有妳們法醫才用嗎？」

章桐微微一笑：「那倒沒有，醫學院、醫院的病理科、外科，反正只要是做手術的，特別是腦部手術，都會用到它。」

「剛才你所說的讓我差點以為對方是個法醫，你以後說話可得把話說完整了。」童小川皺眉嘀咕，「那第二個死者的年齡大概是多少？」

「二十五歲不到，和上一個大提琴箱裡發現的死者差不多。身高體形也是差不多的。從肺頁狀況來判斷，健康狀況良好。小潘那邊很快就會有模擬畫像出來。」章桐回答。

第五章　不可能的自殺

一個年輕女孩仰面朝天地躺在凍得堅硬如磐石的地面上，雖然赤身裸體，卻感覺不到一絲的寒冷。雙手靜靜地放在胸口，皮膚已經蒼白得可怕。抬頭看去，灰濛濛的天空中偶爾劃過小小的飛機的影子。這並不奇怪，離她不到五公里的地方，就是一個機場。那裡一年到頭都不會有冷清的時候，人來人往，忙碌得實在無暇留心身邊所發生的一切。她更不會指望別人能留意到五公里以外自己的存在，周圍是冬季的荒野，渺無人煙，枯萎的草根被剛下過的厚厚的積雪所覆蓋，她的耳畔靜悄悄的，只有呼呼的風聲。

女孩也不會有任何感覺，就這樣在野外躺了足足三天。徹骨的寒冷減緩了她屍體腐爛的程序，使她還能擁有一張可以勉強看得過去的臉。可是，死亡是沒有辦法去被人為地美化的，哪怕竭盡全力。儘管可以很清楚地看出她的生前一定是個美人坯子，而如今在露天躺了整整三天的她最終還是瘦得皮包骨頭，一頭已經失去光澤的長髮默默地被枕在顱骨後面，面無表情，空蕩蕩的眼窩直愣愣地凝視著灰色的天空。

市警局會議室，氣氛顯得有些緊張。

有人對童小川剛剛做出的的推論提出了異議：「你既然說嫌疑人是個女的，那麼，為什麼在法醫報告中卻分明提到了第一個死者在死前曾經有過性行為？這樣看來嫌疑人應該有兩個才對。」

童小川沒法正面去回答這個問題。因為目前手頭的證據實在是少得可憐。除了目擊者的證詞和現場的那兩段監控錄影以外，自己找不到能證實那第三個人存在的有力的線索。而認屍啟事發出去整整三天了，一點回音都沒有。沉重的壓力讓他幾乎喘不過氣來。

會議結束後，拖著機械般的腳步慢慢地走著，心中苦苦思索著那個謎一般的女人，如同人間蒸發了一般，一點線索也找不到。長長的圍巾，黑黑的墨鏡，修長的身材，她究竟是誰？

這時候手機上傳來了章桐發出的訊息，童小川便直接來到底樓法醫處。

「我正好有事要找你，跟我來。」說著，章桐伸手推開了辦公室的門，也沒停留，直接來到靠牆的檔案櫃邊，拿了兩張 X 光片，然後直奔燈箱旁，打開燈箱後面的燈，俐落地把兩張 X 光片插了上去，回頭問道：「你看出什麼了沒有？」

童小川急得跟熱鍋上的螞蟻一樣：「老姐啊，我跟妳說過不止一遍了，我不是法醫，哪看得懂 X 光片？別得意了，快說吧。」

「我不是那個意思。好吧，」章桐伸手指著左面那張 X 光片，「這是第一個死者的盆骨，右邊這一張是一個二十三歲男性死者的盆骨，你仔細對比一下，看看有沒有什麼不同？」

童小川皺眉，上半身幾乎靠近了燈箱，左右兩張仔細地對比著，半天沒有回過神來，最後神情詫異地轉頭看著章桐，說：「這兩張都差不多。就是左面這張好像小一點。」

「你找不出差異那就對了。」章桐又找出了第三張 X 光片，換下了第二張，「這一張，你再仔細看看。尤其是髖骨和骶骨的彎度和厚度，還有角度。」

經過章桐這麼一提醒，童小川頓時來了精神，犀利的目光在兩張 X 光片中左右穿梭著，終於，他大聲嚷嚷了起來，伸手指著左手邊的 X 光片：「不一樣！左面這張明顯寬度比較窄，尤其是在尾骨和骶骨這邊。」

「你並不笨，我卻忽略了。」章桐一臉的挫敗感，她長長地嘆了口氣，伸手關了燈箱後面的照明燈，轉過身，表情複雜地看著童小川。

「我被先入為主的表面現象給徹底迷惑了雙眼。」章桐神情嚴肅，「童隊，你知道嗎？你要找的不是兩個女死者，而是兩個男死者。」

「男的？」大提琴箱中的那具高度腐敗的屍體雖然已經面目全非，但是女性特徵卻是相當明顯的，童小川可不敢隨意下賭注，「你確定了嗎？」

章桐點點頭，說：「我做過了染色體測試，雖然他們所做的變性手術技巧非常高明，我也仔細核對過檢驗結果，它們是一致的，22 對常染色體加一對性染色體 XY，這是男性所特有的象徵。我們可以透過後天的手段改變自己的外貌乃至於性特徵，但是一個人的染色體卻是母體中所帶出來的，是沒有辦法改變的。所以說，童隊，你仔細聽好，你要找的，是兩個身材本身就很瘦小的，並且做過變性手術的年輕男子，而且，這種變性手術不是一般的整容醫院所能夠做的，你要找的，是這一行裡的高手！」

說到這裡，她似乎想到了什麼，走到辦公桌旁，拉開抽屜，拿出一份報告，轉身遞給了童小川：「第二個死者，我在他胸部沒有找到假胸填充物。由於他的身體已經被火災給破壞了，外部表皮已經被燒毀，內部真皮層和脂肪組織也遭到了破壞，所以提取證據也就有了一定的難度。但是在第一具屍體中，我在死者的胸部乳腺部位提取到了屬於他自身的脂肪組織，我想，他所使用的隆胸手術應該是一種自體脂肪隆胸，這種手術價格相對便宜，只需要將自己身體的某些部位，如腹部、臀部、大腿等處的脂肪組織，透過機械或針筒抽取出來，經過清洗，獲得相對純淨的脂肪顆粒，隨後將其注入乳房內取得豐乳的效果。但是也有一定的弊病，那就是注入乳房內的脂肪顆粒不能百分之百地建立起血液循環而成活，大概有40%～60%的脂肪顆粒被吸收和纖維化，所以隆胸效果不會持久，一段時間後，隆胸者就必須要回去重新注射，這週期大概在三到四個月吧。」

「這簡直是活受罪！」

「追求美當然是無可厚非，但是在我看來，這些變性的人確實都是在沒事找罪受。」章桐長嘆一聲，「其實，私底下講，我還是挺同情他們的。因為對於他們，精神上的痛苦往往高於肉體上的痛苦，所以為了精神上的徹底解脫，肉體上受點折磨，那又算得了什麼呢？童隊你說對不對？」

童小川臉色鐵青地轉身走了。

＊　＊　＊

入夜，街頭冷冷清清，昏暗的路燈光下，幾乎見不到行人的影子。寒冷的北風呼嘯而過，夾雜著幾片凌亂的雪花，落在客廳的玻璃窗上。很快，雪花就像飛蛾撲火般化作了一道長長的水痕，順著玻璃窗無聲地淌落了下去，最終消失得無影無蹤。

章桐抱著毛毯蜷縮在沙發裡。雖然感到徹骨的冰冷，但是身上無論蓋多少毛毯，房間裡的暖氣片開到了最高擋，她卻還是止不住地渾身瑟瑟發抖。

夜深了，星星點點的雪花最終變成了鵝毛般的大雪，無聲無息地在漆黑的夜空中飛舞。呼嘯的北風總算停止了，天地之間似乎只留下了死一般的寂靜。很快，地面上積起了一層厚厚的雪花。

郊外，一聲聲沉重的腳步聲在雪地裡響起，由遠至近，伴隨著刺啦刺啦的拖拽聲。不久，腳步聲停止了，一個人影在那具早就被大雪覆蓋了的冰冷的軀體旁蹲了下來，細微的手電光隨即照亮了那一塊小小的區域，人影的目光緊隨著手電光在屍體上無聲地移動著，很快，手電被夾在了脖頸上，來人脫下厚厚的手套，塞在口袋裡，然後俐落地在口袋裡摸出了一個筆記本，用牙齒咬開了筆記本上夾著的鉛筆的筆帽，緊接著就在筆記本上迅速地寫著什麼，一邊寫，一邊還時不時地看一眼屍體，目光中流露出興奮不已的神情。微弱的手電光隨著他不停移動的手臂而變得有些搖曳不定。

雪越下越大，直到最後，天地間都變成了一片白茫茫。來人的身上和肩膀上也落滿了積雪，但是，他卻一點都不在意，當寫完最後一個字後，他得意地敲了敲手中的鉛筆，似乎在表示對自己的工作很滿意。然後站起身，略微活動了一下有些僵硬的肩膀。接著戴上手套，在一番收拾以後，他迅速地把屍體塞進了先前帶來的那個黑黑的長方形帆布防水袋子裡，拉上拉鍊的那一刻，他無聲地笑了。他根本就不用去擔心自己此刻的所作所為會被人發現，因為這裡，除了他以外，根本就不會有別的人過來，尤其是在這麼寒冷的冬夜裡。

第六章　聰明的人

辦公桌上的電話鈴聲響起來的時候，童小川接起聽筒，目光卻並未離開過桌上的卷宗：「刑偵大隊童小川。」

對方有些意外，愣了幾秒鐘後竟然笑出了聲：「你果然是警察，我沒猜錯，你不記得我了嗎？」沙啞的聲音中透著溫柔。

口吻中明顯透露出一絲挑釁，童小川就像被蠍子蜇了一下，猛地合上了面前的卷宗，順勢坐直了上身：「你是哪位？有什麼事嗎？」

「哦，對不起，我開玩笑呢，」對方是個精明的人，「童警官，我姓汪，同心酒吧的老闆娘。」

「同心酒吧？」童小川抬頭看了一眼老李，同時按下了電話錄音鍵，「說吧，汪老闆，找我有什麼事嗎？」

「童警官，看來你是貴人多忘事啊，上次你來我們酒吧，臨走的時候曾經說過，如果我有關於那個女人的消息的話，就盡快打電話通知你。這個座機號碼，還有那個手機號碼不都是你留給我的嗎？我想你現在應該是在上班，所以就先打這個電話試試嘍。」

「好吧，妳發現了什麼？請詳細告訴我。」童小川把左手邊的拍紙簿和鉛筆抓了過來。

「你到酒吧來找我吧，我在酒吧的辦公室等你。」說著，汪老闆娘立刻就把電話掛了。童小川呆了呆，朝對面辦公桌旁的老李打了個手勢，意思說怎麼辦？

老李站起身，抓起羽絨外套：「有什麼大不了的，那就去唄。」

＊　＊　＊

老李開車，童小川一臉愁容地坐在副駕駛座位上，看著窗外陰沉的天空，半天沒有吭聲。車子剛到同心酒吧的門口，還沒等車停穩，他就推開車門走了下去，這回他沒有換裝。

「老大，要我跟你進去嗎？」

童小川頭也不回地擺擺手：「我很快就出來了，你在車裡等我就是了。」說話間她已經來到酒吧門口，推開門低頭走了進去，酒吧厚重的橡樹門在他身後緩緩關上了。

本以為會等很長時間，結果是 5 分鐘不到，右車門突然被用力拉開，童小川裹著一陣寒風鑽進了冰窖一般的警車：「趕緊的，開車，凍死我了！」

「老大，出什麼事了？你怎麼這麼快就出來了？人不在嗎？」老李一頭霧水。

童小川悻悻然說道：「真要命，叫我來還偏偏人不在，聽調酒師說十多分鐘前接了個電話，然後就出去了，留下話說會和我聯繫，約定下一次見面的時間。」

老李小聲嘀咕：「可是這案子和她根本就沒關係，她沒有必要騙你啊。」

童小川沒吭聲，沉吟了一會後，又開始用手機撥打起了這位汪經理的電話，一遍又一遍，電話裡響了好多聲，卻始終都無人接聽。他的心頓時懸了起來，臉色也變得凝重了許多：「把燈拉起來，前面緊急掉頭，我們回同心酒吧去，速度要快，我感覺酒吧汪老闆可能出事了！」一聽這話，老李立刻打開左邊車窗，一邊把著方向盤，一邊快速地把警燈按在了車頂上。瞬間，警車呼嘯著重新又逆向衝上了交流道。

＊　＊　＊

盯著手中的屍檢報告足足有半個多小時了，章桐卻一個字的批註都寫不出來，抬頭看了眼工作臺邊放著的那盆小小的墨綠色的仙人掌，這是彭佳飛今天早上特地帶來送給自己的，說是要給這個房間增加一點生氣。

是啊，印象中已經不止一個人說過這個法醫室陰氣森森的了。章桐不迷信，嘴角卻還是劃過一絲無聲地苦笑。

正在這時，辦公桌上的電話鈴聲響了起來，她順手接起了電話：「法醫室章桐，找哪位？」

對方是一家國內知名的法醫學雜誌社總編，等說明來意後，章桐不由得頗感意外，連連推辭：「對不起，王總編，我不知道能不能勝任這份工作。我雖然是法醫人類學的博士，也在工作中帶過學生，但是局裡的工作相對還是很忙的，一有案子的時候就不知道什麼時候有空了，所以，我可能沒有辦法按時完成審稿的工作。到時候如果耽誤你們的出版程序，那就麻煩了。」

電話那頭傳來了一陣爽朗的笑聲：「章醫生，現在國內在法醫人類學和犯罪學方面，再加上具有豐富現場實際探查經驗的人裡，妳是年輕一輩中的專家了，希望妳不要推辭。再說了，我們這次大賽也旨在激勵新的一代立志從事法醫工作的年輕人。其實嘛，工作也是很簡單的，妳只要對我發過來的論文的相關學術方面做一下評判就可以了。再寫上幾句評語就更加 OK，署一下名。至於費用方面，我們這邊是大雜誌社，妳放心，不會拖欠的，提前支付。我們給的評審費用也是國內同等級中最高的。」

章桐見對方顯然是誤會了自己真正想要表達的想法，趕緊解釋：「王總編，你誤會了，我不是說錢的事，我只是不想參與這種商業性活動。」

「不！不！不！不是商業性活動。」看樣子對方應該是不想再和章桐繼續理論，於是換了一種口吻，迫不及待地亮出了殺手鐧，「還有啊，我打這個電話給妳之前就已經和你們局裡的唐政委預先溝通過了，他表示完全同意你以個人評審的身分參與這次大賽。」

章桐一時語塞。

「那就這樣吧，我馬上通知下屬盡快把論文、合約和支票送過去給妳。」臨了，王總編又不慌不忙地打了句哈哈，「章醫生啊，我代表這次大賽評委會謝謝妳的支持！」

章桐實在沒有話可以應對了，她只能嗯嗯啊啊地掛上了電話。

＊　＊　＊

一個多小時後，章桐來到六樓唐政委的辦公室，見門開著，她伸手敲了敲門，然後走上前，把那張剛剛送來的蓋著鮮紅印章的現金支票遞給了唐政委，說：「捐給局裡的警屬基金會吧。」

唐政委一愣，他看了看支票上的出款方和金額，頓時心中有數，點點頭：「妳決定了嗎？」

「我沒什麼好後悔的。」章桐微微一笑，在捐助本上簽了字後，轉身抱著資料夾離開了辦公室。

局裡的警屬基金會剛成立不久，主要是用來捐助那些因公殉職或者因病離世警員的遺屬，其中也包括在出外勤時因公致殘的。刑警本就是一個高危型的職業，雖然也有為數並不多的撫卹金下發，但是基金會的援助多少也能算作一點大家的心意。

「什麼？章姐，妳竟然把剛到手的稿費全給捐了？」小潘激動得站了起來，「那可是好幾萬吶！我們一個月薪資才賺多少？加班還總不算數。」

章桐微微皺眉：「做我們這行的，本來就不是為了錢。」說著，她把手裡裝著一沓厚厚論文的資料夾放在了工作臺上，準備今晚帶回去做。

就在這時，彭佳飛走了過來，指著資料夾：「章醫生，這是什麼？」

「哦，是法醫學雜誌社舉辦的一次比賽，聽說規模還是很大的，在國際上的法醫界有一定的影響力，請了很多業內著名的專家，我呢，只能算是最後充個數罷了，和專家一點邊都掛不上的。」

聽了這話，彭佳飛若有所思地點了點頭，臉上流露出了笑容：「章醫生，不瞞妳說，在來這邊工作之前，我就聽說過妳的名字了。妳以實際經驗豐富著稱，破了很多大案。不然的話，法醫學雜誌社也不會想盡辦法找上妳來當評審。」

「我也是被逼上梁山，唐政委那邊親自壓下的任務。」章桐晃了晃自己手裡的資料夾，「時間不早了，難得今天比較清閒。你們忙完手裡的工作後也趕緊下班吧，好好放鬆一下。明天上班可別遲到了。」

章桐走後，小潘開始有點心神不寧，他不斷地查看著口袋裡的手機。見此情景，彭佳飛會心地一笑：「潘醫生，你也走吧，今天的報告我來完成就可以了。」

「那可太謝謝妳了！」小潘迅速脫下外套，邊往外走，邊笑瞇瞇地回頭向仍然坐在自己工位上電腦邊的彭佳飛做著抱拳作揖的樣子，「兄弟，我明天一定請你吃肯德基，最新產品！一定啊。」話音未落，他急促的腳步聲就消失在了門外的走廊裡。

當周圍的一切都逐漸恢復平靜的時候，彭佳飛臉上的笑容慢慢消失了，他注視著面前不斷跳動著的電腦螢幕，久久沒有說話。

＊　＊　＊

童小川感到身心俱疲，他伸手又一次用力推開了同心酒吧沉重的大門，門上掛著的老式銅鈴發出了清脆的叮噹聲。站在冷風呼嘯的大街上，他不得不裹緊了身上厚厚的風衣外套。抬眼看去，身邊的行人急匆匆地低頭擦肩而過，就連抬頭彼此看一眼的工夫都沒有。

站在熙熙攘攘的人群中，童小川苦苦地思索著，汪老闆，也就是那個叫汪少卿的女孩子，就彷彿人間蒸發了一般，再也沒有了任何消息。因為不到四十八小時，也沒有哪怕一丁點的危險的跡象，所以，除了在幾個朋友那裡尋找幫助外，童小川也就沒有權利動用局裡的警力來為自己找到這個特殊的女孩。

在過去的將近一個小時的時間裡，自己一遍又一遍地分別仔細查看了酒吧門口和酒吧裡的監控錄影，可是，在那短短十分鐘不到的影片裡根本就找不出任何有用的線索。影片中，自己所要尋找的女孩和平時一樣用手機接了個電話，緊接著和店員交代了幾句，然後就匆匆忙忙地抓起包出門，上了一輛早就等候在店門口的銀灰色的桑塔納2000。有了火車站拋屍案的前車之鑑，童小川知道像影片中這樣的車子在本市的街頭隨處可見，更別提是一輛套牌車了。局裡老李打來電話證實了這個情況，並且說交警那邊監控錄影顯示，車子過了幾個紅綠燈後就消失了。

又或者汪少卿根本就是在愚弄自己？想到這裡，懊惱的情緒在童小川的心中逐漸升騰，這個一年前從外地來本市打工的女孩子，從最初的一文不名，到一夜之間就開起了這個特殊的酒吧，汪少卿的經歷本身就是一個看不透的謎。酒吧後面的小小的經理室裡裝滿了她全部的家當。而熟知汪少卿的店員則一再堅定地表示，她們汪經理平時的社會關係就非常簡單，社交圈幾乎就和這個小小的酒吧緊密地連繫在一起。對於自己的過去，汪老闆從來都是隻字不提。

童小川掏出手機，撥通了局裡戶籍科老鄭的電話，請他幫忙調查汪少卿的背景。沒過多久，自己的懷疑得到了證實 —— 有關這個汪老闆的來歷被證實是費心編造的，隨後，老鄭把暫住證上的相片也傳了過來，看著完全不同的兩張臉，童小川感覺彷彿被人狠狠地搧了一巴掌。

那麼，接下來究竟該怎麼辦？他雙眉緊鎖，沒有立案通知書，自己就沒有辦法去移動公司調取汪少卿的手機通話紀錄。看著身邊不斷擦肩而過的人群，沒有人會相信一個活生生的人就這麼在人的眼皮子底下輕輕鬆鬆地消失了。

看來，由人的自身主觀忽視所造成的『視覺盲點』真的是無所不在啊。

第七章　被遺忘的孩子

人類遺骸的鑑定？遺骸是否屬於人類？遺骸是否是近期形成的？遺骸屬於何人？估算的年齡是多少？鑑定的性別、種族和身高是什麼？死亡形式和死因是什麼？死亡方式是什麼？與死亡相關的事實是什麼……

這是法醫人類學家在鑑定無名屍骨樣本時所必須回答的問題。章桐對此是再熟悉不過的了，她繼續往下看。

……看似簡單的問題，其中卻包含了很多複雜和深奧的學科知識所涉及的範圍。比如說屍體腐爛和昆蟲學，人體有 206 塊骨骼，國內男性骨骼的平均重量為 8.0 公斤，女性則是 5.4 公斤……而法醫昆蟲學，則是用昆蟲分析應用來幫助執法破案，最早起源於 1850 年的法國韋斯特法院……人的屍體的腐爛分為幾個階段，早期階段的腐爛跡像是腫脹，時間約為七個小時，隨後皮膚滑脫以及皮下生出細菌斑點，屍體會散發出惡臭，隨著身體組織中積聚的氣體不斷逸出，眼睛和舌頭會鼓出來，體內器官和脂肪開始液化，指標為 2.3……

看到這裡，章桐不由得心裡一怔，她重新翻到論文最初的作者介紹一欄，驚訝地發現欄裡除了一個作者的署名以外，其餘的簡介都是一片空白。而另外三篇論文的作者卻都是背景非常雄厚，畢業於知名學府，有著豐富的基層鍛鍊經驗，在同行中也有著很好的口碑。可是細讀起文字來，卻感覺不到一丁點的專業靈感，很多顯然都是直接借鑑抄襲了事。而手中的這篇論文，內容卻非常詳盡，知識面也很廣，涉及法醫埋葬學、法醫昆蟲學、人類學、病理學等很多冷門學科以及植物學和地理學、氣候學，而這些，都是徹底調查腐爛的屍體和其周圍環境所必需的。最讓章桐印象深刻的是，作者竟然對於自己的論據有著很充足的實踐資料和獨特的視角闡述觀點，而在結尾時，作者甚至用不小的篇幅提到為了更好地彌補國內法醫研究領域實踐資料方面的空缺，應該盡快建立類似於美國田納西州的「屍體農場」。

章桐雖然沒有當過老師，在仔細看完手中的這篇論文後，卻很清楚地意識到一點，那就是這個無名作者對法醫這一行有著一種近乎痴情的熱愛。這究竟會是一個什麼樣的人？想到這裡，她抓過書桌上的話機，按照論文上方所提供的雜誌社聯繫編輯的手機號碼撥了過去。

編輯的回覆非常簡單，說在報名時，也曾經就這位作者過於蒼白的履歷而感到疑惑不解，並且試圖聯繫對方，但是對方只留下了一個信箱地址，別的什麼都沒有。考慮到以往所舉行的相類似的比賽過程中曾經發現很多基層法醫因為種種職業上的顧慮，或許並不希望自己的參賽經歷在沒有任何結果的前提之下就被曝光，而這位作者所提供的論文在初篩選時看了又非常有特點，所以本著重視和挖掘人才的初衷，編輯選擇了保留這位特殊的參賽者的權利。

「那，李編輯，關於這個署名為『王星』的作者，你能把我的意見和建議轉告給對方嗎？」章桐試探著問，按照合約書上的規定，出於公平起見，評審者是不允許和參賽者直接聯繫的。

「沒問題，我可以用信箱發給他。我們都是透過信箱聯繫的。」說著，編輯又補充了一句，「這也是她留下的唯一的聯繫方式，我也沒有辦法，但還好，她回覆很及時。」

章桐剛想掛電話，心裡忽然閃過一個念頭：「對了，你能告訴我該論文的作者的性別嗎？」

編輯愣了一下，隨即禮貌地說道：「我們這次大賽的報名並不強制性要求對方告知性別，不過，依我個人之見，應該是女性。因為在和我為數不多的幾次郵件交流中，我發覺她非常細心，觀察事物很細緻入微，講話也不莽撞，很文雅，做事很低調。」

「那，好吧，打擾你了，我會盡快交稿的，再見。」章桐心中有些失望。

結束通話後，屋裡的光線已經不足以繼續工作了，她伸手擰亮了書桌上的檯燈。為了謹慎起見，章桐再一次從頭至尾仔細看了這篇特殊的論文，略微構思了一下，就拿起筆，在論文最下方的批語一欄中認真寫著「作者在埋葬學的闡述中還缺乏一定的理論依據。但是總體看來，作者的能力還是尚佳的，請作者對相關的理論依據進行進一步的補充，謝謝。」

最後，章桐俐落地簽下了自己的名字。在合上論文稿件的那一刻，她的心裡不由得百感交集。本來自己是完全可以對這篇論文留下最高的評價的，因為和別的濫竽充數的相比，手中的這篇明顯是下了很大的功夫。作者的知識面非常廣，也很認真負責，可是，自己所從事和面對的畢竟是一門科學，容不得半點人情世故的左右，既然作者提到了一些論點，那麼，對方就必須用一些論據來證實，而不是簡單地一筆帶過。她同時也希望自己嚴謹的工作態度能夠被作者所理解。

電話鈴聲打破了她的沉思，章桐拿起手機，順便掃了一眼書桌上的鬧鐘。「童隊，都快十點了，找我有事嗎？」

「我想我們能夠確定那兩個死者的具體身分了。」電話那頭的童小川顯得有些焦急，「妳方便的話來趟局裡吧，我在辦公室等妳，因為辨認工作上還需要妳做一些鑑定來進一步確認。」

「我這就來。」章桐結束通話電話，迅速抓起門後掛著的厚厚的防寒服，拿起挎包，推開門走了出去。

今天運氣還可以，至少社區門外等客的計程車沒有因為寒潮來襲而跑得無影無蹤。

＊　＊　＊

在這之前，章桐總覺得這個世界上的人都是公平的，人與人之間沒有什麼差別，唯一不同的，只是這一輩子中所選擇的人生軌跡罷了。

此刻，站在自己面前的，是一個哭得上氣不接下氣的年輕女孩，身上穿著一件黑色的羊絨大衣，精心打理過的披肩長髮染了時下最流行的棕紅色，高挑的身材比章桐都足足高出了一個頭，下身穿著一條修長的黑色鉛筆褲，腳上蹬著一雙長過膝蓋的黑色長筒皮靴，這樣的身高再配上這雙並不是每個女孩子都敢穿的鞋子，就連站在她身邊的童小川也顯得相形見絀。年輕女孩的淚水就像斷了線的珠子一樣不斷地滾落，把原先精心化好的妝容抹得一塌糊塗。滿身撲鼻的香味幾乎蓋過了存屍房裡本來充盈著的來蘇水的味道。這樣一來，弄得章桐反而有些不習慣了，她吸了吸鼻子，雙手插在工作服外套裡不知所措，但出於禮貌，章桐並沒有出聲阻止年輕女孩的痛哭。

「好了好了，別哭了，光哭有什麼用？」童小川顯然沒耐心等女孩子哭完，伸手從口袋裡拽出一包紙巾，抽了一張後，用力地塞進了年輕女孩的手中，「都哭了一個多鐘頭了，哭能解決問題嗎？時間不等人，妳再哭，凶手早就跑了！」

一聽這話，年輕女孩頓時止住了哭聲，用熊貓眼瞅著章桐，小心翼翼地開口說道：「妳……妳能讓我再看看她們嗎？」

章桐心裡一動，她終於察覺出了異樣：剛才由於面前這個打扮時髦的女孩總是不停地哭，弄得都沒有工夫去辨認女孩的聲線。現在，這沙啞的聲音，分明就是由較寬的聲帶所發出的男人的聲音。儘管年輕女孩刻意把講話的聲音變得低柔，但是仍然掩蓋不了男性聲帶所具有的獨特性質。她的目光順著對方的頜骨向下看去，心中頓時有了答案。

「你還沒有做聲帶手術對嗎？」章桐突然問道。

年輕女孩一愣，目光中閃過一絲驚慌的神色。「儘管你的喉結並不是很明顯，但是我注意看了你的甲狀軟骨，明顯向前突出，前後直徑依舊很大，所以我才會這麼說，你的變性手術還沒有進行完整。要想創作出一個完美的女性聲帶的話，就必須徹底改造你的喉部聲帶結構。」章桐微微一笑，「你別緊張，我可以這麼說，要麼，是你的主治醫生忽略了，要麼，就是你還處在治療的過程中。我沒有說錯吧？」

一聽這話，年輕女孩頓時釋然了，她點點頭，說：「真沒有想到，我這麼費盡心思，還是會被人看出來。沒錯，我的手術要到明年一月分才會正式結束，目前為止我還差兩期手術。」

童小川向章桐投來了讚賞的目光，小聲嘀咕：「還是你厲害，我都沒看出他是男兒身，那聲音我還以為是感冒引起的呢。」

章桐把確認報告遞給了面前的年輕女孩：「你簽字吧，我建議你還是不要再看（屍體）了。對了，死者的直系親屬呢，和你一起來了沒有？」

年輕女孩一邊在確認報告上潦草地簽著自己的名字，一邊頭也不抬地說道：「我們都沒有親屬，自從我們打算做那個手術開始，就不再有家人了。彼此之間都只是互相幫助而已。」

「『取暖』，對嗎？」童小川若有所思地問道。

年輕女孩點點頭，伸手把原子筆和報告遞還給了章桐：「沒錯，是『取暖』，這是我們群裡所特有的行話。我們這些被老天爺遺忘的孩子把互相之間的關愛就叫做『取暖』。對了，警官，你是怎麼知道這兩個字的？難道你……」說著，她尷尬地伸手指了指童小川，面露徵詢的神情。

童小川趕緊從椅子上站起身：「我不是，別搞錯。快走吧，我們等下還要去做個口供。」臨走到門口的時候，他突然回頭對章桐說：「等會兒餐廳見吧，我有事想和你談談。」

章桐點頭，算是默許了。

＊　＊　＊

童小川口中所說的餐廳其實就是警局的大食堂，只不過是換了一個比較文雅的稱呼而已。由於三班倒的緣故，大食堂裡加了一頓宵夜的供應，至於吃什麼，大家都不會過多去計較，匆匆忙忙來，胡亂塞飽了肚子，往往還沒有品出什麼味道來，就被此起彼伏的手機鈴聲催著回去工作了。

警察的工作手機是 24 小時不准關機的。

推開食堂厚厚的塑膠擋風掛簾的時候，一股溫暖的食物的味道撲面而來，章桐的心情頓時變得舒暢多了。她搓了搓幾乎凍僵的雙手，四處尋找童小川的身影。

很快，章桐就在靠窗的老位子上找到了，童小川正一臉愁容地瞪著面前的碗筷發呆。

「怎麼了，發什麼愁呢？」章桐上前，和他面對面坐下。

「被老天爺遺忘的孩子？」童小川輕輕嘆了口氣，「拋開這個案子不講，為什麼會把自己叫『被老天爺遺忘的孩子』？」

章桐立刻就明白了童小川話中的含義：「簡單來講就是被社會無法接受，被人另類化，邊緣化。從心理角度來講，我不擅長，也就不方便多說什麼，從病理生理角度來講，只要遵紀守法尊重自己生活中的另一半，作為讀了好幾年醫學的人，我對此並不覺得有多怪異。」說著，她話鋒一轉，「除我之外，我就不知道了，我們都是比較傳統的，有些觀念還是需要有耐心溝通才行，不過，這已經不是今天的我所擁有的專業範圍的事了。李曉偉下個月學習回來，你有空可以問他。另外，退一步說，手術都是他們自願的選擇，也是他們自願去接受的一切後果，又不是你我現有的力量所能夠去改變和挽回的。」

童小川點點頭：「我以前從來都不會去正視這個問題，現在我才明白了他們的心情。今天這個目擊證人才只有十八歲，在『埃及舞孃』夜總會裡當陪酒女。她是拿著那兩張認屍啟事直接來找我的。我問她什麼時候開始有做手術的想法的，她說自從童年開始，就總覺得自己應該是個女孩子，為此被家人不知責打過多少次。九歲那年，她離家出走了，因為嫌丟人，家人也沒有去找過她，就當她死了，她做手術所用到的錢都是出賣自己所換來的。」

章桐看著他：「你不該陷進去的，童隊。從人的生理學角度來看，其實這種性別紊亂在我們每個人的童年時期都多多少少會有一點發生過，最主要的就是要看自己的父母和家人如何正確引導，有時候錯過機會了可能就是一輩子的事。」

「我案子中的一個嫌疑人，也是一個這樣的人。」童小川輕聲說道，眼前浮現出了汪少卿姣好的面容和不羈的眼神。

「她在火車站附近開了一家同心酒吧。就在半小時前，搜查她在同心酒吧的住處時發現了大量的雌性荷爾蒙口服藥物和注射用藥物。而她本人也已經失蹤了整整 30 個小時了。」

「這種人每天必須定時定量來口服和注射這類藥物，不然的話體內荷爾蒙一旦失衡，就會有難以想像的危險。」章桐問，「那現場究竟發現了多少雌性荷爾蒙注射藥物？」

童小川從口袋裡拿出了一張搜查物品清單影本：「東西都在上面。」

才看了幾個字，章桐就雙眉緊鎖，輕聲默唸道：「己烯雌酚……『環家樂』，沒錯，就是這個。」她抬起頭，伸手指著紙上的那一行，「己烯雌酚只是口服用的雌激素類藥物，而『環家樂』卻是最新的一種注射類激素用藥，它是雌激素與孕激素相結合所產生的，能更好地讓患者改變自己的生理特徵，然後發揮很好的鞏固作用，並且這種藥物的副作用等反應是同一類藥物中最小的。但只要是藥，就是雙刃劍，會存在一定的副作用，我們人類還沒有聰明到能徹底解決問題的地步。凡是注射『環家樂』的人，如果是為了徹底改變的目的，那麼，她必須每天注射四支的含量，一支都不能少。不然的話，心肺功能就有可能受到損害。」

「那豈不是跟那些吸毒上癮的人差不多了？」

章桐點點頭：「所以我就很奇怪，現在市場上這麼難弄到的激素類藥物，她一天也不能停止的，你的這位嫌疑人為什麼會在消失的時候，偏偏忘了把這些重要的藥物帶上呢？」

童小川的心不由得一沉，聯想到監控影片中汪少卿匆匆忙忙地抓了一個隨身小包就離開酒吧的身影，難道她的失蹤真的有問題？

「那關於這些『環家樂』，你們能找到具體來源嗎？這些藥在市場上既然難以隨意買到，那麼，在購買時是不是需要做一些相關登記？」童小川問。

「這是一種英國進口的藥物，應該有詳細的銷售登記。」章桐回答，「去藥品管理局查就行了。」

＊　＊　＊

回到辦公室後，童小川趕緊安排老李跟進「環家樂」的相關情況。轉頭又把鄒強叫了過來：「現在同心酒吧肯定還開著，你帶人去一趟，再仔細詢問一下有關她們老闆娘的情況，無論什麼線索，都要一字不落都給我記下來。」

鄒強點點頭，轉身走了。

童小川打開電腦，看著剛上傳的大提琴盒銷售紀錄，皺眉陷入了沉思。

第八章　拉桿箱裡的屍體

五點四十七分，第一輛公車開過來了，車上除了司機以外，空無一人。公車和以往一樣停靠在加油站旁邊，由於這裡離市中心比較遠，時間還早，所以在這個站臺上等車的人並不多。司機是一個染著黃頭髮的年輕小夥子，穿著油膩膩的工作服，這是他今天的第一趟跑車。年輕司機斜斜地掃了一眼空蕩蕩的站臺，剛想踩下加速器，轉念一想，今天是週三，又是單號，於是，他一踩煞車，公車就穩穩當當地停在了站臺邊緣上。車門嘩啦一開，司機拉下手剎，哼著小曲兒就走出了車門。他不緊不慢地來到加油站窗口，探頭進去，怎麼吆喝呼地吼了一聲：「阿彩呢？」

「早就走啦，怎麼，你沒看見她嗎？要不也有可能她上廁所去了。可是都這個時候了，她也該出來了呀！」說話的是一個中年婦女，身著加油站員工制服，手裡拿著一個雞毛撢子，一邊清理著貨架一邊打著哈欠，「你可別指望叫我出去找她，外面這麼冷，我來接班的時候都快被凍死了。」

年輕司機撇了撇嘴，無奈地鑽了出來，朝著不遠處的公共廁所的方向冷不丁仰脖子大聲吼了一句，「阿彩，好了沒有，車子要走啦！」話音剛落，公共廁所裡突然傳來了一聲撕心裂肺般的女人的尖叫聲，「啊⋯⋯」

年輕司機嚇了一跳，定定神，立刻向公共廁所跑了過去。

那是阿彩的聲音。

發出叫聲的位置是在公共廁所的女廁所內，剛進門，他看見阿彩軟軟地靠在牆邊，在腳邊水泥地上放著一個黑色的已被打開的箱子，箱子蓋搭在了廁所蹲坑的坑沿上。因為廁所裡的燈泡壞了，所以一時之間看不清箱子中具體放了什麼東西會把阿彩嚇成這個樣子。年輕司機趕緊彎腰抓起箱子的把手，用力把箱子拖到了女廁所外。隨後趕到的加油站職工也打開了手中的應急燈，嘴裡嚷嚷道：「出什麼事了，阿彩沒事吧？傷著沒有……」

年輕司機剛想轉身回女廁所去找人，可是藉著搖晃不定的應急燈的燈光，他不經意地往箱子中的一瞥，頓時讓他驚呆了，整個人就像撞見了鬼，半天沒有回過神來。

「哎，小子，你沒事吧，傻愣著做什麼？」一下子擠進來七八個人，廁所間裡頓時水洩不通，後面的人不滿地追問：「我什麼都看不到啊，阿彩呢？人沒事吧？」

「快，快打電話報警！」年輕司機哆嗦著連連後退，聲音也變得異常刺耳。

「報警？」阿彩的同事一臉狐疑，他把應急燈下意識地面對著打開的箱子照了進去，頓時寒意順著脊梁骨往上竄，順勢打了個哆嗦，應急燈也失手掉在了冰冷的地面上——那是一雙恐怖如同鬼魅的眼睛，空洞的目光，慘白無神的眼珠正直勾勾地注視著每一個查看窺探箱子中的祕密的人。

＊　＊　＊

圍觀的人群鴉雀無聲，寒冷讓大多數人裸露在外的面部神經變得麻木，但是那一雙雙眼睛中所流露出的驚恐的目光卻分明把自己內心的不安展露無遺。

章桐也被凍得渾身發抖。昨天晚上溫度降到了零下六度，地面還沒有結冰，但是卻已經足夠冰冷，而這種天氣下薄薄的醫用橡膠手套根本抵禦不了如此徹骨的寒冷。

「章醫生，都快半個鐘頭了，還沒有結果嗎？要不要先把屍體帶回局裡。」老李尷尬地彎腰向章桐招呼道。

「你們童隊呢？」章桐並沒有正面回答老李的問題，她正目光專注地凝視著手中的死者頭顱，頭也不抬地問。

「昨天看了一晚上的監控資料，我走的時候還沒有出過辦公室的門。」

「哦？」章桐心裡一動，「有線索了？」

「目前還不清楚。」老李微微一笑，「要不這樣，章醫生，您這邊盡快，我怕要是有哪些好事的人通知了媒體的話，那就麻煩大了，我這就安排手下幾個兄弟過去盯著。」

章桐揮了揮手，表示沒有意見，重新把注意力又集中到了手中的死者頭顱上面。

＊　＊　＊

在案發現場，只要有屍體的存在，法醫就有絕對的話語權，而對屍體的任何處理方式都必須在經過法醫的點頭認可後，方才可以最終得以施行。章桐知道這種有關凶殺案和無名屍體的負面新聞的傳播速度，更別提現在每個人的手裡都有一部可以隨時錄影或者拍照的智慧型手機，說不準此刻身後就有那麼一個鏡頭正準確無誤地瞄準自己。這樣的經歷對於章桐來講其實也並不是第一次，她已經記不清在報紙上究竟看到過多少案發現場那有關自己狼狽不堪地趴在地上檢查屍體的相片了。對此，她只能一笑了之。

眼前的場景似曾相識，一個嶄新的拉桿式行李箱，寬約八十公分，長一百二十公分左右。表皮是黑色的，儘管隔著醫用橡膠手套，章桐卻還是能夠很清晰地觸控到表皮上明顯的環狀紋路。箱子內部是藏青色的襯裡，屍體表皮呈現出典型的木乃伊狀，渾身上下硬邦邦的，幾乎摸不到水分的存在，就好像被硬生生地塞進烤箱裡烤乾了一樣，而屍體的整個形態則被刻意彎曲成了腹中胎兒的姿態。或許是因為行李箱儲藏空間限制的緣故，死者的頭顱被用不知名的利器切割了下來，斜斜地插在了脖頸與手腕之間，面容朝外，冷不丁地看過去，死者的脖頸和頭顱之間呈現出了一個怪異的三角形。

「章醫生，現在要取出屍體嗎？」彭佳飛站在一旁問道，他的手中拿著一隻黑色的裝屍袋，在他的身邊是不鏽鋼的簡易輪床。由於寒冷，彭佳飛的臉上被凍得紅紅的。

章桐搖搖頭，站起身指著行李箱說：「不，就這樣原封不動地抬回去，你去後車箱再拿一個一號塑膠袋過來，把行李箱的外面全都套上，這樣一來就可以盡量不破壞表面的證據。」

在等待的間隙，章桐脫下手套，把冰冷的右手塞進防寒服的口袋裡，掏出手機，撥通了童小川的電話。

「拋屍方式幾乎一模一樣，加油站公廁這裡剛剛發現的屍體應該是你所要找的第三具屍體。」

電話那頭傳來一聲重重的嘆息：「你盡快把屍檢報告交給我，我現在在五樓會議室開會。」

＊　＊　＊

五樓會議室，童小川示意靠門站著的下屬關上了屋裡的照明燈，打開投影機後，指著螢幕上出現的年輕女孩，說道：「她對外公開的名字叫『汪少卿』，經查實，所有的身分資料都是偽造的。我們根據她在暫住地所遺留下來的雌激素類注射用藥物『環家樂』和我市的進出口藥品管理局聯繫後，查到了該批次藥物的購買人是一家叫『天使愛美麗』的整容機構，該機構的營業性質屬於中外合資。我也派人把前兩個受害者的相片交給了他們機構的負責人辨認，確認這兩名受害者的手術也正是在這家整容機構中進行的。」他按動手裡的遙控器，螢幕上出現了一家整容機構的大門正面圖：「就是這家整容機構，我們由此可以推斷，這個化名叫『汪少卿』的人很有可能也是一個特殊人群。為了證實她的身分，分局法醫在同心酒吧後面的經理室提取了一些『汪少卿』的 DNA，現在正在和資料庫作比對，今天下午應該會有結果出來。但是有一點我有必要在這裡向各位說明，如果這個『汪少卿』在以前沒有任何案底的話，那麼法醫那邊也是抓不住她的。」

「那有關『汪少卿』的背景資料還有什麼嗎？」副局長皺眉問道，「難道這個『女人』真的就做到了所謂的滴水不漏？我相信她沒有這個本事。」

童小川點點頭，又一次按下了遙控器，投影螢幕上出現了一張暫住證的登記資料頁面，說：「她雖然成功地偽造了自己的原籍資料，包括姓名和詳細住址，但是剩下的，我想就是真實的了。她 2011 年來到本市，起初在一家叫小天鵝的火鍋店打工，後來離職，去了哪裡，沒辦法確定。但是半年後，她就又回到了本市，出人意料的是，她變得手腳大方了起來，盤下了位於火車站附近龍開路上的那家酒吧，改名為同心酒吧。因為某些特殊的原因，這家實際性質為專做特殊人群生意的酒吧在很短的時間內生意非常好。慕名而來獵奇的人越來越多，久而久之，行內的人幾乎都知道了這家特殊的同心酒吧和酒吧的老闆娘 —— 汪少卿。只是汪少卿從來都不提起自己的過去，包括自己的身世和家人。」

「透明人？」黑暗中，有人小聲地嘀咕了一句。

「沒錯，用『透明人』這三個字來比喻這個神祕的老闆娘，我想是最貼切不過的了。因為她的過去是一片空白。在開店的這段時間內，店裡的工作人員也確認印象中並沒有什麼老家的親戚來拜訪過老闆娘。」

「照這麼看，這個人非常小心謹慎，社交圈子也很小。」

「對！」童小川肯定了同事的推斷，「由於酒吧的特殊性緣故，來光顧這裡的客人之間也很少互相交流和打聽彼此的過去，這似乎已經成了一種心照不宣的默契。所以連繫起前面找到的特殊的雌激素類藥物。我認為，汪少卿也是這種特殊人群之一，她來到本市，就是為了不讓以前認識自己的人知道自己的下落，而她離開的半年，很有可能就是回去繼續做那最後幾期手術的。直到手術結束，她才能夠放心地以一個新的漂亮女人形象出現在大眾面前。可是，正因為做了手術，她就必須終身服用和注射雌激素類藥物來保持自己的外貌正常。而這兩種特殊的藥物經證實就是整容醫生開給該類手術完成後的患者最常見的藥物。接下來，我就要請大家看一段監控錄影，拍攝的時間就是第一具屍體被發現的那天凌晨。」

投影螢幕上很快就出現了酒吧進門處的景象，雖然是午夜，室外氣溫也很低，但是顯然卻根本打消不了人們前來同心酒吧消遣的濃厚興趣。人們來來往往，小小的酒吧間裡人影綽綽。因為監控錄影是黑白無聲的，所以沒有辦法聽到當時現場的聲音。

「我詢問過當晚值班的酒吧調酒員，她證實汪少卿並沒有當班，很早就出去了。至於什麼時候回來的，沒有人知道。由於這個監控鏡頭的角度問題，我們沒有辦法鎖定到進入酒吧間的人的正面影像，但是，根據另一組馬路對面的監控錄影，也就是我的下屬追蹤黑出租司機所描述的那個神祕女子進入酒吧的具體時間來看，這個人是最可疑的。」

童小川指著畫面上那個模糊的女人背影：「披肩長髮，修長的身材，最主要的是那條長長的圍巾。她在進入酒吧間以後就向左邊拐了過去，並沒有像別的客人那樣直接走向吧檯點單。當時第一次看這個錄影的時候，我並沒有在意，我只是認為這個女的肯定是上洗手間或者尋找同伴之類。直到汪少卿的突然失蹤，我才意識到了自己犯了一個多麼大的錯誤！」

「為什麼？」副局長問。

「左邊有一條通道，直接通向吧檯後面的經理室。幾分鐘後，汪少卿就出現了，她在吧檯的收銀機旁邊，按照酒吧的規定，每天的營業貨款都必須要由經理直接清點收取。汪少卿在員工的印象中，是一個非常認真的女人，無論自己是否休息，她每天都會在凌晨三點左右的時候準時出現在酒吧收銀臺前把一天的營業額清點登記，然後再回到後面的經理室，自己逐筆對帳入庫。所以說，我認為犯罪嫌疑人就是這個汪少卿。無論她的身形還是頭髮樣式，都和凶案現場的目擊證人所描述得很相近。只不過她刻意打扮了自己，圍了圍巾，戴了特殊的墨鏡，把自己的臉幾乎都遮蓋了起來。這樣一來也就可以解釋為什麼酒吧對面的監控錄影顯示犯罪嫌疑人進入了酒吧，卻怎麼也找不到出來的影像紀錄的緣故。答案其實就一直好好地擺在我們的面前，那就是她本來就生活在這個酒吧裡，她也就沒有必要再走出門去了。」

「那她為什麼要殺害和自己有著同樣命運的特殊群體呢？還有，最初案件中所用到的大提琴箱到底意味著什麼？凶手為什麼要拿它來拋屍呢？」

此時，童小川示意下屬打開了會議室裡的照明燈，抬頭說道：「根據我這裡的『酩梨』牌大提琴箱在本市的銷售紀錄來看，再結合現場所發現的大提琴箱的新舊程度和生產批號，這種品牌和規格的大提琴箱在去年，本市總共賣出了四個。其中有兩個，我們根據店員的回憶，已經分別找到了買主，也在買主家中親眼看到了箱子，還有另外兩個，至今卻仍然下落不明。店員只是記得來提貨的是一個年輕女人，大約二十多歲的年紀，很漂亮，戴著墨鏡，話不多。之所以給店員留下了深刻的印象，那是因為她付的是現金，隨身帶的包裡拿出厚厚的一沓。後來，兩個大提琴箱就被她用計程車拉走了。在搜查同心酒吧後面的經理室的過程中，我們找到了一本陳舊的提琴樂譜，在樂譜的扉頁上，用鋼筆寫著『辰辰留念』四個字。根據鑑定，這個題詞是五年前留下的。」

「難道汪少卿本來的名字中有一個『辰』字？」

「不排除這個觀點。但是也很有可能是別人轉贈的東西，只不過由此可以看出，汪少卿是一個懂音樂的人，會拉大提琴的可能性非常大。但是我有一點至今還搞不明白，如果這個箱子是她買的話，那麼，她為什麼要買兩個？一個用來裝了屍體，那另外一個呢？痕跡鑑定組那邊的報告中說，這個大行李箱裡沒有裝過大提琴，也就是沒有使用過，是新的。所以，我認為凶手很有可能是臨時想到了用它來裝屍體。而後面 105 路公車上的拋屍案所用到的拉桿式行李箱，相對來說價位就比較大眾化了，在大賣場裡七八十塊錢就可以買到。凶手為了拋屍而專門購買這一類箱子的可能性非常大。可是，我已經派人找遍了本市所有賣拉桿式行李箱的售貨點，因為正值年終，箱子又是價廉物美，所以每天的出貨量都是驚人的，也就沒有人會記得到底是誰買了幾個和買主究竟長什麼樣了。」說完這句話，童小川的臉上露出了無奈的神情。很顯然，從拋屍工具去找嫌疑人的這條線索已經走進了死胡同。

正在這時，會議室的門被輕輕地推開了，法醫處小潘側身走了進來，朝大家點點頭，然後把手裡的一份厚厚的卷宗遞給站在門邊的人，耳語幾句後，就轉身出去了。

看著小潘剛送來的這份檢驗報告，童小川皺起了眉頭，說：「法醫的DNA 資料庫中並沒有找到可以和我們所送交的樣本相匹配的資料，也就是說，這個人以前沒有犯過案，即使犯了，也還沒有被我們處理過。而且就在今天早上六點二十七分，城郊加油站的女廁所裡又發現了一個裝有屍體的拉桿行李箱。我手中的這份由章醫生親自簽署的現場簡報上說得很清楚，雖然屍體的死亡方式和前面兩具有本質上的差別，但是，屍體的擺放姿勢、拉桿行李箱等等這些證物，卻不得不讓我們懷疑這很有可能是凶手犯下的第三個凶案。我們必須在她對下一個受害者下手之前盡可能快地抓住她。不然的話，不排除會有更多的死者。」

＊　＊　＊

章桐抬頭看了一眼牆上懸掛著的時鐘，又瞄了瞄解剖室的門口，頭頂五樓上的會議應該早就開完了。不知道結果怎麼樣。

把視線又轉回到了面前的 X 光片上，對著燈光仔細比對著兩張 X 光片中死者骶骨和髖骨的狀態，由於有了先前疏忽的經驗教訓，這一次，等全身 X 光掃描結束後，她直接做了骨骼性別檢查。結果是毋庸置疑的。

可是死者全身的皮革狀態卻仍然讓她感到迷惑不解，根據肝臟的溫度和死者眼球的渾濁和萎縮程度來判斷，死者死亡時間應該是在三天或四天前，但對於死者表皮所呈現出的木乃伊狀態，章桐卻找不到任何可以用科學理論來解釋的依據。一般木乃伊狀屍體所自然形成的時間是在七十天左右，並且在此期間要用到一種特殊的乾燥劑來使屍體脫水而避免腐敗的過程。眼前這一幕顯然完全是違背了事物的發展過程，除非屍體奇怪的外部形態是有人刻意造成的！

發現死者的時候，屍體同樣是全身赤裸，也是在屍僵期過了以後才被裝進了拉桿箱中。全身上下沒有任何明顯的外傷痕跡，但是這也並不排除死者表皮褶皺變形收縮後，有些痕跡被消除了。只是，具體死因呢？頭部的傷口表明死者的頭顱是死後被切除下來的，X 光片顯示，死者的全身骨骼也並沒有斷裂的痕跡，這就自然排除了暴力所造成的死亡結果。剩下的，目前看來，也就只有毒化反映了。

「小潘，阿托品和腎上腺素的檢驗有沒有結果？」章桐注視著解剖臺上用白布蓋著的屍體，頭也不回地問道。

「姐，肝臟檢驗結果呈現陽性反應。」

但是死者顯然並不是死於這兩種藥物。章桐心中一動，先是打開白布仔細地查看了一下死屍的左面胸口，接著來到一旁的工作臺，死者的內臟器官按照程序已經被逐個取出準備進行更深一步的檢驗。她注視著那顆泛白並且有些腫脹的心臟，重新戴上了手套，然後拿著放大鏡，仔細地審視著這顆不再跳動的心臟。

半晌，她的目光中露出了激動的神情：「我想我終於找到了！」

「你找到什麼了？」童小川風風火火地衝進了解剖室。

章桐順手把心臟朝他面前一推，好讓他看得更加清楚一點，解釋道：「答案就在這顆心臟裡面，我剛才一直在懷疑死者的心臟這麼腫脹發白的跡象，應該不是簡單的心臟病死後所呈現出來的樣子。果然，我在左心室的靜脈血管上發現了一處細小的針孔。現在所要做的，就是對心臟進行檢驗，確定死者的心臟是被注射了哪一種藥物才會引起心臟停搏，導致最後的死亡。」

童小川臉上的笑容消失了，沮喪地咕噥：「那不又得等啊？」

「其實呢，我應該已經對凶手所使用的藥物有了一定的答案，但是為了證實這個答案，還是要做化驗。」說著，章桐把裝著心臟標本的托盤放回了身後的工作臺上，一邊示意小潘拿走，一邊繼續說道，「我們這裡和你們刑警隊辦案的工作性質可是完全不一樣的，在所有的推論被證實之前，都只是猜測而已。不能算數。」

「我以前見過一個案子，死者最初所呈現出來的死因也是心臟病發的跡象，可是，主刀法醫怎麼也沒辦法接受死者不是他殺的這個結論，因為死者在世時身體很好，根本就沒有得過心臟病，每年還按時做體檢。後來，經過做家屬的工作，終於得到了家屬同意做第二次解剖的機會。很快就在心臟靜脈血管上，找到了一個直徑為零點一公釐的針孔，而心臟病理檢驗的結果也顯示，其中鉀離子的濃度嚴重超標。達到了每百毫升血液千分之三的濃度，血清鉀濃度一旦超過 45mmol/L 的話，那麼這就是致死的劑量，童隊，注射過量超濃度氯化鉀可以迅速讓我們的心臟停止跳動，所以，一般醫療機構都是禁止用靜推的方式來補充氯化鉀的，因為速度過快，就會致命！」

「在心臟上靜推，太難了。」童隊回頭看了看工作臺上的屍檢樣本，滿臉疑惑的表情，問，「為什麼要在心臟靜脈血管上用這個呢？一般的靜脈不是更好找？」

「一般的靜脈注射都是在我們的手臂臂彎處，而這很容易會被我們這些法醫在驗屍時發現，那麼，凶手所苦心經營的自然死亡也就成了泡影。所以，如果注射死亡的話，凶手都會選擇比較隱祕的部位，比如說頭髮根或者口腔內部、生殖器官部位等不容易暴露的地方。」說著，章桐俐落地摘下手套，隨手扔到腳邊的黃色垃圾桶裡，然後找出最先拍下的屍檢相片，指著其中一張死者的正面胸口照片，說道，「你注意到沒有，死者的表皮經過了凶手的特殊處理，所以就呈現出了皮革縮水褶皺的狀態，這樣一來，表皮的針孔就很難找到，而這種縮水的狀態是在死後處理的，胸口部位尤為明顯，而死者臂彎等地方卻由於原先肌肉韌帶彎曲的狀態，所以褶皺不是很明顯，凶手就會擔心還是會有很快被看穿的危險，而直接在心臟靜脈血管快速靜推的話，那麼，只需要幾秒鐘時間，就可以令死者心臟停止跳動。」

童小川皺了皺眉，說：「心臟血管多細啊，怎麼找？」

章桐合上了照片，淡淡一笑，說：「這個對於我們來說，可能是個不可高攀的難度，但是如果對於一個經常做神經外科手術的主刀醫師來說，那就如同探囊取物了。」

「我記得你有個助手，好像以前就是做這一行的，對嗎？」或許是職業的敏感，童小川四處環顧了一下，隨即好奇地問道，「說到他，章醫生，他怎麼會放棄原來的工作，心甘情願地來我們這個地方呢？」

彭佳飛此時並不在解剖室。

＊　＊　＊

「他可是個非常認真的人，童隊，我說的就是剛來沒多久的彭佳飛，據說他原來待的醫院還是市裡的三甲醫院，而他在行內的口碑還是挺不錯的。但是，因為一次手術失敗，造成了病人死亡的重大醫療事故，所以就再也上不了手術檯了。上級念著他是無心犯下的過錯，再說以前他也確實做出了不少貢獻，所以，就破例答應了彭佳飛改行，來我們這當了輔助人員。」章桐若有所思地說道，「他選擇來我們這邊，其實也好，因為人死了，就不再會有任何痛苦的感覺了，即使再犯錯誤，也不會再有人為此而流眼淚了。其實，私底下，我也能夠理解彭佳飛的心情，畢竟在一個人受到最沉重的打擊的時候，如果再無事可做的話，會更可怕！」

解剖室隔壁，彭佳飛剛做完登記工作，抱著資料夾正要推門進來，屋內傳出的章桐的話讓他不由得愣住了，一時之間心中百感交集，扶著門邊的右手不停地顫抖著，淚水也隨之無聲地滾落了下來。

第九章　無緣由的恨

童小川雙手抱著肩膀，倚在門邊，看著老李和那個在廁所發現屍體的女人說話。

他不喜歡和沒辦法控制情緒的人交流，尤其是事情過去都整整一天了，還會動不動就歇斯底里地吼上兩句的人。在他看來，要想從這種人的嘴裡問出有用的東西來的話，那可真是費了不少工夫，所以，當眼前這個留著一頭「春哥」式髮型的年輕女人再三要求和面相忠厚老實的老李談話時，童小川樂得來個順水推舟，靠在門邊靜觀其變。

「妳說妳進廁所的時候就已經看見那個箱子了？」老李皺眉問道，這已經是同一個問題在一個小時內問的第三遍了。女孩不停地搖頭，又不停地點頭，最後，乾脆雙手捂著臉扯著嗓子嚎啕大哭了起來。老李無奈地看向門邊站著的童小川，雙手一攤。每次問到這裡就會卡住。童小川嘆了口氣，走出辦公室，來到走廊上，把那個坐在長椅上焦急等待女朋友的年輕司機招手叫了過來。一番耳語過後，那個染了一頭黃毛的小夥子乖乖地跟在童小川的身後走進了辦公室，一屁股坐在了女孩的身邊。

見到自己的男朋友，女孩算是回過神了，一把鼻涕一把眼淚地拍著大腿嚷嚷了起來：「都是你，叫我來，我什麼都沒有看見，你叫我說什麼好啊，又不是我殺的人……」

「我們沒說人是妳殺的，只是想問問妳情況，妳究竟是怎麼發現這個拉桿行李箱的？」老李把手中的簽字筆往桌上重重地一放，「你們加油站裡的監控錄影只是個擺設，根本沒有任何作用，我只能來問妳了。因為是妳打開的箱子，對不對？如果連妳都說不清的話，那麼……」

老李沒有繼續說下去，但是顯然這一番激將果然有很顯著的作用。女孩頓時停止了啜泣，瞪大了驚恐的眼睛。老李嚴肅的表情讓她感覺到了這可不是在開玩笑。

「我……我……你能不能保證不處罰我？」

聽了這話，童小川忍不住和老李對視了一眼，嘴角輕輕一笑：「只要妳如實告訴我們妳是在哪裡偷的這個箱子，以及這個箱子的原來主人的外貌特徵，我們就可以考慮讓妳將功補過。」

一聽這話，女孩頓時放鬆了，再也不鬧騰了。

身邊的年輕司機可忍不住了，轉身對著女孩，嘴裡罵罵咧咧：「阿彩，妳怎麼就改不了那偷雞摸狗的臭毛病呢，老子不是把每個月賺的錢都交給妳了嗎？難道還不夠妳花啊！再說了，偷什麼不好，朝家裡偷死人，妳就不怕有報應啊……」

童小川皺起了眉，冷冷說道：「夠啦，以為這邊是什麼地方？再折騰的話，我就以擾亂警方辦案拘留你！」

公車司機嚇了一跳，趕緊閉上了嘴。

此時，阿彩吞吞吐吐地把發現箱子的過程一五一十地講了出來：「大約凌晨兩點半的時候，我正在櫃檯邊打瞌睡，突然聽到外面加油泵那裡傳來了汽車的喇叭聲，我就探頭一看，是一輛小車，桑塔納。車主沒有下車，見到我出來，就搖下車窗大聲說要『加油』。」

「為什麼車主沒有下車？」童小川問。

阿彩翻了個白眼：「冷啊，那晚超冷的，哈口氣都能起個冰柱子！來加油的很多都不願意自己動手了，反正錢都是一樣的。」

「妳就別添油加醋了，趕緊挑重點的說吧。」老李催促道。

阿彩點點頭，說：「我幫她加油的時候，她問了我公共廁所在哪裡。我就指了指站裡廁所的位置，她拔下車鑰匙打開車門就去了。就在這個時候，我注意到她車子的後車箱沒有鎖嚴實，所以，我就起了貪念了。趁她沒注意，打開後車箱，就發現了這個箱子。我掂了一下，還挺沉的，看那女的打扮很時髦，我就尋思著這個箱子裡的東西肯定也很值錢，我看她沒回來，我就……我就順手把它塞到加油泵旁邊的工具櫃裡了。」

「你不擔心她知道妳偷東西嗎？」

阿彩的臉上竟然露出了一點小小的得意：「公共廁所和她停車的地方是一個死角，她根本就看不到我。再說了，我的手腳可沒有你所想的那麼慢的。」

童小川皺起了眉頭：「你沒有考慮過她發現後回來找妳嗎？」

「我不擔心。加油站本身就是在省道旁，很多來往加油的車子都是長途車，再說了，一看她的樣子，也是跑長途的，等到她發覺後車箱裡的東西丟了的話，說不定都不知道在哪兒了。」

「她什麼樣的打扮？」老李向前湊了湊身體，神情嚴肅地問道，「有沒有繫圍巾戴墨鏡？」

阿彩一愣，臉上的神情頓時炸了鍋：「你怎麼知道？沒錯，繫了圍巾，還戴墨鏡，我當時感覺還挺看著不順眼的呢。這大黑天的，還戴了個墨鏡，就不怕撞車啊。還有圍巾，車裡又不冷，開著暖氣，還繫著圍巾幹麼？這不是存心沒事找事嗎？不過這女的很有錢，那香水味我很熟悉，是香奈兒五號！」

「妳怎麼能確定是這種香水？」老李有點發愣，看著面前穿著打扮很中性化的年輕女孩，他怎麼也沒有辦法把兩者相連繫起來。

一提到心中中意已久的香水，阿彩頓時變了個人，就像所有愛美的女人一樣，雙眼放光，舉手投足之間，神情也變得有些微微亢奮了起來：「我早就想買這種香水了，可惜買不起啊，一丁點就要好幾百。所以，每次經過天虹商廈那邊的專櫃，我雖然買不起，可是我還可以看可以聞，那也是種享受。所以呢，那種味道，我一聞就能聞得出來，不管隔多遠。」

「她加了多少錢的油？車型是什麼？」童小川嚴肅地問道。

「她說加滿，也就是三百多，我想想，應該是 320 塊左右，零頭我就記不得了。93 號的汽油，車型嗎，是桑塔納 2000，最老的那種！」

「顏色呢？」

「看不太清楚，灰色的吧，那晚上燈光特別不好，我也沒有太注意。」

「妳確定車裡就只有她一個人嗎？」

「那是當然。」

「那她的車出了加油站後是往哪個方向去的？」

「左邊。」阿彩毫不猶豫地回答。

童小川的心裡一涼，腦仁開始抽痛了起來——左邊是出城的方向，再過去就是省道 213 交叉口……

＊　＊　＊

站在窗口，童小川看著老李把那對年輕冤家給送出了大門，心裡卻一直在糾結著一個問題，難道汪少卿已經離開了本市？如果真是那樣的話，人海茫茫，中國那麼大，再要找到她，那可就比登天還難了。童小川可不願意看到任何一個案子經過自己的手，最終卻轉變成一個懸案。

可是，三百多塊錢的油，那樣的車子，足夠跑六百多公里，路況好的話那就更不用說了，而這個是在不加油的前提之下就可以做到。而出了加油站前面向左轉上省道213的話，她明擺著就是遠離本市。難道她知道自己已經被盯上了？

童小川的腦海中閃過一幅畫面，那就是汪少卿失蹤當天，在同心酒吧門口上的那輛車，也正是桑塔納2000，銀灰色的，從當時的監控影片可以看出，車裡應該還有人，因為汪少卿是從後門上車的。那麼，車裡另外一個人究竟去了哪裡？

正在這時，門口響起了一陣敲門聲。

「門開著，進來吧。」童小川轉過身，見面前站著一個陌生的中年男子，身穿一件黑色的皮夾克，藏青色的燈芯絨長褲，胸前的灰色羊毛圍巾上別著一張標註著「訪客」字樣的卡片。中年男人頭頂微禿，神情惴惴不安，時不時地用眼角的餘光關注周圍的情況。童小川忽然有種感覺，面前站著的分明就是一隻受了驚的兔子。

「你是哪位？找我有什麼事嗎？」

「我是天使愛美麗整容醫院的整容醫師，我叫卓佳鑫。」看童小川並沒有什麼進一步的舉動，中年男人清了清嗓子，又補充了一句，「院裡的所有特殊人群手術都是由我負責的。」

說著，卓醫生從口袋裡摸出了一個小小的筆記本，放在桌上，然後輕輕地推到童小川面前，說：「我想，我能夠幫你們找到汪少卿。」

童小川接過了筆記本，卻並不急著打開，抬頭問：「那請問卓醫生，上次我的人去你們醫院詢問情況，為什麼你沒有這麼做呢？偏偏到現在才來找我們？」

「因為……因為我……」卓醫生咬了咬牙，猶豫了好一會兒，才彷彿下了一個重大的決定，他的目光躲開了童小川，嘴裡則輕輕地說道，「我想……我愛上了她。」

雖然早就聽說過有些人會愛上自己的病人，但是很多人都是在並不知道對方本來身分的前提之下動了感情，再發現時，自然也就順理成章地接受了。所以，童小川還是難以掩飾內心的驚訝，伸手指了指自己面前的椅子，說：「坐下吧，卓醫生，我們好好談談。」

「你是什麼時候愛上她的？」

卓佳鑫不敢直視童小川犀利的目光，他向前傾著身子，半坐在椅子上，雙手局促不安地交叉著，說：「她剛來我們醫院的時候，我就覺得她與眾不同，神情憂鬱，好像受了很大的傷害。後來，她通過了心理測試，可以接受手術，就由我替她主刀了。手術持續了好幾個月，在此期間，她和別的特殊人群一樣，身邊都沒有親屬。後來，當我看到她手術完成後的那一刻，雖然說她的美貌是我親手創造出來的，但是我還是被她深深地迷住了，那張完美無缺的臉龐……我不是怪物，我是一個很正常的男人，在我心目中，她就是一個女人，一個讓人疼讓人憐愛的女人。當然了，我們這一行中，愛上自己的作品的醫生不在少數，但是很多人都不會像我這樣，今天勇敢地站在你的面前。我知道她失蹤了，我很擔心，怕她像我以前那幾個病人那樣，失蹤後很快就被害了。所以，我違背了醫患之間保密的條例，我今天來找你，正式尋求你們警方的幫助。」說到最後，卓醫生的眼角竟然出現了淚花，「請你們一定要找到她。」

童小川沉默了，眼前這個卓醫生顯然正經受著難以名狀的道德和情感的折磨：

「那麼，你的這個病人，她是什麼地方人，叫什麼名字？」

「川東市，本名姓王，叫王辰。」

「你看過她的身分證了？」

卓醫生點點頭，肯定地說道：「這是規定程序，還要到病患原住地進行證實後，立下公證書，才可以最終進行手術。這手術畢竟不等同於那些簡單的隆鼻隆胸之類，是整個換了一個人，我們必須排除一定的法律隱患。當然了，遵照病患的意願，我們的查訪證實是暗地進行的，畢竟來做這種手術的人，自己本來的生活肯定就是一團糟。她們不會希望有人再去折騰了。」

「至於說公證書，我目前拿不出來，在院長辦公室裡鎖著，因為涉及我們這一行的信譽，要是同行的知道我們隨便把病人資訊透露給別人的話，我以後就別吃這行飯了。」卓醫生掏出手帕擦了擦眼角的淚痕，然後抬頭看著童小川，「所以，我把她的身分證號碼、住址，還有本來相片、整容後的相片，身高、血型等一切資料都帶過來了，都在這個筆記本裡，請你們一定要幫幫我，盡快找到她。」

「好的，我們一定盡力。」

等卓醫生走後，童小川打開了筆記本，一張年輕男人的相片掉了下來，在彎腰把它撿起的同時，童小川試圖把他和印象中同心酒吧的老闆娘連繫在一起。可惜，努力最終還是失敗了，相片中的，是一個憂鬱、瘦弱和滿身灰色的男人，而汪少卿風姿綽約，性感撩人，舉手投足之間，充滿了遊刃有餘的老練。兩人氣質有著根本性的不同。

＊　＊　＊

章桐看著擺在自己面前的兩張相片，尺寸大小完全一樣，但是相片中的人，卻很難讓人認同所拍的是同一個人。

她點點頭：「不得不承認，這個整形醫師的手術技巧確實非常高超，完全變了一個人一樣，臉形、額角、頜骨、顴骨……他都做了精心修飾，盡量去做到完美，這也難怪他會最終愛上自己親手所創造出來的人。」

說著，章桐伸手從辦公桌上的檔案欄裡找出了前面兩起案件中的死者生前相片，遞給了童小川：「同樣是自己的病人，做出來的效果卻完全不一樣，我相信這位整容醫師愛這個嫌疑人就如同一個藝術家痴愛自己的作品一樣，他完全陷入進去了。我曾經聽李曉偉醫生說過，當一個人是因為愛而去做某件事的時候，他就會創造奇蹟的。」

童小川忽然皺起了眉頭：「聽你這麼說，我想我應該再和這個卓醫生好好談談。他既然深愛著汪少卿，而汪少卿這麼聰明，她應該也會看出來。我記得第一個案件中，你曾經提到過死者在被害前曾經遭受到性侵害，對嗎？」

「沒錯，但是嫌疑人很小心，沒有留下任何可以作為證據的足夠的生物樣本。」章桐靠在椅背上，回頭看著童小川。

「我想這個汪少卿是絕對不可能做這件事的，因為下午卓醫生曾經跟我提起過，汪少卿當初要求做手術的慾望非常強烈，正因為通過了嚴格的心理測試，所以，院方才最終決定進行手術。那麼，對第一個受害者犯下性攻擊的，很有可能是本案中的另一個人。」

「你懷疑是卓醫生？」

「不排除這樣的可能。」

章桐想了想：「那要不這樣，我有一個辦法可以排除他的嫌疑，只是需要他的DNA。我們在死者的生殖器部位的邊上採集到的麗蠅幼蟲的樣本，經過化驗，樣本體內含有微量的男性DNA，但是因為含量實在太少，有一定的殘缺，所以不足以拿來跟資料庫中已經擁有的樣本進行比對，也就不具有法律效力，而電腦系統也不會接受這樣的樣本。童隊，如果你能提取到這個卓醫生的完整樣本的話，我就可以進行比對了。這樣做，就好比我們在現場發現了一枚殘缺不全的指紋，指紋資料庫沒有辦法進行比對，但是我們如果拿到了嫌疑人的指紋樣本的話，就可以大大地縮小一些嫌疑人的範圍了。」

「這個沒問題。」童小川的臉上露出了難得一見的笑容，「這相片你留著，我那邊有原件。」

童小川剛走，小潘抱著一大堆的檔案資料推門走了進來，嘴裡嘟嘟囔囔著：「這年頭，辦事真難，不說別的，就我們局裡，幾個辦公室之間還要來回折騰人。」說著，他一屁股坐到了章桐辦公桌邊的椅子上，「可把我累死了，章姐，總算都簽完字了。」

「這不是年底了嗎？麻煩一點那是很正常的。」章桐一邊笑著一邊整理起了桌上成堆的資料，準備入庫。

「哎喲，我說章姐，這是誰的照片啊，這小傢伙長得就像女孩子一樣，看這眼神，水靈靈的……」小潘無意中看到了章桐的辦公桌檔案欄裡放著的那兩張相片，就順手拿了起來，「這長相，尤其是這眉宇間的神態，我好像在哪兒見到過。」

「是嗎？」

「沒錯，我就是在哪兒見到過，就是想不起來了，看我這記性。」小潘一邊懊惱地拍著自己的腦門，一邊嘀咕著，「我現在的記性可是越來越差了。不過，說實話，老彭，你過來看，這小傢伙長得可跟你很像呢！是不是你家親戚啊？」

彭佳飛抬起頭，微微笑了笑，並沒有再搭理小潘，繼續低頭忙著整理檔案了。技偵大隊的人都知道，小潘經常沒輕沒重地和別人開玩笑，所以，彭佳飛對他所說的話總是報以一笑了之。

「口口聲聲小傢伙，你和人家年齡是差不多的，」章桐一把奪過了小潘手中的相片，「快去工作吧，你今天還想不想收工回家了？」

＊　＊　＊

回到辦公室的時候，老李送來了川東市警局剛剛發過來的傳真件。童小川掃了一眼年齡一欄，不由得感慨道：「原來王辰的年齡都這麼大了？保養得很好，真是一點都看不出來啊。」

「那是，我起先看了傳真件，還真不敢相信自己的眼睛。」老李尷尬地笑了，「我還以為他最多二十七八歲，原來都已經四十三歲了。看來這整形醫師的技巧真的是鬼斧神工！再加上他本身條件就好，要知道川東那邊的山水很養人啊。老大，我以前只是認為那裡是出美女的地方，現在才知道原來男孩子也有長得很水靈的。」

「對了，看來我們要找的這個犯罪嫌疑人王辰在老家已經沒有什麼認識的人了。那個戶籍科的趙警官跟我說，他的父母親去年出事了，挺慘的，一個自殺，一個病死，而王辰要做手術的事情在老家城裡也是鬧得沸沸揚揚。他的父親就是因為覺得在別人面前抬不起頭來，所以才選擇開煤氣自殺的。可憐的老人，猜想是老伴走了，再加上這樣的打擊，一時想不開就走上了絕路。」

「那他家裡的親戚呢？」

「自從知道他們家出了這麼個家門不幸後，早就避之唯恐不及了，好多年都沒有來往了。王辰的父親又是個好面子的人，派出所和居委會的人上門做了好幾次思想工作，可是結果……唉……」老李忍不住一聲重重地嘆息，「話說回來，誰家攤上這樣的事情都不會好受的。」

「他母親是得什麼病死的？」

「腦癌。後來因為王辰老找不到工作，賴在家裡啃老，家裡老兩口又沒什麼積蓄，病也就沒錢治了，王辰的母親最終是被活活痛死的。」

童小川突然注意到了傳真件上的一行小字，不由得皺眉：「老李，這王辰還有個哥哥，是嗎？」

老李點點頭，「老趙說，好像比王辰早幾分鐘出生，他和他哥哥是雙胞胎兄弟。」

「那他哥哥現在去哪兒了？還在川東那邊嗎？」

「找不到了，出生後沒多久，因為家裡的經濟狀況實在不好，就把這孩子過繼給了別人，說好老死不相往來。後來就沒再聽說過有關這個男孩子的事情。不過，將心比心，即使這個男孩知道自己身世的話，有這樣的兄弟，猜想他也不會再去認了。」

童小川想了想，說：「我還是不放心，老李，你派個人馬上去川東，挖地三尺也給我把這個王辰的哥哥找出來。」

「沒問題，我這就去辦。」老李一邊說著，一邊在筆記本上記了下來，「老大，難道你怕王辰這次離開本市，是去投靠還活在世上的自己的唯一的親人？」

童小川長嘆一聲，說：「不好說，畢竟是自己的親兄弟，我想要是王辰現在站在自己哥哥面前尋求幫助，他哥哥應該不會再恨得起來，你沒聽過民間這句老話嗎——手足兄弟親，打斷骨頭連著筋！」

＊　＊　＊

法醫辦公室，章桐正在低頭仔細做著下一年的預算報表，突然，耳邊響起了彭佳飛的聲音，把她嚇了一跳。「章醫生，屍體表面的顆粒檢驗報告出來了。」

章桐接過報告：「你下回走路帶點聲，別這麼輕，我不習慣。」

彭佳飛的臉紅了，尷尬地愣在原地，不停地說抱歉：「對不起，章醫生，真對不起，我下次一定注意。」

見彭佳飛的反應這麼激烈，章桐倒有些不好意思了起來，她笑了笑：「沒事的，我也不該這麼說你。你去忙吧，這裡沒你的事了，有需要的時候，我會再叫你。」

彭佳飛的腳步聲漸漸消失了，最後，傳來了一聲輕輕的關門聲。章桐心想，彭佳飛來到法醫處工作也已經有大半年的時間了，總覺得他無論做什麼事情都是小心翼翼，生怕出什麼差池。剛開始的時候，章桐並不習慣身邊多了這麼一個如同影子般的人，可是，漸漸地她也想通了，畢竟經歷了手術失敗和自己在一夜之間身敗名裂那麼大的變故，再活潑的人都會變得性格沉悶起來的，彭佳飛還能夠天天站在這裡堅持工作並且毫無怨言，自己也真的應該是為他感到慶幸了。

章桐輕輕搖了搖頭，把注意力全都集中到了手中的這份特殊的檢驗報告上。沒一會，她皺起了眉頭，嘴裡翻來覆去地念叨著：「不會啊，怎麼會這樣，這是不應該發生的啊……」

第十章　屍體農場

「你說什麼？這怎麼可能？」

章桐不容置疑地點頭，口氣堅定地說：「童隊，我起先也不相信，但是這是氣象色譜儀反覆檢驗過後所得出的結論，我必須尊重事實。她被掩埋了至少二十四小時，然後在空氣中暴露了七十二小時。」

「屍體被掩埋過又重新挖出來，還費這麼一番周折去弄個拉桿行李箱拋屍，我想這個凶手除非真的是閒得沒事做了，才會想著窮折騰！」童小川陰沉著臉縮在辦公椅裡，發完了牢騷，也就沒再繼續和章桐爭執。他知道，如果章桐這麼堅定地辯論的話，那肯定是在有十足把握的前提之下，她才會這麼做的。她是個固執的女人，自己再和她繼續爭辯下去的話，到頭來除了認輸就沒別的路可走了。

「章醫生，氣象色譜儀是什麼東西？」老李在一邊好奇地問道。

「是我們實驗室裡最近剛剛添置的新設備。」一提起自己的那些實驗室儀器，章桐就立刻打開話匣子，她在童小川辦公桌上隨手拿了張紙，抓起插在筆筒裡的簽字筆，隨即就在紙上面潦草地畫起了氣象色譜儀的簡單工作原理，「這是一種分離測定低沸點混合組成成分的重要儀器，一般用在化工、生工、食品行業做儀器分析實驗時使用，也經常被用於科學研究和常規分析。氣相色譜是對氣體物質或可以在一定溫度下轉化為氣體的物質進行檢測分析。由於物質的物性不同，其檢材樣本中各組成部分在氣相和固定液體間的分配係數也不同，當汽化後的檢材樣本被載氣帶入色譜柱中執行時，其組成部分就在其中的兩組間進行反覆多次分配，由於固定組對各組成部分的吸附或溶解能力不同，雖然載氣流速相同，各組成部分在色譜柱中的執行速度就不同，經過一定時間的流動後，便彼此分離，按順序離開色譜柱進入檢測器，產生的訊號經放大後，在紀錄器上描繪出各組的色譜峰。根據出峰位置，確定檢材樣本組成部分的名稱，再根據峰面積確定濃度大小。這就是氣象色譜儀的工作原理。」

「那一定很貴吧。」童小川說，「聽上去這麼複雜。」

章桐尷尬地笑了笑，說：「是有點貴，前年我就開始申請了，可直到兩個月前局裡才同意。可是，有了這個寶貝，很多平時我們根據肉眼或者相應的檢驗設備檢驗不出來的物證上所附著的微小顆粒，在這氣象色譜儀面前就會原形畢露了。就像這第三起拋屍案，屍表被凶手刻意用乾燥劑處理過了，所以提取表面證據的時候非常困難，而我們分別擷取了屍表幾個不同部位的組織樣本後，經過氣象色譜儀的檢驗，就得出結論 —— 死者在死後被土壤掩埋過一段時間，而且是一種特殊的土壤，叫砂姜黑土，主要分布在淮北平原的中南部地區。」

「那在本市有這種土壤嗎？」童小川問。

「有，就在郊外飛機場附近，在來找你之前，我問過土地管理局，那裡由於特殊的平原地形，就形成了砂姜黑土，面積大概在三十平方公里左右吧。」

「三十平方公里？這叫我們上哪去找？」老李發愁了。

「我已經安排小潘和國土局的工作人員前去提取樣本了，只要有樣本比對，我想，就不難確定曾經的埋屍地點。」

「有把握嗎？」

章桐自信地回答道：「不同地方的土壤，由於所處環境的潮溼度、光照程度以及不同種類昆蟲的存在數量和種類的差別，土壤自然也就不一樣，只不過我們人類的肉眼區分不出來而已。它們就像我們人類的DNA，很具有代表性的。我們法醫這一行中就有一個專門的分支，法醫植物學，就是專門研究這個的。」

童小川心服口服：「章醫生，妳可是動動嘴皮子，我們就得跑斷腿。我說局裡怎麼對妳們這麼好，每年的預算都先滿足你們技偵大隊，我們真是羨慕都來不及。好吧，我這就派人去那裡走訪，看能不能找到什麼有用的線索。」

章桐走出童小川辦公室的時候，手機突然響了起來。電話那頭傳來了醫學雜誌社編輯的聲音，說那位叫王星的作者已經按照她的要求，把餘下的補充資料發過來了，現在，那些資料已經轉到了章桐的電子信箱裡。

「沒問題，我兩天之內就把剩下的結論部分交給你。」說完後，章桐掛上了電話，向自己的辦公室走去。

＊　＊　＊

章桐從來都不相信這世界上存在巧合一說，多年的工作經驗讓她明白一個道理，那就是所有事物不能都只看表面，而必須透過表面現象來找出事物的內在連繫。可是眼前這一幕，卻讓她不得不懷疑起了自己多年堅持的看法。

法醫埋葬學，這在國內還是很少人研究的學科，它專門研究屍體變化的各種複雜因素，以及各種死亡相關過程對這些因素的作用方式，有時候，還可以嘗試人為地去改變或者影響屍體變化的過程，從而幫助警方破獲重要的刑事案件。

章桐還是在學校裡讀書的時候才聽說過有這門學科，導師丁教授曾經不無感慨地談起過在如今的國情之下，要想在國內進行這一門特殊學科的研究，是有很大阻力的。因為目前人們傳統的殯葬觀念還很難接受把死去的親人的遺體無償捐獻出來用作各種「法醫研究」。那麼，要想像國外法醫界同行那樣獲得法醫埋葬學中所提到的各種重要資料來用作辦案參考，那就只能簡單想想就作罷了這個念頭。

法醫埋葬學主要關注死亡事件、屍體腐爛過程中軟組織的變化，外界物質對暴露骨頭的影響以及發現和收集骨骼的相關事項。簡單點說，就是把屍體放在各種假象的死亡環境中，透過不斷地觀察來得到寶貴的埋葬學資料……

章桐漸漸地被作者的字裡行間所透露出來的嚴謹的學術態度所折服，可是，越往下看，她卻覺得越不對勁。作者不僅詳細地記錄下了幾具女性屍體的腐爛過程，還講述了在特殊環境中，屍體的進一步變化，比如說火燒以及乾燥和潮溼的環境中，在土壤中，甚至於還有低於零下四度的室外溫度之下，屍體在室外露天存放七十二小時期間的各種詳細變化。

章桐感覺心跳越來越快，她深深地吸了口氣，努力使自己平靜下來，接著往下看文章。

「世界上沒有這麼巧合的事情。」看完這篇論文附錄後，章桐臉色發白，喃喃自語，「不會的，不會這麼巧合。我肯定是看錯了。」

「章醫生，出什麼事了？我看妳臉色不太好。」彭佳飛關切地問道，「我倒杯熱水吧。」

「謝謝你。」章桐茫然地注視著面前的電腦螢幕，突然，她站了起來，迅速走到靠門的屍檢報告存放櫃，拉開鐵皮把手，低頭翻找著什麼。很快，她抓起了一個厚厚的牛皮紙檔案袋，看清上面夾著的標籤後，頭也不回地推開辦公室的門就走了出去。

身後，彭佳飛手裡捧著水杯，愣愣地站在章桐的辦公桌邊。他看到了電腦螢幕上所顯示出來的文字，又回頭看了看章桐旁若無人的忙碌的身影，搖搖頭，無聲地嘆了口氣。

＊　＊　＊

童小川做夢都沒有想到，卓佳鑫竟然就這麼死了，而且還是死在自己的家裡！他懊惱地看著面前的老李，嘴裡忍不住埋怨道：「你做這行也已經很多年了，為什麼還這麼不小心呢？我早就叮囑過你要派人給我二十四小時盯住他了，難道你不懂我的話嗎？這兩天時間還沒有過去，他就死了！你這是失職，嚴重的失職！」

「我……我……」老李什麼也說不出來。他想說自己的下屬根本就沒有擅離職位，他自己也已經整整二十四小時沒有闔眼了，但是也知道此刻再多的辯解都已經於事無補，想了想，他重重地嘆了口氣，頭一低，「童隊，那你處分我吧，是我的責任。」

「處分你又有什麼用？難道他就能夠因此而活過來嗎？」童小川臉色鐵青，伸手抓過門口衣帽架上的外套，一邊往身上披一邊朝門外快步走去，「現在屍體在哪裡？別愣著了，還不快走。」

老李緊緊地跟在後面走了出去。

＊　＊　＊

或許在旁人眼中，做整容這一行的都比較「多金」。天使愛美麗整容醫院的主刀醫師卓佳鑫就看似理所當然地把自己的家安置在了上等住宅社區水天堂。好的房子好的享受當然房價也是驚人的。可是今天，童小川卻根本沒有心思去多瞄一眼這如同翻版的「歐洲童話小鎮」，和老李直接上了十八樓。

在十八樓 A 座的門口，童小川和拉著工具箱正要出門的章桐幾乎撞了個滿懷。見她這麼快就收工了，不由得感覺很詫異，探頭看了看亂哄哄的屋內，然後問道：「完了？這麼簡單？」

章桐點點頭：「沒錯，完了。」

「死因呢？」

「服用冒牌的『偉哥』而引起的嚴重低血糖致死。」

童小川和老李不由得面面相覷：「吃冒牌的性藥把自己就這麼給吃死了？」

章桐顯得很無奈：「如果家屬同意，我還是建議做一個全面屍檢比較妥當一點。但是至少目前的一系列證據表明是沒有他殺的痕跡，屍表也很正常，沒有外傷，屋內陳設也沒有凌亂的跡象，而死者本身是一個二型糖尿病患者，我在他的床頭櫃裡發現了很多治療這方面的藥物，有拜糖平、波卡糖片之類，他妻子剛才也證實了死者的病史已經有三四年了。」

童小川更糊塗了：「二型糖尿病，我記得不就是血糖高嗎，怎麼會低血糖致死呢？這又和性藥有什麼關係？」

章桐乾脆把手中的工具箱暫時放在了地板上，活動了一下痠痛的筋骨：「當病史進入第二個年頭時，二型糖尿病患者的性功能會有一定的損害，比如說正常的生殖器運作功能，這樣，患者就想當然地考慮到用性藥的輔助了。但是現在市面上的假藥實在是太多了，而這類假冒的壯陽類藥物中含有大量的強力降糖藥物成分『優降糖』，它會在短時間內迅速把使用者的血糖值降到極限。童隊，正常人尚且難以承受，別說本身就患有二型糖尿病的病人了。最終，這種藥物所產生的頑固性致死性低血糖，在如果不及時得到救治的前提之下，二型糖尿病人就幾乎會無一倖免。我詢問過死者的妻子，她證實昨晚死者就在夫妻性生活前用了這種叫做『OK』的壯陽類藥物。」說著，章桐從工具箱中拿出了一個證據袋，遞給了童小川，「你和死者家屬溝通一下，如果同意做屍檢的話，就和我聯繫，我會派車過來拉屍體。」

看著章桐走進了電梯間，直到電梯門緩緩關上後，童小川仍然有點將信將疑，回頭對老李說：「老李，我總覺得這個卓佳鑫死得太是時候了，昨晚他在回家前有去過其他地方嗎？」

老李皺眉想了想，又迅速伸展開，點點頭：「要講特殊的話，那就只有這個了 —— 死者曾經去過同心酒吧。在那裡待了兩個多小時，直到晚上十點半才回來的。我的人後來問過酒吧現在的負責人，對方說卓佳鑫經常去，他是她們酒吧一名特殊的常客，汪老闆在的時候，他就經常去。而昨天晚上在酒吧的時候，死者只是像平常那樣喝酒，和周圍的人聊天，並沒有什麼異常的舉動。」

童小川點點頭，說：「你現在去酒吧，把昨晚的監控影片帶到局裡，我要看。這邊你就不用管了。我等等坐別人的車回去。」

＊　＊　＊

晚飯時在食堂遇到了章桐，童小川可不想閒著，他乾脆把托盤放到了章桐面前，接著坐下，說：「你說一個明明知道自己有二型糖尿病的人，為什麼還要冒著玩命的危險去服用假的壯陽藥物呢？真是弄不懂。」

「你說上午那個案子啊？」章桐回答，「其實嚴格意義上來講，這種壯陽藥物也不能說是假的，只能說是劣質產品。我回局裡後就和第一醫院泌尿科的張主任通了個電話，他說光他們醫院，上個月就搶救了三起這樣的病患，還都是正常人，不是本案中的二型糖尿病患者。童隊，很顯然，偷偷服用這種藥物的人還不在少數。」

「卓佳鑫本身是醫生，應該知道其中的危險，他怎麼就不會注意呢？」童小川皺眉問，「我總是想不通這個問題。我問過他老婆，說他們以前也用過這個藥，一直都沒有出過問題，可偏偏昨天就出事了，人還死了。」

「除非這個卓佳鑫在服用壯陽藥物之前的四個小時內，曾經最大劑量地服用過別的降糖類藥物。血糖值已經降到了最低點，後面的壯陽藥物自然也就會致命了。」章桐一邊說，一邊用手指蘸了桌上的水，在桌面上畫起了解釋圖，「就比方說一個氣球，本來已經盡我們所能地被充滿了氣體，如果你再往裡面繼續充氣的話，就會發生爆炸。而一般降糖類藥物在我們人體內所產生的最高峰值時間是在三到四個小時之內，八個小時後才會漸漸消退，隨著尿液排出體外，但是速度非常緩慢。死者喝了酒當然會稍微升高一點血糖濃度，可是如果他緊接著在降糖類藥物還依然在自己體內作用時仍然繼續服用強效的『優降糖』的話，後果就是死路一條了。」

「可是死者的老婆很肯定地說過，死者服用藥物是非常小心謹慎的。從來都沒有出現過漏服或者多服的現象。除非……」童小川眉宇之間的神色漸漸凝重了起來，她抬頭看著章桐。

章桐猶豫了一下，點頭說：「除非是在死者毫不知情的前提之下服用了降糖藥物，童隊，聯想到卓佳鑫和本案嫌疑人之間微妙的關係，這個疑點，我想還不能排除。」

正在這時，章桐放在桌面上的手機震動了起來，是醫學雜誌社的編輯的號碼，章桐無奈放下筷子按下了電話的接聽鍵。電話內容很簡短，對方非常禮貌地告訴章桐，按照大賽的規定，評委是不能夠和參賽者見面的，而且也不能夠詢問參賽者更多私人資訊。所以章桐的要求被委婉地拒絕了。

結束通話電話之後，章桐順手把手機塞進了工作服的外面口袋，神情顯得有些沮喪。

知道原委後，童小川哈哈一笑：「沒事的，這幫人都是打著官腔的人，沒必要費心思在這個上面。再說了，妳要操心的事情還不夠多嗎？評委嘛，隨便應付一下就行了。」

章桐搖搖頭：「我不是為這件事情在和雜誌社編輯賭氣，小編輯本身也是說不了話的。」

「那妳發什麼愁呢？」童小川有些意外，「章醫生好像不是那種多愁善感的人啊。」

「天天和死人打交道，我想多愁善感都沒這個心情。」章桐本來想把自己的疑慮告訴童小川，可是轉念一想，她還是決定暫時先放一下，等自己完成一些進一步的調查後，再說也不遲。

希望只是自己多慮了。

第十一章　第二個女人

「我沒有殺我的老公，我再跟你們說一遍，我沒有殺他！」整容醫生卓佳鑫的老婆可不是一盞省油的燈，儘管老公就死在自己的身邊，而且還是以那麼一種最說不出口的方式，在這個年輕女人的臉上卻仍然看不到哪怕一絲一毫的痛苦，更多的卻只是憤怒和不屑一顧而已，尤其是提到卓佳鑫名字的時候，「真搞不懂，你們警察不去破案，纏著我問東問西究竟想做什麼！」

「妳知道妳丈夫和汪少卿之間的關係嗎？」童小川皺眉問。

「我知道他外面有人，這又怎麼了？不都是為了他的錢嗎？我們的婚姻本來就是一個為財一個為色。」年輕女人毫不客氣地蹺起了二郎腿，用挑釁的目光掃視著屋裡的其他人，「再說了，他迷上的都是些什麼玩意兒？汪少卿？不男不女的傢伙！說出來都讓我嫌髒。嘁！」

童小川頭一回被所詢問的對象給反駁得啞口無言，要麼，眼前這個年輕女人確實沒有殺她的丈夫，要麼，她就是一個演技異常高超的人。而她怎麼也看不出這蠻橫無理的年輕女人會演戲，算計男人口袋裡的錢，這女人或許是高手，但是說到正經八百的演技，可就太一般了，那張長得確實不錯的臉蛋除外。可是轉念一想，童小川有些忍不住想笑，自己老公是整容這一行的，那這張臉所包含的「水分」也就可想而知了。

「好了，妳也別抱怨了，我們沒說卓佳鑫就是妳殺的。今天找妳來，一方面是為了進一步詢問一下案發當晚的具體情況，另一方面，就是想問問你是否同意對你老公的遺體進行一次全面的屍檢。」童小川盡量克制住情緒，擺出一副公事公辦的樣子。

「屍檢？」年輕女人不由得愣住了，她似乎這時候才意識到了自己面前的警察所說的話不像是在開玩笑，「幹麼要屍檢？不是說是吃藥吃死的嗎？」

童小川看了一眼老李，說：「這也是正常的辦案程序，為了進一步證實死因。不過，妳要是拒絕的話，也可以的。」

年輕女人沉默了，半天沒有吭聲，最後，當在場的人都以為她要表示不同意的時候，她卻竟然笑了，站起身，神情之間顯得有些無所謂，說：「不就是屍檢嗎，人都死了，還怕什麼？難道會痛？鬼才相信！你們愛怎麼檢查就怎麼檢查吧，和我沒關係，屍體呢，我也不打算領回去了，檢查完後，你們愛怎麼處理就怎麼處理，我可沒錢買墓地給他。現在買個墓地貴得要死！捐了了事。」撂下這幾句話後，這個女人邁著輕盈的步伐，不緊不慢地走出刑警隊辦公室，很快就消失在了眾人的視線之中。

「我說老大啊，我們到底該為那位卓醫生感覺到慶幸還是悲哀呢？」老李對這個女人感到很無語，憤憤不平地說，「同樣作為男人，尤其是有老婆的男人，我真難以想像他們這種日子是怎麼過下去的，這個女人，對老公可是一點感情都沒有，當初又結哪門子婚呢？勞民傷財！」

「周瑜打黃蓋，一個願打一個願挨吧。現在呢，人也死了，我想也就不應該再去評判了，青菜蘿蔔各有所愛吧！」童小川伸了個懶腰，「總之，要我說，這個女人的作案嫌疑並不大。但是你還是派人去查一下她的底細比較好一點。」

「好的，我馬上去。」老李收拾完桌面上的筆記本，走出了辦公室。

＊　＊　＊

晚上八點剛過，儘管街頭下起了淅淅瀝瀝的小雨，但是同心酒吧卻一點都沒有受到壞天氣的影響，酒吧生意很好，門庭若市。童小川刻意換了一身便裝，推門走進了酒吧。

他很清楚，在這種行走在道德邊緣的地方，有很多人是不會隨隨便便地把祕密告訴警方的。而卓佳鑫在臨死之前唯一來過的就是這裡，既然卓佳鑫老婆的殺人嫌疑已經被排除，酒吧的監控錄影又看不出什麼反常的地方，那麼，剩下的答案就只能來這裡尋找了。

「第一次來吧？要什麼？」酒保伸手從頂上的架子裡取下一個空酒杯放在吧檯上。

童小川坐了下來：「來杯中性曼哈頓。」

酒保抬頭看了他一眼，顯得很意外：「您的口味真是有些與眾不同呢。不過，是否考慮換一杯？我們這裡有很多種類可以供您隨意挑選。」

「怎麼了？需要我教你嗎？」童小川優雅地笑了笑，「黑麥威士忌一盎司，香艾酒 3/2 盎司，安格仕苦精 1 滴，最正宗的做法是先在酒杯中加入冰塊，依次注入我前面所說的酒類，攪勻後過濾就可以了，別忘了最後給我加上一片檸檬，我要青檸檬。幹麼還傻瞪著我？」

酒保尷尬地笑了笑，轉身便走向後面的酒櫃。

剛鬆了口氣，耳邊就傳來了輕輕地鼓掌聲，童小川回頭一看，是個三十多歲的女人，一身紫色的天鵝絨旗袍，曼妙的身材被旗袍映襯得恰到好處。由於她站在背對著照明燈的地方，所以童小川並不能夠看清楚對方的具體長相。

「厲害，真看不出來，原來你對雞尾酒的調配竟然這麼熟悉。」女人走到童小川身旁，隨意地靠在了吧檯上，面帶笑容地看著他，「『中性曼哈頓』又叫『完美型曼哈頓』，是雞尾酒中最值得尊敬的一種，口味也是最獨特。但是很少見到來這的客人一開口就點這個的。你很面生，是第一次來嗎？」

童小川伸手拿起冰涼的酒杯，輕輕嗅了嗅，臉上露出滿意的神情：「第一次和第二次又有什麼區別？想來就來。」

女人很是驚訝，她湊到童小川身邊坐了下來，說：「在我們這個地方，確實是來去隨意。我叫阿倩，很高興認識你。」

童小川點了下頭，說：「倩姐，需要喝什麼？我請客。」他伸手示意酒保也給阿倩來一杯同樣的。

阿倩的眼神愈發顯得迷離，她笑著擺了擺手：「帥哥，不用對我這麼好吧。這份情我可擔當不起。說吧，你要我幫你什麼？」

「幫？妳怎麼就能確定我需要幫助？」童小川笑瞇瞇地看著她，「還有啊，恕我直言，你並不是這裡的老闆娘，對不對？」

阿倩一愣，輕輕點頭：「不錯，我和少卿是閨蜜，也經常過來捧場。現在她不在，我也就算來幫忙吧。」

「哦？妳認識汪老闆？」童小川把酒杯輕輕推到阿倩面前，「我和汪老闆也算是有幾面之交，關係也很好。我這幾天過來都沒有看到她，正奇怪她去哪裡了？」

阿倩笑了：「帥哥，這是人家的私事，我怎麼好隨便打聽，你說對不對？不過我今天看著你買酒給我的份上，我就賣你一點面子。」說著，她伸手拿起酒杯一飲而盡，看著童小川，面露紅暈，「聽說有人從老家打電話給少卿，所以汪老闆就走了，不止如此，就連這個酒吧都準備賣給我了呢。我哪有那麼多錢，唉，心有餘而力不足了。」

「什麼時候打過來的電話？」童小川不動聲色地問道，「要轉手，那價碼應該不錯吧？」

「你真的想接手？」阿倩更是吃驚了，目光中流露出異樣的神采，「看不出來嘛，帥哥你這麼有錢。」

童小川巧妙地把話題引開了：「汪老闆老家來的電話是妳接的嗎？」

阿倩搖搖頭，伸手指了指吧檯後面正在忙碌的酒保：「是曉雲接的。」

「對了，倩姐，妳昨天來這裡了嗎？」

「來了，我當然來了。」阿倩接過酒保遞過來的一杯血腥瑪麗，輕酌一口，「我得幫忙招呼客人。雖然幾乎都是老熟客，但是也是需要熱情招呼的，你說是不是？」

童小川輕輕推開面前的酒杯，伸手從口袋裡掏出一張卓佳鑫的相片，放在吧檯上，推到阿倩的面前：「這是我哥，他昨晚來這裡了，你應該認識他，他也算是這裡的常客了。」

阿倩狐疑地拿起相片，看了一眼童小川，又看了看相片，問道：「這是……」

「別人都叫他『卓醫生』，他是做整容手術的。」

這話讓阿倩的手輕輕地顫抖了一下：「是嗎？你找他有什麼事情嗎？他今天好像沒有來。」說著，她回頭又看了一下吧檯。

「我哥今天早上去世了。」童小川接過相片，神情顯得漫不經心地說，「我來這裡的目的，就是想知道他昨天來這裡究竟見誰了。我哥是枉死的。做小弟的，自然要替他討個公道！」

「你哥死了？」阿倩轉頭盯著童小川，聲音微微有些顫抖，「他昨天來的時候都是好好的，這怎麼可能就沒有了呢？」

「那妳是見過我哥了，對嗎？」童小川步步緊逼。

「都是曉雲在招待他，她是這裡除了汪老闆以外資格最老的員工了，認識的人也很多，我這就叫她過來。」說著，阿倩向吧檯的入口處走去。

半個小時後，童小川推門走出了酒吧，伸手攔了一輛計程車，返回局裡去了。

回想起和酒吧酒保曉雲的一番交流，讓童小川心中很是迷茫。按照時間推算，本來以為卓佳鑫過量服用降糖藥物的時間是在酒吧，可是曉雲卻否定了卓佳鑫是因為痛苦而自己服用藥物的結論。而阿倩再三表明，在那兩個多小時的時間裡，卓佳鑫一直都很興奮，他不停地喝酒，並且和身邊的每一個人侃侃而談，話題始終都沒有離開過自己的手術，他根本就沒有表現出最初童小川所預料的那種因為所愛之人生死未卜而精神恍惚、服錯藥物的悲慘場景，相反卻很興奮。當問及卓佳鑫中途是否離開過吧檯去洗手間時，曉雲點頭認可了，並且表示是有人陪著去的，至於是誰，她倒是沒有在意，那時候因為身邊人很多，她就去招呼別的客人了。曉雲對這個攙扶卓佳鑫去洗手間的女人的最深刻的印象是，這女人的身上有一種特殊的很濃郁的香味，酒吧間裡很多女人都抹了香水，但是這個女人身上的味道卻與眾不同，香味中有種淡淡的消毒水的味道。

「你肯定是消毒水嗎？」童小川生怕自己聽錯了。

曉雲的臉上露出了調皮的笑容：「做酒保這一行的最主要的標準就是鼻子，鼻子不靈敏，是做不了的。」說著，她俐落地擦乾淨了手裡的高腳杯，然後掛在吧檯頂上，突然，她停下了手裡的舉動，皺眉說，「除非，還有一個奇怪的地方，那就是這個女人沒有手指甲，我是指那種長長的手指甲。」

童小川晃晃自己的雙手，說：「和我比起來怎麼樣？」

曉雲搖搖頭：「你是男人，不是一回事，那個女人比你的手指甲還要短，並且認真修飾過，只是手指很粗大，尤其是關節，有些不太像女人的手。還有啊，雖然抹了紅紅的指甲油，但是卻仍然讓人感覺很彆扭，女人不應該把手指甲弄得那麼短，都快見肉了。」她伸出了自己的雙手，展示給童小川看，並且認真地說，「你看我，雖然也是幹活的命，但是盡量保護自己的手，女人嘛，手是第二張臉。」

童小川心裡一動，問：「那你們汪老闆呢，她的手怎麼樣？」

「雖然手也比較大，手指關節很粗，但是卻保養得很好，尤其是手指甲，修得很完美。」

童小川發愁了，難道整個案件裡有另外一個女人的存在？而卓佳鑫的突然死亡其實跟汪少卿，乃至於跟這個案件根本就一點關係都沒有？真的就只是因為吃錯藥而稀裡糊塗地丟了自己的命？

這個案子越來越亂了。

＊　＊　＊

五樓，張副局長的辦公室，剛剛趕回局裡的童小川直接走了進來。彙報完情況後，副局長不禁雙眉緊鎖，陷入了沉思。

「現在王辰，也就是汪少卿，至今還下落不明。那卓佳鑫的屍檢報告出來了嗎？」

童小川搖頭，抬頭掃了一眼牆上的掛鐘：「法醫處那邊還沒有打電話通知我，不過，我想應該快了，死者卓佳鑫的家屬今天下午五點簽署屍檢同意書。」

副局長靜靜地坐著，半天沒有吭聲。

＊　＊　＊

屍檢病理報告書

案由：嚴重低血糖導致心肺腦功能不可逆轉，全身器官功能性衰竭死亡。

病理學檢查：屍表部分；男性，屍長178cm，發育無明顯異常，營養良好，屍僵已經解除，項背部見鮮紫紅色屍斑。皮膚蒼白，無異常黃染，頭髮黑，頭皮完好，角膜混濁，雙側瞳孔等大，直徑0.85mm，鞏膜無黃染，口唇發紺，口鼻腔及外側外耳道未見異常分泌物，氣管居中，胸廓對稱，腹壁無異常，四肢無畸形，肢體、指甲發紺顯著。

章桐俐落地在電腦鍵盤上敲擊著卓佳鑫的屍檢病理報告。因為並沒有什麼意料之外的發現，而家屬也簽署了屍檢同意書，所以剛才的那場解剖工作進行得非常順利。這麼看來，卓佳鑫死於過量服用降血糖藥物的死因已經可以確定。在章桐的記憶中，自己所經手過的屍體的死因是過量服用藥物的不在少數，有時候，死亡就是在不經意的那一瞬間降臨到某個人的頭上。就像卓佳鑫，無論生活還是工作，都已經做到了風生水起，如今卻只因為一時的疏忽而丟了自己的性命，真的是得不償失。

敲完最後一個字，章桐把整個報告列印了出來，然後簽上自己的名字，把報告放在了小潘的辦公桌上，由他明天上班時去完成最後一道工序——簽名，然後備份、上交給刑警隊。這樣，關於這個案子的所有的屍檢工作就算真正結束了。

看著空空蕩蕩的法醫辦公室，章桐的心裡突然湧出了一種莫名的寂寞。

＊　＊　＊

她默默地站起身，收拾好辦公桌，然後關上燈，鎖好辦公室的門，邁著疲憊的步伐，向大門口走去。

大樓外的天空早就已經是一片漆黑，章桐挎著包，厚厚的雪地靴踩在溼漉漉的地面積雪上，發出了沉悶的吱吭聲。雪不知道是什麼時候停止的，空氣中透著刺骨的寒冷。章桐用力扣上了風衣釦，抱著雙肩，站在警局斜對面的馬路口，時不時地靠跺腳來驅趕走寒冷。在這個時候已經沒有公車了，章桐只能選擇叫車回家。她可不願意今晚在更衣室冰冷的沙發上過夜。

正在這時，耳畔傳來了一陣激烈的爭吵聲。章桐好奇地轉身看去，就在左側不到二十公尺地方的法國梧桐樹下，有兩個人正不知為何在彼此怒罵，言語之間充滿了火藥味。

「……我告訴你，不要想到要我幫忙的時候就來求我，不要我幫忙的時候就把我一腳給踹得老遠，你這樣做是要遭報應的……」

「我怎麼了？……你不要逼人太甚……」

「你說……你當初是怎麼……」

…………

由於風聲不斷地在耳邊呼嘯而過，所以兩人爭吵的聲音聽上去有些斷斷續續，時高時低。

章桐並沒有太在意，只是覺得其中一個壓低嗓門的人的聲音有些熟悉，她藉著身旁的路燈光，看了一下腕上的手錶，已經是晚上十點零五分了，或許是因為寒冷的緣故，今晚街頭很少見到有計程車的影子，即使有一兩部開過，裡面也坐著乘客。

夜深了，寒意越來越重，章桐忍不住站在原地直跺腳。身後的爭吵仍然在繼續，但是因為來往的行人並不多，天又這麼冷，所以周圍並沒有人圍觀。

終於等來了一輛打著空車燈的計程車，章桐忙不迭地打開後車門鑽了進去。在伸手拉上車門的一剎那，她無意中看到有人從那棵法國梧桐樹下走了出來，昏黃的路燈光雖然只投影在了他的側面，章桐還是一眼就認出了這人——彭佳飛。

怪不得在剛才的爭吵聲中好像聽到了一個熟悉的聲音，她心中不由得泛起了嘀咕。彭佳飛的脾氣非常好，平時說話都是慢聲細語的，今天又怎麼會在門口和別人爭吵得這麼激烈？看他的臉色陰沉著，再回想起剛才爭吵的隻言片語，雖然這屬於對方的隱私，但是章桐還是提醒自己明天上班找個機會側面好好問問他，看他是不是在生活中遇到了什麼麻煩，需要的話，自己作為直屬上級，多少也應該關心一下。

第十二章　沒有臉的人

凌晨兩點鐘，公寓房門上的通話器發出了刺耳的滴滴聲。聽到響聲後，章桐打開了放在床頭櫃上的檯燈，然後伸手去拿放在椅背上的外套，掙扎著將衣服穿在身上。屋裡開著暖氣，所以不會很冷，但是雙腳落在地板上的時候，章桐還是免不了感到一絲涼意，她微微打了個寒戰，搖搖晃晃地走到放著通話器的房間裡。這時通話器又響了起來，而床頭櫃上的手機也緊跟著響起了鈴聲。章桐暗暗詛咒了一句，迅速跑回了臥室，一邊抓起手機按下接聽鍵，一邊快步向門口走去。和通話器相比，手機還是要重要很多。

掛上電話後，章桐也清醒了，她伸手按下通話鍵：「誰？」

「是我，來接妳去現場。」童小川的聲音時高時低。

章桐趕忙應了聲，匆匆忙忙地回屋披上防寒服，拿上挎包，轉身就衝出了房門。

「能有你來接我，真是我的運氣。」章桐一邊在車中整理著挎包裡的東西，一邊說，「這麼晚，要想叫到車還真不容易，上次我在路口足足等了二十多分鐘才攔到車。」

「那妳幹麼不去學車呢？」童小川凝視著倒車鏡，小心翼翼地把車開出了社區的羊腸小道，「省得每次要用車的時候就急得跟什麼似的。」

「沒那個時間。」章桐嘀咕，「我對馬路上那些橫衝直撞的摩托車也沒啥信心。所以等以後我退休了再說吧。」

聽了這話，童小川嘴角洋溢位一絲笑意。他伸右手拿出警燈，按下車窗，然後用力按在車頂上，同時打開開關，頓時，刺耳的警笛聲響了起來。警車就像一支離弦的箭一樣，劃破了寧靜的夜色，迅速向遠處駛去。

＊　＊　＊

人的頭顱由二十三塊骨頭組成，其中腦顱八塊，構成顱腔，用來容納腦組織，面顱十五塊，構成了面部支架，也就是說撐起了人的臉。但是，假如說這十五塊面顱支架骨都已經斷裂粉碎的話，那麼人的臉其實就已經不復存在了。

藉著現場的照明燈所發射出的刺眼的燈光，章桐半蹲著，仔細地觀察面前的死者。死者由於屍僵期未過，屍體面朝天，雙手雙腳呈現出了騎馬的狀態。除了這張破碎不堪的臉以外，體表是完整的，肉眼看過去，沒有致命的外傷。顯著的性別特徵表明死者是一名男性，年齡不會超過四十八歲。章桐的目光被死者的雙手吸引住了，她拿著放大鏡，整個人幾乎都趴到了地面上，鼻子和死者雙手的距離沒有超過十公分。

「怎麼樣？有什麼結果嗎？」童小川站在一邊跺著腳，雙手不停地在嘴邊哈氣。凌晨的室外氣溫幾乎降到了極點，寒意侵入了人們的骨髓當中。

「這人是被謀殺的，死亡時間推算起來，猜想距離現在開始算起，應該不會超過兩個小時，屍體還處在明顯的屍僵期，童隊，我需要馬上回局裡進行檢驗。」章桐掃了一眼腕上的手錶，頭也不抬地說道。

「好的，我馬上安排人去調取這裡的監控錄影。」童小川一邊說著，一邊轉身向警戒線外走去，沒走兩步，他回頭嚷嚷道，「章醫生，妳們法醫處的車來了。」

章桐站起身，見到彭佳飛正從車裡跳下來，感覺很詫異，咕噥了一句：「今晚不應該他值班啊，小潘呢？」

在回局裡的路上，面對章桐的疑問，彭佳飛顯得很尷尬，說：「章醫生，妳千萬別責怪小潘，他也是臨時有事。」

章桐冷冷地說道：「臨時有事就可以隨便換班嗎？萬一通知不到人怎麼辦？我早就跟你們講過多少遍了，我們的工作性質和別的職位是不一樣的，必須落實到人，你明白嗎？下回再發生這樣的事情，我就不會讓你們過年度考核了！」

彭佳飛的臉上不由得一陣紅一陣白。

＊　＊　＊

當童小川推門走進解剖室的時候，章桐直截了當地說道：「死者是一個外科醫生，經常做手術的臨床外科醫生。」

「是嗎？」童小川問。

章桐指著死者攤開的雙手：「你來看，只有外科手術醫生，經常動手術的，所以他的兩個大拇指和食指上才會有細小的疤痕留下。」

童小川連忙湊前一看，情形果然正如她所說，而且疤痕非常明顯，於是指著死者的雙手，問：「這痕跡到底是怎麼留下的？」

「很簡單，做手術，每次給手術傷口打結時，就要用到這兩根手指，時間一久，就會有壓線的痕跡留下。你再看屍體的雙手，痕跡幾乎一模一樣。所以，我可以確定死者和我的這個徒弟以前所從事的職業是完全相同的。」章桐的臉上露出了自信的笑容，「他們都是外科醫生。」

聽了這話，戴著口罩正在協助處理屍體內臟器官的彭佳飛微微點了點頭，表示同意章桐的意見。

「那妳為什麼說死者是被謀害的呢？」童小川問。

「你來看，」章桐走到X光投影燈箱旁邊，伸手打開開關，「這是死者面部的X光片，你注意到什麼異樣沒有？」

童小川搖搖頭，嘴裡嘀咕著：「骨頭全碎了。」

「是碎了，而且碎得非常徹底。但是你仔細看，除了面頰骨這一區域的十五塊骨頭呈放射狀碎裂外，顱骨和頂骨卻沒有絲毫損傷。」章桐面色凝重，「這和我所處理過的車禍中死亡的屍體完全不一樣，他們也同樣沒有臉，但是，卻碎得很徹底，也很不規則。一看就知道是在極大地衝撞力的作用下所產生的後果，但是這張X光片所顯現出來的，卻分明是一種精準到了極點的撞擊。」她回頭看著童小川，一字一句地說道，「死者臉上的骨頭是被人用外科手術般的精準程度一塊一塊長時間地耐心細緻地實施打擊給敲碎的，而且這樣的手段不是短時間之內形成的，至少持續了一個多小時，凶手並沒有毫無目標地亂打一氣，而是一塊一塊骨頭挨著順序仔仔細細地打。」

「天吶，這還真打得下手。」童小川呆了呆，顯然他無法立刻相信眼前這可怕的一幕，「可是，光憑人的擊打，會產生這麼嚴重的後果嗎？」

章桐摘下塑膠手套和口罩，一一扔進垃圾回收桶後，來到工作臺邊，她翻出了一沓以前的屍檢相片，遞給了他，說：「這張屍檢報告中的死者的死因是重度顱腦損傷，她的臉上所受到的傷害和我們現在所看到的X光片上的骨裂情況是差不多的，只是程度並沒有那麼嚴重罷了。她是一個家暴受害者，造成這種傷害的，是她的丈夫，一個拳擊運動員。」

「我給你看這些相片，是想讓你知道，這種傷口是人為造成的。最初對鼻骨的一記重擊可以讓死者瞬間失去了反抗能力，接下來的打擊就是為了產生可怕的疼痛，而另一些打擊則被用來可以造成死者難以逆轉的傷痕。童隊，這個凶手完全知道如何在使出最大力氣時保護自己的指節和手掌，對如何出拳避免傷到自己瞭如指掌，對如何有效使用手掌攻擊更是心知肚明。蝶骨、淚骨和上顎骨……他就像在玩一個真人版本的『打老鼠』。而且每一拳打下去都是準確無誤。」

「你的意思是，這個死者是被人活活打死的？」童小川難以置信地望著章桐。

「沒錯，重度顱腦損傷致死。並且當侵害發生時，他沒有做出任何反抗，因為我在他的手臂和手掌沒有發現明顯的防衛傷。」

「那他的身分呢？」

章桐回頭看了看解剖臺上的屍體，說：「顱面恢復還需要一定的時間，我們要對屍體做一些處理。但是我可以給你一個建議，全市總共五家醫院，有資格做外科手術的在冊登記醫生不會超過二十個。你只要打個電話問一下，年齡不會超過四十八歲的，這兩天之內聯繫不上的，十之八九就是我們的被害者。還有，他手上有很明顯的消毒水的味道。」

「消毒水味道？」

章桐伸出左手，湊近童小川的鼻孔：「你聞聞，就是這個味道。只要天天頻繁使用消毒水洗手的話，時間久了，就會有這樣的效果，所以我說他是醫生的可能性非常大。」

＊　＊　＊

出於緩和死者家屬情緒的考慮，法醫解剖室門外有一些特殊的準備的椅子，柔軟舒適，和一般醫院走廊裡冰冷的長凳相比，坐上去完全是不同的感覺。不到兩公尺處，只是一門之隔，就是生死兩個不同的世界。因為需要嚴格控制低溫，使得靠近門邊的那個椅子時不時被陣陣刺骨涼意包裹。

一個面色蒼白的中年婦女已經在椅子邊徘徊很久了，每次身邊站著的少年請求她去坐一下休息休息時，她都婉言謝絕。少年也就只能陪著她默默地站著。刑警隊于強則安靜地站在中年婦女和少年的身後，和她們保持著不到一步的距離。他知道將要發生什麼。

法醫辦公室的門推開了，小潘走了出來，他朝于強晃了晃手中已經批准的認屍申請報告，然後直接走向對面的解剖室。

「跟他走吧。」于強溫和地說道。

三個人一前一後地跟著小潘走進了解剖室。不知道是不是心理作用的緣故，整個房間連扇窗戶都沒有，低溫讓每個走進解剖室的人都不由自主地打了個寒戰。

小潘戴上塑膠手套，來到靠牆的一排存放屍體的冷凍櫃前，用力拉開號碼為 327 的櫃門，隨著一陣金屬摩擦的聲音響起，活動輪床被拖了出來。他回頭看了看身後站著的三個人，問道：「準備好了嗎？」

中年婦女緊緊地握住了少年的手，用力地點點頭，她的臉色白得就像一張紙一樣。蓋在屍體上的白布被掀開了，小潘的耳邊頓時傳來一聲撕心裂肺的慘叫，中年婦女的身體應聲軟軟癱倒在了自己兒子的肩膀上。

「我早就跟你們刑警隊說過，辨認屍體前一定要做好家屬的思想準備工作，你們怎麼就不把我的話當回事呢？」小潘一邊皺眉埋怨，一邊慌忙把白布重新又蓋向輪床上的屍體，「死者的臉部毀容得這麼厲害，我猜想連生他的老娘都認不出來了。這來辨認又有什麼意義！」

「等等！」少年突然抓住了小潘的右手，「讓我再看看他的左胸。」

小潘照做了。

「沒錯，這個人是我的爸爸。」少年顫抖著右手指向死者左胸口靠近鎖骨方向的一道特殊的疤痕，「我認得這道疤，在我八歲的時候，爸爸和媽媽打架，這是媽媽用剪刀扎的。」

小潘低頭仔細一看，正如少年所說，雖然傷口早就已經痊癒，但是從疤痕的生長位置和深度來看，完全符合尖銳性利器所造成的陳舊性刺創傷。他抬起頭，衝于強使了個眼色，微微點頭。

＊　＊　＊

五樓會議室，沒有人注意到，往日空空蕩蕩的會議桌上多了一盆色彩豔麗的假花。

「死者趙勝義，男，四十五歲，本市人，家住城南碧桂園社區 18 棟 1204 室，妻子方佳，家中有一個十七歲的孩子，男孩，叫趙鵬，在市十八中上高三。死者趙勝義生前在市第三醫院外科工作，擔任外科主治醫師，經常做手術。在業內也小有名氣。」說到這裡，童小川又仔細核對了一下手中的資料夾，「12 月 7 號凌晨一點零二分，市局接到了報警電話，一個下中班的路人因為一時內急，在徐彙區高架二橋橋面下的綠化帶中方便時，發現了屍體。當時以為是車禍的受害者，就通知了交警。後來交警經過現場路面的仔細勘察，並沒有在橋面上發現有煞車印或者撞車的痕跡，不存在事故逃逸的跡象，所以按照程序規定，就盡快通知了我們市局刑警隊出警。後來經過死者家屬辨認，死者正是趙勝義。而死因是被人重擊面部導致顱腦損傷致死。」

「你們查過現場監控了嗎？」

童小川點頭，說：「晚上十一點零八分，一輛沒有掛牌照的深色桑塔納小轎車曾經在橋底下發現屍體的現場附近停留過一小段時間，大約三分半鐘，因為鏡頭觀察死角的緣故，那輛轎車停留期間，我們並沒有捕捉到轎車司機的舉動。我們經過現場測算，透過橋門洞綠化帶附近的通道，滿打滿算也只要十七秒的時間，而這輛車停留了這麼長，又沒有掛牌照，就有一定的嫌疑。我們懷疑對方是在拋屍。」

「對於死者被害的原因有什麼意見？」

「案發現場，死者是被拋屍的，身上所穿的衣物口袋中並沒有找到能夠證明他身分的東西，錢包也沒有看到。經檢查，外衣口袋有外翻的跡象。所以，加上當時的時間的特殊性，我們目前不排除是劫財殺人。」

「那法醫處，你們有什麼需要補充的嗎？」

「當時我在現場觀察到屍體還沒過屍僵期，呈現出騎馬狀態，而痕跡鑑定組在現場並沒有找到別的血跡，所以我們推測死者是被塞進了一個狹小的空間，死者屍體的長度是 180 公分，而通常桑塔納後車箱的長度是 150 公分左右，死者彎曲時所呈現出的身長正好和這個長度相符合，所以，在運送屍體的過程中，死者顯然是被塞進了汽車的後車箱中。」章桐說，她伸手揉了揉不斷刺痛的太陽穴，昨晚幾乎都沒有闔眼，嚴重缺乏的睡眠讓她的太陽穴痛了整整一天。

「這輛車子能有辦法追查到嗎？」張副局長問。

「目前還不行，因為凶手掩飾得很好。而我們的監控錄影是黑白的，所以只能夠看出對方是一輛深色的桑塔納小轎車，車牌又沒有顯示出來，很顯然，凶手在這一方面做足了功夫。」童小川說，「但是死者家屬曾經提到過一個情況，趙勝義那晚外出是因為債務問題，具體是什麼債務，死者家屬並不知情，數目也不知道。只是說死者趙勝義死前的這幾天一直情緒很不穩定，當追問起原因時，趙勝義只說是一個原來的朋友，許好的諾言卻並不兌現。而案發當晚，吃完晚飯後，趙勝義一反常態，表示說事情今晚就可以解決了，他要去和這個人見面。叫妻子一定等他回家。結果，這一去就發生了慘劇。我現在已經派人前去第三醫院調查死者生前的財務狀況了。」

「他有沒有帶著錢包之類的東西出門？」

童小川繼續說道：「那是當然，他家屬說死者趙勝義生前是個非常小心謹慎的人，做事情都會留個心眼。這麼晚出去，他肯定會做好安全上的防範準備，不會帶很多錢。」

「那死者和家裡人提起過會面具體地點嗎？」

童小川仔細看了看詢問筆錄，回答道：「這倒沒有，說是走得急。」

「那要找到這個借貸人就有點麻煩了，死者生前的手機通話紀錄查得怎樣？」

「除了兩個不記名電話號碼打過的電話以外，別的都是醫院同事的電話，查過了，沒有什麼異樣。而這兩個不記名電話號碼，一個關機一個停機，所以我們沒有辦法進行定位操作。」

走出會議室，章桐叫住了童小川，兩人一起往電梯口走去。「我剛才記得聽到你說死者是第三醫院的，對嗎？」

「是的，第三醫院外科。也是個人才啊，年紀這麼輕，真是可惜了。」

「我們法醫處新來的助理彭佳飛以前就是在這個醫院工作的。不知道他是不是認識死者。」章桐皺眉說。

童小川突然停下了腳步，轉身看著章桐：「我記得妳曾經跟我說起過你們法醫處新來的助理經歷過很大的打擊，對嗎？好像還出了人命？」

「對。」

第十三章　凶手？受害者？

食堂裡，正值午飯時間，幾乎找不到空位子。在靠窗的老位置上，童小川、章桐和彭佳飛面對面坐著。

「那是一個肝臟移植手術。」談及自己的過往，彭佳飛的目光變得遙不可及，他完全沉浸在了自己痛苦的回憶之中，「我把血管接錯了。等發現時，任何搶救措施都已經來不及了。病人最後腹腔大出血而死。」

第一次聽到事情的原委，章桐不由得愣住了，她無法想像彭佳飛曾經犯下的是一個多麼嚴重的過失：「怎麼可能？血管接錯？你從醫這麼多年，怎麼可能犯下這麼低階的錯誤，那可是一條人命啊！」

彭佳飛的臉因為痛苦而抽搐，他哽咽著說道：「我也不想這樣的，可是，不知道為什麼，我當時就像丟了魂一樣，我到現在還……」

童小川趕緊勸住章桐，小聲說：「算了，事情都過去了，妳也別揭人家的傷疤了。」

「那麼，彭佳飛，你認識你們原來醫院外科的趙勝義嗎？」童小川轉頭引開了話題，「他是一個什麼樣的人？」

「不是很熟，只是院裡開醫生大會時見過幾次，沒有什麼深層次的交往。我屬於神經外科，而他則是普外。我們分屬不同的兩個系統。有一次腿部手術會診時，我們搭檔過，除此之外，別的就沒有了。」彭佳飛淡淡地說道。

「那你為什麼最終決定改行來當法醫處輔助人員呢？」章桐問，「你要知道你的年齡並不小了。」

彭佳飛放下了手中的筷子，上身靠在了椅背上，說：「我覺得呢，無論做哪一行，其實只要有堅定的信念，就什麼都可以做好。我本身就有醫學的底子，也幾乎穿了半輩子的白袍，我深愛著醫生這個職業。我雖然在神經外科方面幾乎身敗名裂，醫院方面儘管也已經幫助我和死者家屬達成了最終的調解，事情看上去是已經過去了，但是我還是不想從此後就碌碌無為，脫去白袍，在後悔中過完自己的下半輩子。所以，我想，既然我對活著的人做了不該做的事情，那麼，或許死人也就能夠接受我的道歉和彌補，我要為死者盡一點力。基於這樣的考慮，我就決定來這裡了。」

這一番話於情於理都說得過去，章桐不禁心有感慨。

這時，彭佳飛已經吃完了自己托盤上的食物，站起身正要告辭，卻被章桐叫住了。

「你的手指怎麼了？」

彭佳飛右手手指關節的部位正牢牢地貼著一張中號的 OK 繃。

「你現在在毒物檢驗實驗室工作，每天要接觸那麼多的有毒化學試劑，一旦傷口被感染了怎麼辦？」

「沒事，只是小擦傷，我已經到局裡的衛生所上過藥了。」彭佳飛平靜地回答，轉頭看了看童小川，「那就這樣吧，我先過去了，那邊還有工作要做。」說完，點頭離去。

「章醫生，說實話，妳的這個新招的輔助人員不錯，很穩重，做事情也很認真。」彭佳飛走後，童小川便把托盤移到了章桐的對面，邊吃邊說。

「是嗎，我怎麼沒有注意到。」章桐笑了，「好好做事就是一個人在這裡工作應該做到的本分，我注意到這個就可以了，別的嘛，隨他去，畢竟是他的私事，我們不好隨便指手畫腳的。」

童小川不再吭聲了。

＊　＊　＊

面對著辦公桌上打開的城市地圖，童小川皺眉苦思。正在這時，手機響了起來。電話那頭是一個女人的聲音，很慌張，沙啞的嗓音中透露著一絲恐懼：「是童警官嗎？是我……汪少卿，你快來，我有危險，快……有人要殺我……」話音剛落，電話就被結束通話了，童小川呆呆地看著手機，半天沒有回過神來。這不是開玩笑，他第一個反應就是馬上回撥過去，想問個究竟，可是電話那頭傳來的卻是關機的提示音。童小川急了，一把抓過辦公桌上的話機，撥通了網監支隊，回覆卻仍然讓人失望——通話時間過短，再加上對方已經關機，沒有辦法實施有效定位。

掛上電話的那一剎那，童小川感到渾身發冷。不放心，便又撥打同心酒吧的電話，卻得知自從汪少卿那天失蹤後，就再也沒有回去過。所有的努力都已經付出了，他默默地站在窗口，感到了從未有過的無助，因為這個時候的他已經什麼都做不了了。

＊　＊　＊

送完屍檢報告，剛回到辦公室，小潘就推門走了進來，他興奮地朝章桐晃了晃手中的傳真件，說：「章姐，總算確定了我們在第三具屍體上發現的泥土樣本所處的具體位置，折騰了這麼久，國土資源局的那幫傢伙給縮小到了五平方公里左右的範圍內，叫什麼李家坳，這樣一來，我們就有希望了。」

章桐接過傳真件一看，不由得皺眉道：「這是一塊荒地啊，這張三維立體相片上所顯示的東西一點用都沒有。」

「為什麼？」小潘反問道，「章姐，死者不是曾經被埋在土中嗎？我們確定了大概位置，為什麼妳說沒多大用處？」

章桐沒有辦法告訴周圍的人她心中的擔憂，法醫雜誌社那邊也再也沒有了那個神祕的作者的下文。而章桐不能以一個簡單的懷疑就要求對方提供作者的地址，因為光憑懷疑，沒有一個刑警隊會選擇立案，而不立案，又怎麼去調查。章桐陷入了進退兩難的處境之中。

電話鈴聲打破了辦公室中片刻的寂靜，章桐放下了手中的傳真件，接起電話，短短幾句就掛上了。她看著面前記下的地址，轉頭對小潘說：「老城區那邊有人報案說有人被害，你不用去出現場了，這次案子並不大，是否他殺還不一定，我和彭佳飛去就可以了。你去一趟城郊的飛機場附近，實地考核一下，記住，無論看到什麼，都給我記錄下來，回來詳細告訴我。」

小潘點頭剛要離開，突然轉身對章桐說：「章姐，老彭可能出去了，我剛才經過二樓走廊的時候，無意中朝外面看了一眼，正好看見老彭向停車場走去。」

「他去哪了？現在還不到下班的時間啊。」章桐皺眉，「再說了，去哪裡也該跟我說一聲。」

「要不，我跟妳一起去現場吧，我怕妳一個人忙不過來。」

章桐感激地點點頭。在去現場的路上，她一連撥打了好幾遍彭佳飛的手機，可是均顯示處於關機狀態。聯想到前幾天下班時無意中目睹彭佳飛和人發生激烈爭吵的場面，章桐的心裡感到了些許莫名的不安。後來證實，一直到排除凶殺後離開老城區的報案現場，彭佳飛始終都沒有接聽電話。

＊　＊　＊

5 小時前。

城北，一處廢棄的老建築區拆遷工地。

傍晚的夕陽有氣無力地鋪灑在每一塊破碎不堪的磚瓦上，黑夜即將來臨，從外面看，目所能及之處，除了偶爾在建築垃圾中來去自如的流浪貓狗出現外，這裡幾乎沒有人煙。

掛上電話的那一剎那，當她看到黑影出現在門口的時候，不由得心一沉，知道自己的末日到了。

她掙扎著想說些什麼，卻乖乖地交出了手機，想以此表示誠意，求他放過她，想說自己錯了，不該打那個電話，想說的話有很多，但是她的喉嚨很乾，根本說不出話來，只能不停地乾咳。徒勞地看著他把手機用力地踩在了腳下，一下，又一下，轉眼之間，手機就變成了一堆廢品。她絕望了，渾身癱軟。

緊接著，重重地一下猛擊朝她而來，她頓時感到眼前視線模糊，一片血紅。來不及多想，又一下重擊接踵而至。她拚命呼吸，聲音卻似乎停留在另一個世界，耳畔一陣可怕的寂靜過後，鮮血順著喉管汩汩流入肺部。她痛苦地咳出了一團紅色的細霧。又一聲金屬擊中骨頭的嘎嘣脆響。體內有什麼東西驟然斷裂，她墜入一片迷茫之中，墜落的過程遲緩而漫長，她徒勞地睜開雙眼，破碎的意識中勉強拼湊出一幅影像，那是一張熟悉的男人的臉，眉宇之間充滿了深深的傷痛。

這應該是夢吧，她想。眼前自己所正在經歷的只不過是一場可怕的夢而已，她自我安慰著，噩夢很快就會過去，所有的疼痛也會隨著黎明的到來而迅速消失得不留一絲痕跡。他不會殺自己的，他不會真的下手，因為……因為……她的記憶一片混亂。

萬事即將終結，夢也最終會醒來，可是，為什麼噩夢的感覺卻是那麼的痛苦和真切，而緊盯著自己的那張男人的臉，他到底在想著什麼？他的眼神為什麼會流露出痛苦萬分的情緒？

她用自己殘存的一點點可憐的意識苦苦地思索著答案。眼看著就要死去，她應該更希望自己能在此刻抓住什麼溫暖的東西。然而，死神與溫暖之間是沒有任何情誼的，她所能感受到的只是越來越真切的冰冷。

於是，她無力地伸出右手，想抓住些什麼。轉身之際，他的手中突然多了一把亮閃閃的奇異的尖刀，他全神貫注地操著刀，動作遊刃有餘，只是眼神中流露出一絲絕望。

她勉強能夠看到那把閃著寒光的可怕的刀，清醒的時候，她感到一陣陣地劇痛，感到血液流過自己的皮膚。疼痛讓她昏了過去，很快，又被一陣從內到外的奇異的刺痛驚醒。她越來越虛弱，難道自己真的離死亡不遠了？

自己不是在做夢，當她終於明白過來的時候，一切卻已經太遲了。又一陣劇痛襲來，她閉上了雙眼，重重地墜入了永遠的黑暗之中。

她到死都不會知道，他為什麼會親手結束了自己的生命，她連為自己辯解的機會都沒有。記憶最終被定格的那一刻，她分明看到了一顆晶瑩剔透的淚珠，正悄悄地從那張熟悉的臉上滑落。

隨著生命的逝去，她舉起的右手無聲地墜落了。

＊　＊　＊

此時此刻。

童小川掃視了一眼屍體所在的屋子，這是一間很少有人光顧的水房，位於城北面臨拆遷的老建築區，水房的木板門歪歪斜斜地靠在牆上，窗玻璃早就不見了蹤影，刺骨的寒風透過那黑洞洞的窗口拚命地鑽進屋裡，讓在場的每個人都忍不住縮緊了脖子。四堵牆面上汙漬斑斑，已經生鏽的管道橫七豎八地耷拉在牆角，地面時不時能看到分辨不出顏色的積水，如果不是正對著門的一公尺多高的牆上那個破舊的窗洞還能夠勉強透進光線的話，關上木板門，水房裡幾乎就是伸手不見五指。

童小川半蹲在屍體前，滿面愁容。

一陣凌亂的腳步聲在耳邊響起，很快，裝滿工具的鋁合金箱被重重地放在地面上，童小川知道，章桐到了。

「我知道這麼重的案子，你肯定會到現場。」章桐說，「情況怎麼樣？」

「最近真是倒楣透了。」童小川咕噥了一句，「一個案子沒有結，另一個又來了。這是一個拾荒老頭報的案。」童小川看了看手錶，站起身，邊向水房外走，邊說，「大約二十分鐘前接到的報案。」

章桐抬起右腳看了看腳底的一次性鞋套，在手裡的小型手電光的照射下，只見上面黏了一層深棕色的黏狀物體。她隨即用戴著手套的手指輕輕摸了摸，心不由得一沉，血液從液體狀變成這樣的黏狀凝固物，所需要的時間不會超過五到八個小時，而室外溫度是零下二度左右。那麼，死者死亡的時間從現在算起應該不會超過三個小時之前。

全身上下沒有任何遮蓋物的屍體就在進門右手邊的牆角半坐半靠著，小潘擰開了隨身帶來的強光手電，在雪白的手電光的照射下，章桐這才弄明白為什麼童小川剛才站起身時的臉色會那麼差。眼前自己所看到的屍體上的血跡其實並不是真正意義上的血跡，那竟然是一整片被剝去了表皮的血肉。臨死前那猙獰的表情已經被牢牢地刻在了死者那面目全非的臉上，雖然已經沒有了眼瞼，但是卻一點都不妨礙那突兀的慘白的眼球上所流露出來的恐懼的神情，那呆滯的目光一動不動直勾勾地注視著章桐，讓人不由得倒吸一口冷氣。

章桐伸手把死者耷拉在兩旁的手臂輕輕抬起，她注意到死者的臂彎處還殘存著一些已經變得猶如一張白紙般的皮膚，這顯然是凶手還沒有來得及剝離的，而屍體的其餘部位，包括頭頂，卻再也找不到任何殘留在血肉表面的皮膚了。

撥開死者長長的頭髮，章桐在兩側外耳道裡發現了異常的白色物體。「這是什麼？」小潘問。章桐搖了搖頭，放下了頭髮，說：「現在還不清楚，等回實驗室後再仔細看吧。你去車上把袋子拿過來。」「那死因呢？」一直關注著屋內現場情況的童小川急了，「我要知道具體死因！」

「在屍體解剖完之前，我沒有辦法告訴你！」章桐朝水房四周陰暗的牆壁看了看，略微停頓了一下，說，「不過，有一點很明確，這裡是第一現場，死者就是在這裡被害的。」

「真的？」童小川愣住了。

章桐沒有回答，她轉身從工具箱裡拿出了一瓶淡黃色的魯米諾噴劑，朝著屍體周圍的牆壁上輕輕地噴了幾下，很快，陰暗潮溼的水泥牆面上就呈現出了明顯的藍綠色光芒，解釋道：「發光的地方就是血跡，很多都呈現出動脈血噴濺的狀態，尤其是在死者背後的這堵牆面上。這就是為什麼我說死者就是在這裡被害，而這裡是第一現場的原因。」說著，章桐朝等在一邊的小潘囑咐道，「別忘了提取這些血跡的 DNA 給我，還有，拍下這裡的所有相片。」她指了指散發著藍綠色光芒的水泥牆面，「這對我們回實驗室後，重建死者被害的經過有很大的幫助。」

小潘點點頭。

＊　＊　＊

第二天，看著彭佳飛低頭認真做事的樣子，章桐心裡真不是滋味，她總覺得眼前這個沉默寡言的男人的內心世界裡肯定隱藏著一個無法言說的祕密，其實想想也難怪，自己手術失誤而導致了一條生命的逝去，如果換了章桐自己，她也會很長時間都走不出這個心理陰影，所以，不善於溝通，也是可以理解的了。

早上上班的時候，當問起昨天彭佳飛為何會無故早退時，他猶豫了半天才說，家裡出了點事，一時著急，就先回去了，本以為很快就處理好，結果，耽誤了一整天，都沒有來得及通知，為此，他一再道歉。因為涉及私事，彭佳飛平時的表現都還不錯，章桐也不好多說什麼，只是囑咐以後一定要請假。這件事也就算過去了。畢竟彭佳飛和小潘的身分不一樣，不經過正式公務員開始的話，他永遠都只可能是一個輔助人員。所以，彭佳飛的缺席對章桐來說，影響其實並不是很大。

上午 11 點多，章桐獨自一人坐在辦公室裡，面前的辦公桌上放著兩張寫滿了字的紙，左面一張，她概略地記錄下了「大提琴箱女屍案」以來接連幾個案子的屍檢摘要，尤其是各種詳盡的資料，而右面一張，則是她最擔心的那一篇特殊的論文。還好在交給雜誌社之前，為了以防萬一，再加上心中也確實佩服這個作者豐富的理論知識和實際現場經驗，章桐就把這份論文掃描了下來。總想著自己將來能夠有機會見一見這個特殊的作者，表達一下自己的敬意。

可是，如今看來，章桐卻感到了一股說不出的涼意。冥冥之中，左右兩張紙之間似乎有著某種看不見的連繫。就好像這個論文的作者就在案發現場一樣。左面是血淋淋的現實，而右面，則是一串串由左面的現實而轉變過來的冰冷的資料。

言簡意賅的闡述，不差分毫的資料紀錄，章桐感覺自己的心跳得厲害。尤其是論文結尾處的這一段話，更是讓章桐毛骨悚然。

……不得不承認，由於實驗資料的缺乏，我們基層法醫的屍檢工作總是會走一定的彎路，以至於給刑事案件的順利偵破帶來一些不必要的麻煩。所以，我強烈建議在我們國內也建立一個類似於美國田納西州法醫實驗基地的「屍體農場」，用真實的屍體模擬現實中生活的各種案發現場，繼而採集屍體的死亡資料，從而建立一個詳盡的資料庫……

難道手中的資料就是這麼來的？這個作者所提供的各種資料就來自於現實中的「屍體農場」？

當這個荒唐的念頭從章桐的腦海裡冒出來的時候，她立刻堅決地搖頭否定了，不可能，沒有人會去做這種事。要知道，資金只是眾多難題中的一個，其餘還涉及各種人倫道德觀念和屍體的提供，而其中最主要的就是屍源，沒有屍源，一切的美好願望就都會變成泡影。

作為一個基層的法醫工作者，章桐很清楚在日常繁雜而又瑣碎的工作中，如果真的能夠擁有這麼一個詳盡的屍檢資料庫的話，那麼，無疑能使屍檢工作少走很多彎路。可是，這在現實中，是完全不可能實現的，至少現在是如此。

她猶豫了好一會兒，終於下定了決心，撥通雜誌社的電話，鄭重要求和這個署名為「王星」的作者見上一面。「真的很抱歉，章醫生。」編輯委婉地拒絕了，「我們真的有嚴格規定，評審會人員不能和作者見面。不論基於何種理由。」

「我……」章桐是絕對不能說出自己想見對方的真正理由的，她咬了咬嘴唇，放低了聲調，用近乎懇求的語氣，「李編輯，你能不能通融一下，我很佩服她，所以我想親自見見這個作者。僅此而已。會面時，你可以在身邊的。」

編輯笑了：「章醫生，我想您還是在大獎賽結束以後再和她見面吧。相信您能理解和支持我的工作的。」

章桐沒有辦法了，剛要掛上電話，她突然心中有了一個念頭：「李編輯，對方是個女性，對嗎？」

「那是當然，她打電話來我辦公室過。」

「她所從事的是什麼職業？」

「是醫學院的學生，在參賽資料中有她的學生證掃描件。怎麼了，章醫生，出什麼事了嗎？經過我們要求後，這個作者把她的資料檔案都已經補齊了。她的參賽資格沒有什麼問題啊。」李編輯被章桐的一連串追問給徹底弄糊塗了。

「是嗎？」章桐懸著的心終於落了下來，她趕緊道歉並結束通話了電話。

難道自己真的是多心了？

刺耳的電話鈴聲使她頓時清醒了過來，來電號碼顯示是童小川的。章桐知道，她肯定是為了此刻正躺在隔壁不鏽鋼解剖臺上的那具屍體而來。

「放心吧，童隊，我不會一直讓你等的，水房裡的那具女性屍體的死因是心臟衰竭。」章桐靠在了身後的椅背上。

「這麼簡單？那死者所受的痛苦呢？」童小川似乎對這樣的結果感到很懷疑。

「死者是遭受了很大的痛苦，被硬物重擊，打斷了左胸部的三根肋骨，頭骨左邊也有嚴重凹陷，也是硬物打擊所產生的後果，頭部硬膜下血腫非常厲害，這些都還並不是最主要的，童隊，死者身上三分之二的表皮被剝除了，傷口顯示，那時候她還活著。如果不是很快心力衰竭而死的話，她最終也會因為身體上的那些傷口而感染、流血致死。」

「如果真要殺人，我相信一刀就可以達到目的，凶手這麼做不是在折磨人嗎？」

「這還不是最主要的，童隊，凶手把死者身上的性器官都取走了。」

「你說什麼？」

「死者是個做過手術的特殊人群，凶手把死者身上所有被植入的假體全都取走了，所使用的工具應該是一把長度約為 5 到 8 公分上下的尖利銳器，有一定的彎度，橫面很窄，不會超過 3 公分。有搖桿，圓形的搖桿。上次我和你提到過這種利器，也被使用在第一和第三具屍體上，我比對過了傷口，應該是同一把利器造成的。」

「可是，我記得很清楚那兩具屍體的屍檢報告上並沒有說死者的被植入假體被人取走，對不對？」童小川對自己的記憶力從不懷疑。

「對，這是第一具。死者的喉嚨被切開了，切口並不致命，雖然死者已經奄奄一息，但是那個時候還有心跳，只是說不出話來了。傷口處的血跡足以證明這一點。」章桐停頓了一會兒，說：「雖然死者的全身皮膚被剝除了三分之二，其中包括臉部皮膚，但是頭髮卻絲毫未動，我在死者的外耳道裡發現了兩截菸頭。」

「菸頭？上面有沒有指紋或者 DNA ？」

「沒有，」章桐苦笑，「凶手沒有這麼傻。他把那兩截菸頭塞進了死者的外耳道，我想，這是在進行侮辱和折磨。塞進去的時候，菸頭並沒有熄滅，故而死者的外耳道被灼傷了。」

聽了這話，童小川不由得打了個寒戰：「真他媽的是個可怕的雜種！」

「這是一個非常謹慎的凶手，也是充滿了仇恨的凶手，他是把受害者活活折磨死的。」章桐感到了一絲不安。

「死者身分還沒有確定，是嗎？」

「死者的 DNA 還在檢測，除此之外，死者真實性別是男性，四十歲左右，但是保養得非常好，應該是一個健身愛好者，身體狀況發育良好，內臟各器官發育正常，從他身上的肌肉纖維組織和脂肪的均勻分布來看，他是一個非常注重飲食健康和儀容儀表的人。死者身材也並不高大，屍長在 163 公分左右，應該是南方人。」章桐說，「死者的胃內容物已經呈現出乳糜狀，但是我還是發現了一些飯粒和蔬菜殘渣，經過化驗證實，這些蔬菜殘渣屬於一種川東特產的子彈頭小米辣椒，在我市也有銷售點。而死者的其餘食物都已經進入大腸，由此可以推斷，死者是在飯後四小時左右遇害的。」

「死亡時間？」

「昨晚十二點左右到今天凌晨五點之間。」

「如果你找到什麼有用的線索，再打電話給我吧。」說著，童小川結束通話了電話。

于強敲了敲門，沒等童小川開口，就直接推門走了進來，把一份痕跡鑑定組剛剛送來的報告放在了辦公桌上，神情嚴肅地說：「童隊，已經證實了，現場發現的那個手機卡，機主登記的姓名叫汪少卿。這個號碼最後撥出的時間是昨晚九點零七分，通話時間持續了 23 秒 04，呼叫的號碼……」

童小川臉色陰沉：「你不用說了，我知道這個號碼 —— 是我的手機號碼。」

第十四章　獵殺者

在章桐的記憶中，第一次看見屍體的情景：一個女人躺在花壇前的那塊空地上，離章桐家並不遠。雖然年紀小，但是章桐卻並不害怕，只記得屍體一動不動地仰面躺著，身上的皮膚就像紙一樣蒼白，章桐當時就有一種衝動，非常想去摸摸屍體，那時候的她並不知道死亡是一種什麼樣的感覺。

20 年後，上醫學院的第一週，一個講師告訴章桐，選擇了當法醫，就會總有一天記不清自己究竟觸控過多少具屍體，但過了 308 具屍體後，章桐卻仍然每一個都記得清清楚楚。只是那時候的她早就已經不再對冰冷的死亡感到好奇。

站在存放屍體的冷凍櫃前，章桐愁眉緊鎖，310、311、312、313，她在心中一遍又一遍默默地唸誦著這四個普通而又熟悉的號碼，它們代表著四具沒有人來認領的屍體。而底下 327 和 328 兩個櫃子裡放著的兩具屍體，一個是因為家屬拒絕領回家，而另一個，則是還沒有找到凶手，沒有結案，就意味著它還是證據。才短短一個月不到的時間裡，平時幾乎空空蕩蕩的屍體存放櫃竟然快要人滿為患。自己究竟做錯了什麼？章桐不由得捫心自問，是哪一個結沒有打開，以至於會有這樣的結局？自己肯定疏漏了其中的某處細節。

她伸手拿過了工作臺上放著的屍檢紀錄副本，逐一仔細翻閱了起來。

311，第一具屍體，特殊人群體，器官沒有缺失，死於溺水，屍體高度腐爛，死後，屍體被放進一個大提琴箱中拋屍。死亡時間在三天以上。屍體中發現超劑量的阿托品和腎上腺素。溺水源潔淨，沒有明顯雜質。屍體胸口第三和第四根肋骨之間發現堅硬利器所導致的數道傷口，形狀類似於病理解剖學專用的腦刀。

312，第二具屍體，特殊人群體，器官沒有缺失，死因是火災一氧化碳中毒，死亡時間沒法具體確定，表皮深三度燒傷，並沒有影響內臟器官，體內除超劑量的阿托品和腎上腺素外，還發現了奎寧。同樣，屍體最終被放進了一個拉桿行李箱中拋屍。

313，第三具屍體，特殊人群體，器官沒有缺失，體內發現了超劑量的阿托品和腎上腺素，死因是心臟靜脈被注射大量的氯化鉀導致心搏驟停猝死，死後屍體經過了乾燥處理，使用的是燒鹼，曾經在土內被掩埋二十四小時以上，然後室外露天存放了三天左右的時間。最終，屍體同樣被裝進一個拉桿行李箱中拋屍。

314，第四具屍體，特殊人群體，被植入人造器官缺失，死因是心臟衰竭。死前受到過折磨，體內沒有發現另外類似於阿托品之類的藥物，卻被剝皮割喉，打斷肋骨，外耳道被塞入異物。屍體被留在案發現場。和第一具屍體唯一產生連繫的是所使用的凶器 —— 那把特殊的利器。

很顯然，凶手是一個懂醫術的人，也是一個冷酷至極的人，受害者的生命在他手中結束後，他並沒有立刻選擇拋棄屍體，而是在二十四到七十二小時後才異常冷靜地處理了所有的東西。四個死者的共同點就是他們都是變性人，前三個，因為身分已經確定，他們就和第四名死者卓佳鑫醫生產生了連繫，因為根據卓佳鑫提供的筆記本上的記載，他們的手術都是由他主刀的。那麼，這第四個死者，究竟是誰？如果不是那把刀，還有他特殊身分，就很難把他和另外三個死者連繫在一起。

「水房裡的那具屍體就是我們要找的汪少卿，也就是同心酒吧的老闆娘。」童小川的聲音在身後響起。

「你是怎麼知道的？我們這邊的 DNA 結果還沒有出來。」章桐顯得有些吃驚，她顧慮重重地問道。

「我們在現場的水管底下找到了一個破損的手機卡，還有一些殘存的手機殼碎片，經過痕跡鑑定組那邊的鑑定，網監也幫我恢復了手機卡的資料，證實機主的姓名就是汪少卿，別名王辰。」童小川輕輕地嘆了口氣，「最主要的證據是這個手機號碼所撥出的最後一個被呼叫號碼就是我的手機號碼，根據時間判斷，她打這個電話應該是在遭到襲擊之前，可惜的是，很快就結束通話了電話，我想盡了辦法都再也無法聯繫。」

「凶手沒有拿走這個手機？」章桐問，「那麼，照這樣來看，凶手應該是一個心思很縝密的人，怎麼可能會忘了這麼重要的證據？」

童小川搖了搖頭，目光黯然失色，道：「我在想，要麼，他並不在乎汪少卿身分的暴露，要麼，還有一個原因——他被徹底激怒了，以至於無暇顧及被踢落到水管底下的手機卡碎片，從他對死者所做的反常的舉動，我感覺到他有點失控的跡象。」

「沒錯，前面的三具特殊人群者屍體，屍表並沒有被損壞，器官也沒有被摘取，處理屍體時也是沉著冷靜，但是這第四具，從他折磨死者的手段來看，非常殘忍，還有，他的拋屍方式顯得很隨意，就只是把死者留在了案發現場。而前面三具屍體，拋屍的時候都是經過周密計劃的。」說著，章桐回頭，若有所思地看著童小川，「究竟發生了什麼？以至於讓他徹底改變了自己的一貫行事風格？」

「還有突然死亡的卓佳鑫？」說著，章桐伸手拉開了 327 號存屍櫃的門，指著冰冷的屍體，「為什麼這麼巧？他是一個已經有三年二型糖尿病病史的人，一般來說不會忘了自己吃藥的時間和所需要服用的量，我和他病歷卡上的主治醫師聯繫過，童隊，你要知道，一旦得上這種糖尿病，就必須得終生服藥來控制血糖的濃度，不然的話就會有各式各樣的可怕併發症所導致的生命危險，而三年中，根據這個主治醫生的回憶，死者根本就沒有出現過誤服或者超劑量服用藥物的經歷。用他的話來說，那就是『卓佳鑫本身就是一個醫生，他應該比誰都要清楚藥物的危害性』。所以，當這個主治醫生得知死者是因為過量服用糖尿病藥物，並且同時在藥效存續期間繼續服用那種含有強效降糖藥物的偽劣壯陽藥物而死亡時，他怎麼也不相信這是事實。」

「根據酒吧酒保的回憶，那晚曾經有一個女人和他接觸過，而她並不認識這個女人。」

「女人？」章桐不由得皺眉，問，「她有提到對方有什麼特徵嗎？」

童小川想了想，點頭：「有，她的原話是 —— 她有一雙骨關節粗大的手，指甲很短，幾乎到肉裡，手上有股淡淡的消毒水的味道。」

章桐在旁邊的椅子上坐下，雙手交叉，陷入了沉思。過一會兒，她抬頭看著童小川，說：「雖然我沒有親眼見到這一雙手，但是男性骨骼相比起女性的骨骼來說會呈現出骨骼粗大，骨面粗糙、凹凸點更明顯的特點，而且男性的骨質密度要比女性的大很多，所以骨骼相對比較沉。但也不排除對方是重體力勞動者，比如說搬運工之類。而你所說的指甲很短，有兩個可能：其一，工作的緣故，有很多職業很注重指甲等個人衛生，比如說醫務工作者。其二，她有啃指甲的習慣，為了掩飾自己，她不得不把指甲剪短。而你所說的消毒水的味道，童隊，你還記得那個第三醫院的普外科醫生趙勝義嗎？就是被人活活打死的那個人，他剛送來的時候，手上就有這股味道，因為每天都要和消毒水打交道。所以時間久了，這種特殊的味道就留在了皮膚上，很難除去。」說到這裡，章桐攤開了自己的雙手，「我的手上也有這樣的味道，因為每次接觸屍體後，儘管戴著塑膠手套，但是按照規定，我們都必須進行手部的消毒處理。」

「那如果妳的假設是正確的話，卓佳鑫死亡那晚，曾經出現過一個懂醫學的人，」童小川皺眉道，「那人曾經攙扶著死者進了洗手間。後來我去實地查看過了，那個洗手間是男女共用的。而她骨關節粗大，小桐，妳說，這個人會不會也是特殊人群體？」

「我沒辦法確定，不過，我建議你最好還是和卓佳鑫生前所在醫院的護理師好好談談，有時候，這些小護理師往往比我們所想像的要知道更多。」章桐的臉上露出了若有所思的神情。

「章醫生，妳在現場的時候曾經跟我說過王辰就是在那個水房裡被害的，對嗎？」

章桐點點頭，同時找出了一張現場牆壁上的血跡噴濺相片，在黑暗的背景下，發著淡綠色光芒的詭異的痕跡幾乎布滿了整張相片。「這個發出淡綠色光芒的就是被噴上了魯米諾的血跡，因為水房的光線十分昏暗，只有這種方式才能夠讓血跡完全顯現出來。」

「你看到沒有，在死者坐著的上方，有好幾道不規則的呈現出噴濺狀態的血跡，那就是動脈血，我們人體的動脈一旦破裂，心臟每跳動一次，血就會以 50cm/s 的速度向外噴出，而靜脈就會相對緩和一點，是 20cm/s。這就表明當血液噴出的時候，死者還有生命的跡象。只不過不會持續太長的時間罷了。但是，我在牆面上沒有發現帶血的掙扎的痕跡，要麼死者一開始就被制服了，要麼根本就沒有打算抵抗。」

「為什麼？明明知道自己要死了，卻不抵抗？」

章桐搖搖頭，道：「我早就跟你說過，我是法醫，不是心理學專家。我一直都堅持認為，我們人類的思想是這個世界上最難以捉摸的東西了。」

「還有，痕跡鑑定組在屍體的正前方，發現了一組帶血的腳印。根據血液的凝固程度來判斷，已經有一段時間了。而我們進入命案現場時有規定，那就是必須戴上鞋套。」

「沒錯。」童小川點點頭。

「所以這組鞋印子就非常明顯，是一種模壓膠黏的硫化成型膠底鞋。」章桐用手比劃了一下，「從鞋底花紋和防滑點來看，懷疑是那種駱駝牌的厚絨裡雪地靴。」

「那靴子的大小呢？」

「四十碼到四十一碼左右。」章桐垂下眼皮。

「鞋印就正對著靠牆坐著的屍體，難道凶手是在欣賞死亡？」童小川皺眉。

「我不知道，不過看情形不排除這樣的可能。」

看到童小川正要轉身離開，章桐趕緊叫住他，說：「我差點忘了一件事，童隊，你跟我來，我給你看樣東西。」

「跟案子有關嗎？」童小川跟在章桐的身後來到隔壁的辦公室。

「我也說不上，你看看吧。」說著，章桐把那份一直困擾著她的論文遞給了童小川，「裡面有很多專業術語，你仔細看那些例子就可以了，尤其是資料論證方面。」童小川一臉狐疑地接過了論文，仔細看了起來。

「我並不怎麼看得明白，這畢竟是妳的專業。」他看了一半後，神情顯得很尷尬，「妳說說好嗎？」

章桐就把自己的擔憂盡量簡短地告訴了他，最後補充道：「我總覺得這個世界上沒有這麼巧的事情。」

「但是你也不能光憑自己的猜測就去抓人，對嗎？」童小川搖了搖頭，「沒有直接的證據把這個作者和我們那幾起案件連繫起來，你就只能用巧合來下定論。」

「可是……」章桐急了，「我總覺得……」

「好吧好吧，我看能不能和那家雜誌社的總編溝通一下，看能不能更多地了解一下這個作者的背景，如果真有什麼可疑情況的話，我們才能夠介入調查。」童小川無奈地說，他把手中的論文放在了章桐的辦公桌上，「好了，我該走了，今天還有一些情況要跟進調查。」

「你還沒有說你今天來找我的真正目的。」章桐微微一笑，關上抽屜，「打消念頭了？」

「其實也沒什麼，章醫生，妳知道嗎？這第四個死者，就是汪少卿，她在死前打過求救電話給我，而在此之前，我把所有的疑點和精力都集中在了她的身上。」童小川重重地嘆了口氣，伸出兩手做出投降狀，「我本以為她就是凶手，還信心滿滿，可是，現在她死了。所以，繞了個圈，我又回到了起點。我以前的工作全都白做了。我到妳這裡來，只是想看看有沒有什麼新的線索而已。我現在腦子裡一片混亂。」

＊　＊　＊

「小潘，李家坳那邊調查得怎麼樣了？」走出食堂的時候，章桐用手機撥通了小潘的電話，小潘一頭埋進了李家坳勘查已經有整整兩天的時間了。

電話中的回覆讓章桐感到稍許有些失望，她本以為這一次挨家挨戶地打聽和仔細地觀察地形，採集土壤現場樣本，會有什麼新的線索被挖掘出來。如今看來是自己把結果想得太好了。

走過長廊，章桐進入了底層大廳，她正要向拐彎處的樓梯走去，耳畔突然傳來了「啪啦」一聲玻璃破碎的聲音，緊跟著就是一聲驚叫。回頭一看，是痕跡鑑定組的小鄧，一個剛來沒多久的小女生。此刻正滿臉痛苦地緊握著自己的右手。

新來的人幾乎都會在最初的一兩個月中毛手毛腳地犯上一些小錯誤。彭佳飛剛來的那一週，洗刷實驗室玻璃器皿的看似簡單的工作，損耗卻幾乎每天都會有發生。

「小鄧，出什麼事了？」章桐連忙上前問道。

「我的手被扎了。」小鄧眼淚汪汪，在她緊握住的戴著五指手套的右手手背上，被扎了一個很大的口子，隱約還能夠看到裡面的碎玻璃渣，而罪魁禍首就是眼前的這扇轉門沒有完全打磨平整的玻璃邊。

「對不起，章醫生，我沒有仔細看路，昨天加班，我有點犯睏，不知怎麼的就撞上去了，對不起，我馬上賠。」小鄧忍著痛，慌張地說道。章桐卻不由得愣住了，她呆呆地看著小鄧的傷口，又回頭看了看那依舊還沾染著血跡的轉門玻璃邊，心裡猛地一震。

「章醫生，我沒事的，包一下就好了，妳別擔心。」察覺到章桐的臉色不對，小鄧有些更不知所措了。

「沒事，沒事，我馬上帶妳去醫務室。」回過神來的章桐趕緊扶著小鄧向不遠處的醫務室走去。

等走出醫務室的時候，章桐便迫不及待地撥打了童小川的手機，電話接通的那一刻，還沒等對方開口，章桐便激動地說：「童隊，趙勝義的那個案子，我終於找到突破口了！」

＊　＊　＊

「RNA ？我只聽說過 DNA。RNA 又是什麼東西？」童小川一臉的困惑。

「RNA 是核糖核酸的簡稱，由核糖核苷酸組成，單鏈結構，在複製與傳遞遺傳資訊時易發生變異，RNA 有三大類：mRNA、tRNA 和 rRNA。在細胞結構中，RNA 不作為遺傳物質，只能進行遺傳資訊的傳遞。而在某些病毒中，RNA 可以作為遺傳物質。相對於 DNA 來說，RNA 的範圍更廣，RNA 普遍存在於動物、植物、微生物及某些病毒和噬菌體內。它和蛋白質生物合成有密切的關係。在 RNA 病毒和噬菌體內，RNA 是遺傳資訊的載體。打個比方說，DNA，我們所熟知的脫氧核糖核酸，是雙螺旋形載體，如果一旦載體不完整的話，那麼，就檢查不出來，而 RNA，則是單螺旋形，更細，範圍更廣，所需要的檢材樣本就更少，但是它和 DNA 的功能是一樣的，也就是說我們每一個人的 RNA 和 DNA 都是獨一無二的。並且如果是克隆羊或者同卵雙胞胎之類，他們的 DNA 結構檢查出來會一樣，但 RNA 卻不一樣。」

「我還是有些雲裡霧裡，那高架二橋趙勝義的案子，以前做 DNA 不是沒有結果嗎？」

章桐嚴肅地說：「沒有錯，死者面部提取物的有效檢材樣本太少，沒辦法做 DNA 檢查，而我們的犯罪嫌疑人是一個對人體面部結構瞭如指掌的人。同時，他對自己的手部又保護得非常好，可是儘管如此，他必須接觸對方，不然的話，所要達到的有效傷害就沒有辦法完成，哪怕凶手戴著手套，DNA 不會被留下，但是分子係數更小的 RNA 卻會透過手套留下。童隊，你要知道，我們現在已知的手套還沒有辦法做到對 RNA 的有效阻擋。」

童小川頓時兩眼放光；「章醫生，妳是怎麼想到這一點的？今天怎麼跟突然開了竅一樣？」

「是小鄧啊，就是痕跡鑑定組新來的小實驗員。」章桐有些不好意思，「我中午吃飯回來，看到她的手被大廳裡那扇沒有安裝好的轉門給弄傷了，那情況確實挺糟糕的。不過我注意到了她手上有轉門上的碎玻璃渣，而轉門上有她手上的血，她雖然戴著手套，但是卻仍然阻擋不了這兩樣東西的互相傳遞，我就想到了 RNA 了。」

「我的老天爺，那她現在怎麼樣了？」童小川吃驚地問道，「受傷嚴重嗎？」

「我沒注意看，直接就送她去醫務室了。」章桐有點尷尬，「應該沒事吧。」

第十五章　回憶的灰燼

童小川有時候很佩服章桐的觀察力，雖然和自己相比，章桐工作時，更多的時間都只是和冰冷的機器打交道。即使對方是人，在大多數情況下，也都是不會說話的死人，所以自己平時總是開玩笑地說她也幾乎成了一部機器，做事情中規中矩，就連思考問題，也是從機器的直觀的角度來思考。而不會像一般人那樣去拐彎，從而產生感性思維。

可是，他卻又不得不承認，章桐那看似死板的思考方式卻往往能夠發現很多自己經常會忽略掉的線索。

此刻，天使愛美麗醫院門口，面前的這個長了一張娃娃臉的小護理師正興致勃勃、喋喋不休地談論著她曾經的直屬上司——已經死了的卓佳鑫醫生，雖然很多聽上去似乎都是無足輕重的廢話，但是童小川和于強卻不得不做出一番正洗耳恭聽的樣子，時不時地還點頭表示贊同。對付有強烈自我表現慾望的人，童小川深知，只有一個辦法，那就是讓對方不停地說。

終於，他有了插嘴說話的機會：「妳剛才提到過前段日子曾經有病人家屬前來吵鬧的事情，對嗎？能再和我們詳細地說一說當時的情景嗎？」

小護理師認真糾正：「那可不是前段時間，應該是大半年前，快一年了，還是夏天的時候。」

「大半年前發生的事情你還記得那麼清楚？」于強嘀咕了一句。

「那是當然，」小護理師顯得很不服氣，「那情景，能有人忘了才怪。

我們卓主任……呸呸呸，就是死了的那個，看他平時風風光光的樣子，他還是頭一回被別人打得那麼慘，幾乎鼻青臉腫、頭破血流，肋骨都斷了一根，那個病人家屬就跟瘋了一樣，一上去就是拳打腳踢，往死裡揍。」

「這麼狠？」

小護理師一瞪眼，說：「能不恨死我們醫院嗎？把他弟弟硬是給弄成了女人，這在我們老家那邊，可是斷子絕孫的倒楣事啊，家裡人這輩子都會抬不起頭來，真的還不如死了。」

「你們醫院，包括卓佳鑫醫生，以前應該做過很多例這樣的特殊手術，難道就沒有家屬鬧上門嗎？」

「當然有。」小護理師用力地點點頭，「我在這裡上班三年多，來鬧過的不下十次，可是無論哪一次都比不上大半年前的這一次來得要命。」

「為什麼？」童小川頓時產生了興趣。

「能嚇唬住的就嚇唬住，我們醫院的保全也不是白養著的，實在嚇唬不住的，就私了，我聽財務部的小姐妹說，一個手術好幾十萬，差一點的都要好幾萬，私了最多兩三萬，反正手術做了，也就沒有辦法挽回了，大家心理平衡就可以了。其實仔細想想，我們醫院還是賺的。」說到這裡，小護理師突然停住了，她的目光中閃過了一絲陰影，「可是大半年前的這個男人，什麼都不要，也什麼都不怕，就是往死裡打，臨走時還丟下一句——我會讓你不得好死！」

聽了這話，童小川和于強不由得面面相覷：「那他弟弟的手術後來做了沒有？」

「已經做了，雖然這樣的手術不是一兩期就能夠完成，但是一旦開始，就沒有回頭路了，所以我們醫院開始的時候都會做好評估和公證手續，就是怕到頭來家屬把事情鬧大。」

「那這個病人的名字你還記得嗎？」童小川試探地問。

「我當然知道，那情景就跟殺人一樣，搞得屋裡到處都是血，我都嚇壞了。我當然要去看看對方的病歷檔案了。那人年齡不小了，應該有四十多歲了，名字我記得很清楚，叫王辰。」

「王辰？」童小川急了，伸出雙手鐵爪一般抓住了小護理師的肩膀，「三橫王，星辰的辰，對嗎？」

「你明明知道還來問我？」小護理師拚命掙扎，委屈地說，「你弄痛我了，警官，快鬆手！不然我可喊啦！」

童小川本能地向後退了一步，雙手高舉，尷尬地連連道歉：「對不起，對不起，我不是故意的。」

「我們上次來醫院的時候，你為什麼不把這個情況告訴我們？」于強皺眉看著她，「妳知道耽誤了我們多少時間嗎？」

「還來怪我了，你們又沒有來問我。話說回來，院裡大家都在議論說卓主任的死因是吃那個假的壯陽藥死的？又不是什麼凶殺案，你們警察應該去抓那個賣假藥的才對。」小護理師忙著整理被童小川弄歪了的護理師帽，嘴裡嘟嘟囔囔。

「妳……」于強被氣得沒話說。

童小川趕緊衝于強使了個眼色，然後笑瞇瞇地問小護理師：「那，還有最後一個問題，後來妳有再見到過這個曾經威脅卓佳鑫的人嗎？」

小護理師想了想，隨即肯定地點點頭：「我在院門口看見過兩次，他就站在你身後那個大石獅子的旁邊。」她伸手指明了具體位置，「不過，他並沒有進去，就在那邊站著，一動不動，但是那眼神，怪可怕的，有種冷冰冰的感覺。對了，你們今天問這個事情問得這麼詳細，是不是卓主任就是被這個人殺害的？」

童小川被小護理師執著的精神嚇了一跳，趕緊擺手：「你的想像力太豐富了，我們只是了解情況而已。妳快回去吧，不然院裡的人就得找妳了。」

小護理師離開後，童小川抬頭四處打量了一下，隨即轉身對于強說：「他很聰明，這裡正好是個監控死角，大石獅子徹底擋住了醫院和馬路對面的那個監控探頭的視線。」

「那醫院的監控呢？」

「都過去這麼久了，他們不會留著了。」童小川皺眉想了想，「馬上回局裡，通知大家開會。」

＊　＊　＊

市警局會議室，下午 4 點剛過。

「那你們刑警隊呢，有什麼情況？」副局長埋頭在筆記本上記錄下了一些要點，「川東那邊有線索回饋過來嗎？」

「根據當時作為送養中間人和公證人的村主任回憶，死者王辰，有個哥哥叫王星，幼年時因為家境貧困被送養，送養時的年齡只有兩三個月大，所以對親生父母沒有印象。我們透過當地派出所的協助，輾轉找到了和他養父母熟悉的老鄰居，說因為王星的母親後悔，後來多次上門想把孩子帶回去，不堪其擾，王星的養父母就帶著年幼的王星遷居去了外地，從此音訊全無。」

「王星的養父母名字查到了嗎？」

「查到了，養父的名字叫陳福，養母姓彭，叫彭友蘭。戶口登記簿上，王星被改名叫陳來順。我派人查了，一直沒有下文。因為三十多年前川東某些偏遠山區的身分證登記制度還並不完善，所以，查詢起來遇到了不少的阻力。」

散會後，走廊裡，本來走在前面的章桐突然停下了腳步，轉身攔住了童小川，說：「你記不記得我給你看過的那篇論文？」

「你說的是那篇醫學雜誌社給你的評審論文，對嗎？我當然記得。」

「作者也叫『王星』。童隊，你後來和雜誌社聯繫過嗎？」章桐隱約感到有些不安，「我需要證實這個人的身分。」

「安平醫學院裡叫『王星』的學生總共有兩個，一個是臨床醫學系的男生，另一個是護理系的女生。提供給雜誌社參賽用的學生證號也是正確的，就是那個女生的，但是我了解下來的情況是，這個叫王星的學生並沒有前去報名參加過這個論文大賽。」童小川顯得很無奈，「所以，我把這個調查結果通知給了雜誌社，現在雜誌社猜想已經取消了她的參賽資格。」

「可是這個人的能力確實不錯，也是真的熱愛這份職業。」章桐意味深長地看著童小川，「我也真的希望這些案子和這個人沒有任何關係。」

「章醫生啊，妳也別太擔心了，我今天上午的時候已經把這件事情通報給了網監，他們現在正在透過雜誌社和作者的幾封往來電子郵件查詢對方曾經使用過的 IP 地址，一旦確定了，就有找到她的線索了。」

「我真的很想和她談談，我心中有太多疙瘩解不開了。」

童小川搖搖頭，長嘆一聲：「對了，說到這個案子，我都當了這麼多年的警察了，還從來都沒有像現在這樣讓我感到這麼強的挫敗感。剛開始的時候，種種跡象都指向了汪少卿，也就是王辰，再說了，他本身也是一個特殊者群體，所以最初現場監控錄影中的女人，我完全可以想得通那是王辰所為，他雖然做了手術，但是他作為男人本身的體質一點都沒有變，女性荷爾蒙激素的注射只是改變了外表而已，裝著屍體的拉桿行李箱對他來說，搬動起來根本就不是一件難事。而前面死去的三個同樣的特殊者群體，我們調查過，和王辰是在同一個醫院由同一個醫生，也就是後來死去的卓佳鑫親自主刀進行的手術。而王辰做這筆手術的錢來歷不明，我在想，他之所以會對和自己有著相同命運的人如此殘酷，可能隱藏著什麼不可告人的目的。結果呢，他給我打來求救電話，等我終於找到他的時候，他死了！」

童小川表情無奈地做了一個小鳥朝天空飛翔的手勢，說：「我所有的指向這個案件終結的線索，就這麼沒了。我又得重新開始一點一點地摳。以前都白做了，唉。」

看著童小川沮喪的背影逐漸消失在樓梯轉彎處，章桐心裡不安的感覺卻越演越烈。

＊　＊　＊

走出警局的時候天已經全黑，時間早就過了晚上九點，回家的最後一班公車在五分鐘之前剛剛開離濱海路車站。看著那在朦朧的夜色中逐漸模糊的公車背影，章桐除了搖搖頭自認倒楣外，就只能繼續往前走了。

公車站臺邊上不能停計程車，只有步行到三十多公尺遠的那個雙岔路口附近，才會有計程車停車的位置標記，畢竟沒有人傻到會公然在警局門口亂停亂放車輛招攬乘客。

章桐沿著馬路牙子快步向前走著，身邊是一對年輕的夫婦，女人手中推著一輛嬰兒車，大包小包的東西都被身邊同行的男人扛著，女人的臉上掛著幸福的微笑。

此刻，章桐的心裡正牽掛著那幾篇讓她割捨不下的論文，所以當那輛銀灰色的 INFINITI 毫無徵兆地撞向她的時候，章桐連一點躲閃的意識都沒有。死亡的威脅就這樣來到了她的身邊。

一陣金屬摩擦地面所爆發出的刺耳的刮擦聲，伴隨著一連串的火花，已經完全失去控制的車輛肆無忌憚地在馬路上橫衝直撞，人們紛紛躲避。當尖叫聲從耳畔傳來的時候，章桐這才猛地回過神來，她驚恐地發現，銀灰色的 INFINITI 離自己已經不到兩公尺遠的距離，卻沒有絲毫減速的跡象。章桐甚至能夠看到那個司機的臉及其流露出的鎮定和瘋狂交錯的怪異神情。

她知道自己沒有辦法躲過這一劫了，身後就是那輛嬰兒車和同樣被嚇傻了的年輕夫婦，如果自己現在僥倖閃開的話，失控轎車的所有衝擊力就會全部落到嬰兒車上，後果將不堪設想。章桐想都沒想就做了自己這輩子最大的決定 —— 盡可能地保護孩子。時間不多了，她用力推開了就在手邊的嬰兒車，隨即閉上了雙眼，徹底打消了逃生的念頭。

「快閃開！」一聲怒吼在耳邊響起，同時，章桐感到一股強大的力量把自己硬生生地推了出去，緊接著，就是猛烈的撞擊聲和人們的尖叫聲，馬路上頓時亂成一團。

章桐摔倒在了堅硬的水泥花壇邊上，腦袋被重重地磕了一下，劇烈的疼痛讓她忍不住一陣乾嘔。緊接著就是頭暈目眩。幸好意識還很清醒，便慌忙扶著水泥花壇爬了起來，顧不得檢查傷勢，趕緊向不遠處的車禍發生地跑了過去。

發狂的 INFINITI 一頭扎進了路邊剛剛修葺好的擁有古典江南水鄉風格的水泥長廊，這才終於停了下來。現場一片狼藉。車頭早就被撞得面目全非。

「撞人了，撞人了，快叫救護車……」人們紛紛向事故現場跑來，越聚越多。章桐用力擠進了人群，眼前的一幕讓她頓時驚呆了，緊靠著水泥長廊的 INFINITI 車頭的旁邊耷拉著一隻手。她知道，自己就是被這隻手從死亡線上用力拉回來的。可是，那車輪下大攤的鮮血，還有那毫無生命跡象的人體，她的心頓時涼了，顯然為了救自己，這個人被失控的肇事車輛硬生生地給撞擊到了牆上。而他還活著的可能性幾乎為零。

章桐狼狽不堪地呆站著，很快就被人群給擠到了一邊。救護車呼嘯而至，警察也緊跟著趕來了。在大家的幫助下，終於把肇事車輛從牆角移開，擔架抬著傷者匆匆忙忙地上了急救車。見此情景，章桐連忙擠到車旁，焦急地問接診護理師：「怎麼樣，人還有救嗎？他剛才救了我，他可千萬不能出事。」

護理師看了她一眼，說：「還有生命跡象，我們把人拉回去馬上搶救。」

「你們是哪個醫院的？」在關上車門的那一刻，章桐用力扒著車門大聲吼道。

「第三醫院。」

趕到現場的交警中，有人認識章桐，他把一個被鮮血染紅了的塑膠門禁卡遞給了她，極力安慰：「他會沒事的。」

章桐怔住了，整個身體都不由自主地哆嗦了起來，手中這張門禁卡的主人正是自己的助手彭佳飛，是他不顧生命危險救了自己。

淚水瞬間洶湧而出。耳畔，救護車的警報聲漸漸遠去，人們也散開了。渾身發抖的章桐重重地跌坐在了冰冷的水泥花壇邊上，再也控制不了自己的情緒，抱頭嚎啕痛哭了起來。

第十六章　死者的證言

章桐不喜歡去醫院，尤其是醫院中的重症監護病房。雪白的牆壁上貼滿了白色的小瓷磚，除了樣式完全不一樣以外，那沒有差別的周圍環境的顏色和同樣刺鼻的來蘇水的味道往往都會使她產生一種錯覺 —— 這和自己每天工作的地方沒有什麼兩樣。只不過在法醫處，她能夠置身事外，別人痛哭流涕地來認領親人遺體，而她只需要靜靜地守候在一邊。但是在這重症監護病房裡，章桐卻不得不一頭埋進情緒的漩渦中去，看著一動不動地躺著，渾身插滿了管子的彭佳飛，章桐感到很痛苦，如果不是自己的話，彭佳飛就不會躺在這裡，人事不省。

「王醫生，請問這個病人怎麼樣了，能跟我說說他現在的具體傷勢情況嗎？到現在還沒有醒來，會不會有生命危險？」出示了自己的證件後，章桐拉住了接診的主治醫生，急切地詢問。

王醫生搖搖頭，說：「目前沒有生命危險，病人還算是命大，斷了三根肋骨，胸部和腿部大面積軟組織挫傷，腦部有比較嚴重的腦震盪。但是沒有傷到腦幹，只要在接下來的四十八小時中，病人的體內器官沒有產生併發症的話，我想，如果恢復順利，他會沒事的。章醫生，妳放心吧。」

章桐終於鬆了口氣，說：「那就好，我還以為那麼嚴重的車禍，他或許……」

「還好那邊有一個水泥支架，正好保護住了他的心臟和肝脾腎等一些重要的內臟器官，算是撿了一條命。」王醫生說著，翻開了隨身帶著的病例紀錄本，「但是有件事情，目前比較棘手。」

「什麼事？」

「病人的身上帶有變異的肺結核桿菌，平時沒有什麼異樣，但是這一次因為肺部受到了穿透的刺創，防疫體系受到了破壞，所以就引發了這種特殊的肺結核，治療起來就比較麻煩了。」

「肺結核？」章桐感到疑惑不解，「現在這種病不是已經差不多沒有了嗎？特殊的肺結核又是什麼樣的？」

「沒錯，一般情況下的肺結核是由結核分枝桿菌引起的，在人群中依靠空氣傳播。感染者呼吸時細菌隨之而出，然後再進入其他人體內。病菌一般直接攻擊肺部，導致患者胸部疼痛、體弱無力、體重下降、發燒、夜間盜汗和血痰。有時也會影響到大腦，腎臟或者脊柱。這種病在我們地區已經差不多絕跡了。」王醫生指了指病房內靜靜躺著的彭佳飛，小聲說道，「但是他這種病屬於地方性的肺結核，也就是說是由一種變異的病毒引起的，治療起來非常麻煩。我查過資料，是川東那一帶最早上報的病情，所以，我必須申請提取他的 RNA 進行病毒複製，看能不能找到解決辦法，即使解決不了，也盡量控制住病情不復發。但是等待 RNA 的提取猜想要半個多月的時間，我們院裡沒有這個設備。」

章桐心裡一動，說：「王醫生，我實驗室那裡的設備很齊全的，也馬上就能用，你把樣本給我，我很快就可以做出來。盡量減少等待的時間，讓他早一點康復。畢竟他是因為救我而傷成這樣的。」

「也行，妳等等，我去向主任彙報一下，到時候需要妳簽字。」半小時後，章桐急匆匆地拿著裝有彭佳飛二十毫升血液試管的行動式小冰盒走出了第三醫院的病房大樓，在路口伸手攔了輛計程車，直奔警局而去。

＊　＊　＊

「妳想告訴我們什麼？」童小川盡量使自己的口吻表現得很溫和，這已經是十分鐘內第三次問出同樣的一個問題了。此刻，辦公桌對面的椅子上坐著趙勝義的家屬，一個事事都很小心謹慎的中年婦女。

「我……我……」趙勝義老婆挺了挺腰，又抬頭看了一眼童小川，嘴巴囁嚅了好一會兒，卻還是沒有吐出一句完整的話來。

童小川重重地吐了一口氣，正要發作，突然看到了老李不斷投來的奇怪的眼神。他趕緊站起身，兩人一起走到辦公室外面，把門關上後，童小川問：「老李，有什麼事，趕緊的快說。」

「我說童隊啊，你怎麼就看不出來呢？她剛進來的時候第一句話說的是什麼？」老李不滿地說。

「好像是……你們刑警隊應該只管殺人案，不管別的案件，對嗎？你們會幫受害者家屬的……人死了，就沒有關係了，對嗎……等等之類，反正她挺囉唆的，說話吐一句頓上半句，很費力。」

「你真是聰明人做糊塗事，她想說的事情肯定是不想把自己給牽涉進去，你再這麼強壓也沒有用。所以，等等你換種方式，直接給她顆定心丸，她肯定把自己的心窩子都會掏給你。」

「是嗎？」童小川半信半疑，「那我試試，不過，這可是違反規定的，我不能隨便承諾不符合規定的事情。」

老李趕緊做出認輸的手勢：「好啦好啦，老大，你就隨機應變吧。我相信難不倒你的。」果然，老李的方法非常奏效，當童小川含含糊糊地表示對別的情況並不感興趣時，趙勝義家屬的臉上這才大大地鬆了口氣。「是這樣的，我那死鬼老頭子在世的時候，因為負責院裡的普外科，又兼任藥房的主任，所以，平時難免就有些油水。他因為怕被抓，就動了個歪腦筋，用我的名字開了個戶頭，然後錢款來往都是透過我的帳戶的。」

童小川急了：「那上次妳幹麼不說，我們都查遍了趙勝義名下所有的戶頭，沒有任何可疑的進出帳目，也就排除了謀財害命。」

趙勝義家屬雙手一攤，面露為難的神情：「你也不替我想想，在那種情況下，我敢隨便說嗎？敢說我家老頭子拿了人家那麼多錢？再說了，那時候我傷心都來不及呢。」

「那你現在來這裡找我們的目的又是為了什麼呢？」老李忍不住開口問道，「你們還記得我說過我家那老頭子出事的那天晚上出去是因為一筆欠款的事情嗎？」

一聽這話，童小川和老李不由得面面相覷。

「他跟我說起過，這筆款項有二十萬，他是透過我的帳號共分五次把錢轉給那人的，所以，我今天來，就是把這個找到的帳號告訴你們，我想，或許能幫你們抓住這個殺千刀的混蛋。讓他盡快把錢還給我！儘管這錢是老頭子或許走了不正當的路子弄來的，但畢竟是我們的錢啊，他不能因為人死了就不還錢了，你說對不對？再說了，我沒有經濟收入，我兒子將來上大學還要用錢呢！」

「原來妳來找我們的目的是叫我們出面替妳要帳啊。」童小川目光哀怨地瞅了一眼老李。

「是啊，二十萬，可不是個小數目啊，難道現在法律有規定人死了，欠帳就自然一筆了清了嗎？」

「沒有沒有，」老李趕緊上前打圓場，「妳的正常訴求，我們肯定是要出面替妳維護的。這也是我們警察該做的事情，要不，妳就把帳號留下來。我們一有結果就和妳聯繫。」

趙勝義家屬想了想，從手提包裡拿出一張摺疊好的紙，放在了童小川的辦公桌上，這才放心地站起身，在老李的陪同下，離開了辦公室。等老李再次回到辦公室的時候，令他感到意外的是，童小川居然笑容滿面，與數分鐘前判若兩人。

「怎麼了，老大，這麼開心？難道被剛才那個女的給氣糊塗了？」

「沒有，」童小川興奮地晃了晃手中寫有銀行帳號的紙條，「趙勝義是一個做事非常小心謹慎的人，對不對？」

老李點點頭，說：「這一點倒和他老婆是如出一轍。」

「對外，死者做到滴水不漏，在別人眼中，他是一個老好人，做事勤勤懇懇，從不假公濟私，所以院裡最肥的部門就到了他的手裡。但是對內，他需要一個傾吐心事的人，於是就把所犯下的貪汙和放貸的事情都告訴了自己的老婆，因為他認為老婆是最不可能背叛自己的。那晚，死者臨走前和她所說的話的大概意思是，對方終於答應要還款了，他沒有說是去哪裡見面，而二十萬是一筆不小的數目，還錢不可能還現金，肯定也是轉帳或者現金支票之類，而死者趙勝義前去會面的話，他肯定會隨身帶著一樣東西，用它來交換欠款，這是一件平時經濟往來時必備的證據，那就是借條。」童小川站起身，在辦公室裡開始不停地走來走去，語速也變得快了起來，「我們在現場發現屍體的時候，老李，你記不記得他身上什麼重要的財物都沒有？」

「沒錯，後來我們就以此為根據按照搶劫殺人來調查的。」

「我在想，趙勝義這老狐狸不可能隨隨便便就把借條塞在自己的錢包裡。更別提這個他口中所謂的朋友其實早就已經得不到他的信任了，他肯定會留著一手。而現在錢還沒有歸還，這就解釋得通了。這個案子不是搶劫殺人那麼簡單。走，我們馬上去證物保管處，但願他真的最後為自己留了一手。」說著，童小川快步走出了辦公室，老李趕緊一路小跑跟了上去。

證物保管處，其實就是一個大倉庫，在嚴格的溫控條件下，按照具體的存放要求，分門別類地整齊地儲存著各式各樣的物證。有的屬於已經結案的，而有的，則屬於尚未結案。如果是已經結案的物證，查詢起來就相對簡單，只要出示部門證件並且簽字就可以了，未結案的物證，則還需要部門的直屬上司等兩人一起簽字才可以查看。

從當班警員手中拿到物證袋後，童小川和老李推開查驗房的門走了進去。按照規定，未結案的物證不能離開證物保管處所在的區域樓層，必須在指定的位置進行必要的查看。查驗房是一個才只有五平方公尺不到的房間，唯一的擺設就是屋子正中央的一張巨大的桌子。進門處的上方有一個內部監控探頭，只要有人進入，就自動啟用了探頭進行攝製工作。

因為還沒有結案，童小川便從口袋裡掏出兩副塑膠手套，在戴上之前先把一副遞給了老李，然後指指桌上的證物箱，說：「趕緊工作吧，但願我們今天有所收穫。」

雖然說銀行帳號也可以鎖定對方的姓名和相關資料，但是卻並不能夠排除對方使用撿拾來的身分證件進行開戶的可能。所以，如果能找到那張借條的話，那就更加有把握了。

「一雙富貴鳥牌的棉皮鞋、墨綠色防風褲、羊毛圍巾……老大，這些東西我們都看過多少遍了，沒有什麼異樣啊。」老李皺眉，反覆查看著手中厚厚的羊毛圍巾，「這裡面如果藏借條的話，應該早就被人拿走了。」

「不，沒那麼簡單，如果不看到欠款打進自己老婆的帳號的話，趙勝義是絕對不會把借條還給對方的。而借條對他來講，就是對方唯一落在自己手中的把柄，這筆借款是見不了陽光的。所以趙勝義一定會把它藏在一個不會被人輕易發現的地方。」

童小川的目光落在了那雙棉皮鞋上。這是一雙高幫的棉皮鞋，裡面墊著厚實的鞋墊。他從口袋裡掏出一把隨身帶著的小刀，先是把棉鞋墊抽出來，割開，裡面什麼都沒有。緊接著，又把注意力放在了棉皮鞋的高幫上，那裡面裡三層外三層地疊著厚厚的棉絮。

「老李，還記得我們發現死者的時候，他腳上的鞋子穿得好好的，綁鞋帶的方式顯示也是他自己綁的。那麼，這雙鞋子應該就沒有被別人動過，」說著，童小川用小刀挑開了棉皮鞋的高幫襯裡，隨即，一張小小的摺疊好的白紙露了出來。他立刻放下刀，把紙條抽了出來，打開的一剎那，童小川的臉色頓時變了。

「這年頭居然還有這樣的人，把借條藏在鞋子裡。」老李驚訝地瞪大了眼睛，「童隊，你確定是借條嗎？」

童小川沒有吭聲，他雙眉緊鎖，一臉的嚴肅。在他手中的借條落款處，上面有一個似乎早就應該是意料之中的名字——彭佳飛。

第十七章　身邊的鬼影

「你說什麼，彭佳飛車禍住院了？」聽到這個消息，童小川不由得目瞪口呆，「怎麼這麼巧？現在還人事不省？」

剛剛從李家坳趕回來的小潘點點頭，一臉的苦悶，幾天的李家坳之行使他灰頭土臉的，瘦了整整一圈。本來就是瘦小的身材，站在童小川面前就更加顯得弱不禁風了。說到彭佳飛，小潘就是唉聲嘆氣。

「他昨晚出事情的，就在我們局裡出去左手拐彎不到二百公尺的岔道口。那司機是酒後駕駛，現在人已經被交警帶走了。聽人說，要不是老彭的話，如今躺在醫院病床上人事不省的就該是我們章姐了，緊要關頭，是彭佳飛撲過去把她推開了，但是他自己卻被車子給結結實實地抵到了牆上，花壇邊那個水泥支架擋了一下，否則的話猜想人早就沒有了。」

「是彭佳飛救了章醫生啊？」童小川更加感覺不可思議了，「對了，你去李家坳有沒有什麼發現？」

小潘停下了手頭的筆，抬頭看著他搖搖頭：「那裡很荒涼，沒有多少人住，村子裡幾乎都是老人和小孩，要麼就是動不了的病人。我在那裡轉了好幾天，與我們之前提取的土壤樣本相接近的那塊區域，就只有一個廢棄的醫療垃圾處理站。聽村裡人說，裡面早就沒有人了，但是因為土地的所有權還是屬於醫院，所以一直就沒有人動過那塊地。我跟當地派出所的人翻牆進去了，採集到的土壤樣本和屍體上的樣本現在正在儀器上做最後的比對。」說著，小潘伸手指了指屋角的一臺正在高速運轉的機器，「樣本就在那臺離心機裡。」

「多久出結果？」

「還有不到兩個小時。」

「一有結果馬上打我電話，我才可以申請搜查證。」童小川神情嚴肅，「那是什麼醫院的醫療垃圾廢棄處理站？」

「第三醫院，他們村裡的村主任說的，已經存在很長時間了，但是後來聽說醫用垃圾要統一處理，那地方自然也就被荒廢了。反正花的是公家的錢，醫院不心疼。」小潘不屑一顧的表情。

「第三醫院，又是第三醫院，」童小川回頭問，「現在幾點了？」

「差十分鐘下午兩點。」

「去第三醫院。」

＊　＊　＊

臨出門的時候，童小川才意識到剛才一直沒有看見章桐，這才又問道：「你們章醫生呢？」

「去現場了，懷集有個案子。」

「她一個人？」童小川感到很驚訝。

小潘頭也不抬地說：「這沒什麼奇怪的，我們現在人手嚴重不足，沒辦法，我得看著儀器，走不開，彭佳飛住院了。現在整個法醫處就只剩下我一個人了。」

＊　＊　＊

五樓，張副局長辦公室，童小川站在辦公桌旁邊，心裡有些惴惴不安：「副局，你還猶豫什麼呢？現在所有的線索都指向了我們法醫處的彭佳飛，我需要對他所有的私人物品進行搜查取證。還有第三醫院在李家坳的那塊廢棄垃圾處理場，我相信只要我們搜查，肯定能夠拿到指證他犯罪的有力證據！」

「第三醫院後勤處那邊確定原來的承包人就是死者趙勝義嗎？」張副局長抬頭看著童小川，「彭佳飛是我們局裡的人，又是法醫處正式登記在冊的輔助化驗員，我們必須有足夠的有說服力的證據才可以對他採取措施。所以，我必須慎重考慮。」

副局長沒有說出口的是，如果彭佳飛真的被證實是本案凶手的話，那麼，一年多來他所接觸過的每個案子都必須再次另外請人進行檢驗。

「是的，他們的紀錄上就是這麼寫的，說是因為趙勝義死了，還沒有顧得上另外處理那塊場所。而合約上規定趙勝義每年只需要繳納一定數額的租金就可以了。現在還在合約期內，錢款早就已經上交清楚了。院方就暫時擱置了起來。主要是怕死者家屬上門吵鬧。」

「而向趙勝義借款的就是彭佳飛，我們找到了寫有他名字的借條，趙勝義案發當晚曾經跟自己的老婆說過，為了這筆借款，他要出去一下，和人家見個面。所以我們可以推定，彭佳飛和趙勝義的死有著不可分割的關係。趙勝義死後，彭佳飛並沒有主動把那筆二十萬的款項轉回到趙勝義老婆的帳號上，他也沒有提起過這件事，所以讓我產生了懷疑。」

「而彭佳飛以前就是在第三醫院的神經外科工作的，是該科室的一把手。他對人的臉部結構非常熟悉，對打擊哪一塊區域和從哪裡下手打擊所產生的危害最大可以說是瞭如指掌。我們詢問過現在還在神經外科當醫生的陳雲，他說彭佳飛私底下和趙勝義關係還是不錯的，趙勝義有錢，大家都心知肚明，只要誰缺錢，都可以去找他借貸，只是利息相對高一點而已。彭佳飛就經常問趙勝義借錢。」

「這種情況是從什麼時候開始的？」

「一年多前。陳雲說，那段時間，彭佳飛好像很愁錢，四處找人借，都碰釘子。」

「金額是多少？」張副局長皺眉看著他。

「他借的數目都很多，最低都要十萬左右。而不像院裡別的人，最多只是應急用一下，萬兒八千就了事了。」童小川回答。

「他要這麼多錢？那彭佳飛結婚了沒有，在本市有親戚朋友嗎？」

童小川搖搖頭說：「這人沒有多少朋友，很少說話。也沒有炒股或者買賣期貨之類。親戚嗎，在本市這邊沒有。」童小川低頭看了看手中的筆記本，「他的入院檔案上寫著他是川東人，家裡就父母，沒有別的兄弟姐妹。」

「那他這個錢都用到哪裡去了？」張局糊塗了，「不抽菸喝酒，不賭不嫖，要借那麼多的高利貸，難道他是在買六合彩？最近治安大隊那邊查處並上報了很多購買六合彩的案子。」

「應該沒有這回事，他同事陳雲說了，誰都不知道他把錢用到哪裡去了。院裡也有人買六合彩，但是經過詢問證實，排除了彭佳飛參與其中的可能。」

「還有一個情況，也是我把他和趙勝義連繫在一起的主要原因之一。趙勝義租下那塊荒廢的場地後，他並沒有經常去那裡，而當地老百姓說，經常看見一個矮個子的中年男人去那邊，我下屬分別出示了趙勝義和彭佳飛的相片，他們立刻就指認了彭佳飛，說趙勝義只不過在剛開始的時候露過幾次面，後來就沒有再過去了。相反，三天兩頭倒是會看見彭佳飛。村主任還反映說那裡雖然荒廢了，但是用電量卻很厲害。所以，我們要對那塊場地進行搜查取證，還有彭佳飛的住處。而趙勝義是負責第三醫院的藥房的，在前面的幾個連續殺人案中，法醫報告上提到凶手多次使用到一些市面上難以買到的麻醉類藥物，我就想，和趙勝義離不開關係，如今趙勝義死了，最大的嫌疑就是彭佳飛了。張局，您就簽字批准吧。」童小川焦急地說，他看了看腕上的手錶，「我們的時間不多了。」

「好吧，我簽字，但是我有必要提醒你，這些還都只是間接證據，我需要有力的證據直接指向彭佳飛。」

童小川點點頭，接過了張副局長手中的搜查證：「張局，你放心吧，我會找到的。」

＊　＊　＊

RNA 的資料報告出來後，因為時間已經是傍晚五點多，急診王醫生現在也要下班了。剛從懷集趕回來的章桐尋思著明天把手中的報告送去。

小潘跟著童小川去了李家坳，畢竟他已經對那裡非常熟悉了，童小川需要他當幫手。

小潘走後，章桐順手就把電腦剛剛生成的彭佳飛的 RNA 資料輸入了電腦資料庫，這樣的舉動無可厚非。誰都知道，資料庫的資料越齊全越好，並不是說只有留下案底紀錄的人才必須把 DNA 和 RNA 等相關生物證據資料輸入資料庫，那樣做，只不過是個單一的途徑而已。而資料庫是要為很多部門提供幫助的。

突然，讓她意想不到的一幕發生了，電腦螢幕上開始出現了兩個對立的視窗介面，在一陣快速地跳動對比後，竟然停住了，上面隨即跳出了一個大大的英文單字 —— MATCH。這就意味著，彭佳飛的 RNA 資料竟然和資料庫中的某一個樣本比對上了。章桐緊張地注視著螢幕，電腦又開始了比對運作，大約在半分鐘後，同樣的一幕又出現了，不過這次被匹配上的，是 DNA 資料，吻合率竟然達到了百分之七十以上。

章桐不由得怔住了，百分之七十以上的 DNA 圖譜吻合，那就只有一個解釋 —— 彭佳飛的 DNA 樣本和資料庫中的某人樣本之間的連繫是手足。而 RNA 吻合，結果就更加可想而知了。

章桐顫抖著右手點開了吻合樣本的編號，頓時面如死灰。

＊　＊　＊

刺耳的手機鈴聲打破了章桐的沉思，她瞟了一眼，是一個陌生的號碼，便順手按下了接聽鍵：「哪位？」

「是章醫生，對嗎？告訴你一個好消息，妳的下屬醒過來了。妳快點過來吧。」電話中，急診科的王醫生激動地說。

「好吧，我忙完了手頭的，馬上過來。」章桐這才記起上次離開醫院急診科病房時，曾經把自己的電話號碼留給了主治醫師，拜託對方一有恢復的進展就隨時通知自己。掛上電話後，她重新啟動列印機，把四份樣本圖譜都列印了下來，然後塞在手邊的挎包裡。臨出門的時候，章桐又回頭掃視了一眼空無一人的辦公室，目光落在了電腦旁的那盆小小的仙人掌上，這盆花是彭佳飛送的，說是想讓死氣沉沉的法醫處多一點生命的綠色。

想到這裡，章桐的心就像刀割一樣，她快步走上前，一把抓起仙人掌花，連盆一起扔進了垃圾桶。是啊，一個如此不尊重他人生命的人，難道真的會去珍惜那生命的綠色？。

她用力地關上了辦公室的房門，匆匆的腳步聲漸漸地消失在了空蕩蕩的走廊裡。

＊　＊　＊

警車開出市區的時候，天空中就已經飄起了雪花，漫天飛舞，就像一個飄忽不定的幽靈。寒風透過了警車的玻璃窗，驅趕走了車裡僅有的一點點溫暖的空氣。坐在後座上的小潘被凍得夠嗆，只好蜷縮在後座上已經破損的沙發座套裡，嘴裡不斷地詛咒著到處肆虐的寒冷。

「我說童隊啊，你幹麼不讓我開我們法醫處的通勤車出來，那裡面多暖和，你這車，人都快凍死了，空調都沒有。你們刑警隊就這麼窮嗎？空調壞了也不修修，知不知道這是大冬天啊，你求人幫忙，把人凍死了，對你有啥好處……」

話還沒有說完，童小川早就俐落地脫下自己的羽絨服，劈頭蓋臉地扔給了小潘：「趕緊披上，囉唆的腔調跟我媽真是一模一樣。」

老李差點沒笑出聲，他一邊注意車子前方的路面狀況，一邊嘀咕：「你就將就點吧，我的潘大博士，這還是我們刑警隊最好的車了，別的車連窗子都不一定能關得上，車廂裡比外面還要冷。你今天坐這個車都已經是很高的待遇了。對了，」他伸手指了指童小川腳邊的一個黑色袋子，「老大，裡面是一件防寒服，我備著蹲坑的時候用的，你趕緊穿上，別凍著了。」

「我沒事，老李，還有多長時間到李家坳？」

老李看了下儀表盤，說：「從市區到李家坳要八十三公里，正常時間要一個多小時，現在下大雪，我不敢開太快，猜想還得半個多小時才會到。你們先休息一會兒，到了我叫你們。」

童小川回頭問：「小潘，那個彭佳飛醒過來了沒有。」

「應該還沒有，要是醒過來的話，醫院會打電話通知章姐過去的。」

「彭佳飛會醒過來嗎？聽說他傷得很重。」

「那是當然，被整個車頭硬生生地抵到了牆面上。不過，聽章姐說，其實基本上就是骨折和腦震盪，還有大面積的肌肉挫傷，撞擊並沒有傷到腦幹組織，所以應該會醒過來的。老彭的身體很不錯的，我經常看見他在辦公室裡時不時地練一會兒伏地挺身。」小潘充滿了信心。

童小川點點頭，轉身坐好，看著早就陷入了一片漆黑的窗外，他陷入了沉思。

由於時間緊迫，自己還沒有來得及把調查彭佳飛的決定告訴章桐，老李為此還曾經感到過疑惑不解，說是為了案情的順利進展，相關的厲害人可以暫時不用通知。但是童小川很清楚這個並不是自己不想把這個情況告訴章桐的真正理由，章桐平時對這個和自己有著同樣挫敗經歷的下屬非常讚賞，更何況彭佳飛還在緊要關頭時救了章桐的命。所以，他決定在自己還沒有拿到更進一步的證據前，先暫時對章桐保守這個祕密。而作為章桐的助手小潘，也只是以為叫來幫忙蒐集在李家坳的成年舊案案件的證據，他並不知道這個案件與彭佳飛有關。

長長的一眼都看不到邊的省際公路上，三輛不停地閃爍著警燈的麵包車飛快地駛向了遠處。

事實並沒有如老李所料想的那麼簡單，雪越下越大，幾乎讓人睜不開眼，最要命的是後車輪還打滑爆胎了。等最終趕到李家坳的時候，時間已經到了凌晨。室外的溫度更低了。

打開車門的時候，小潘睜開睡眼矇矓的雙眼，等他終於看清楚自己是站在那個廢棄的醫用垃圾處理場所的場地正中央時，不由吃驚地瞪大了雙眼，可周圍並沒有當地的派出所警員。而身後兩輛警車上陸續走下來的都是鑑證科的實驗員和現場勘察取證人員。

「童隊，我們來這裡幹什麼？」

「這裡可能是一個連環殺人案的案發現場，我需要你盡可能地蒐集所有能夠證實這裡曾經有過死人的法醫證據。」

「已知的死亡人數有沒有？」

童小川臉色陰沉地說：「目前只知道三具。」

「這麼大的工程，為什麼不通知我們章姐過來？」

「你趕緊做吧，時間不等人。」說完這句話，童小川揮了揮手轉身走了。

很快，四個高高的應急燈柱被豎了起來。當照明線被接通的那一剎那，整個醫用垃圾處理場內燈火通明，猶如白晝。

第十八章　復仇女神

作為一個訓練有素的基層法醫，章桐通常是個從容而又鎮定的人。在專業領域裡，她的博學和執著廣為人知。她曾經拒絕過很多次調離基層職位的邀約，理由只有一個，她深深地熱愛著自己的工作。

章桐的個性也是一個很難發脾氣的性格溫和的人。眼下，她卻實在不願意去面對眼前即將發生的一切。

站在病房的門口，章桐深深地吸了口氣，她知道，該是結束這一切的時候了，想到這裡，她伸手輕輕地推開病房的門。

「章醫生，妳來了？」推門的聲音驚動了正靠在床頭沉思的彭佳飛，車禍讓他變得虛弱了許多，臉色蒼白，他想掀開被子站起身，卻被章桐攔住了。

「你躺著吧，傷還沒有好，你需要休息。」章桐在旁邊的椅子上坐了下來，「我和你的主治醫生談過了，雖然你恢復的情況還可以，但是還需要休息，你明白嗎？」

「真對不起，還要麻煩章醫生妳親自來看我。」彭佳飛尷尬地笑了笑，「我已經好得差不多了，都是一些皮外傷，沒有傷到裡面。我想儘早回去上班，不想耽誤太多的工作。」

章桐若有所思地看著彭佳飛，說：「上班的事情，先不忙。我今天來找你，一方面是看看你的恢復情況，另一方面，我想當面謝謝你，因為如果沒有你推我的那一把，今天躺在這個床上的就是我了。你救了我，謝謝！」

「這是我應該做的，章醫生，在當時的情況下，誰看見了都會上前救人。我只不過湊巧跟你離得近一點罷了。再說了，章醫生，畢竟人的生命只有一次，是最寶貴的。」

「是嗎？」

章桐奇怪的口吻讓彭佳飛不由得一愣，他一臉的茫然，輕聲問道：「章醫生，妳的話是什麼意思，我怎麼不明白？出什麼事了？」

章桐站起身，走到窗前，看著窗外的雪花，目光黯淡：「前段日子，我接了一個工作，幫醫學雜誌社評定論文稿件。起先的時候，我對這個額外的工作非常有牴觸心理，因為占據了我很多時間。但是後來我想通了，因為這次雜誌社的論文大賽的出發點是真正地去發掘法醫專業人才。我能盡自己的綿薄之力，應該感到很榮幸。我認真地拜讀著每一份送到我手裡的論文，在這些論文中，我發現了一篇很特殊的論文，為此，我興奮不已，因為這篇論文並沒有像別的論文那樣，誇誇其談，卻有實質性的東西。而這篇作者署名為『王星』的論文，論點獨特，論據詳盡，最讓我難忘的是對學術的嚴謹態度。為了更進一步的完美這篇論文，我向雜誌社提出了幾點請求，主要就是想讓這位作者補充幾個論據，很快，我所要求的補充點都一一補齊了，我為有這樣的人才能選擇法醫這個特殊職業而感到慶幸，畢竟現在從事這個職業的人越來越少了。我很想見見王星，表達對她的敬意，可惜的是，我的願望被雜誌社拒絕了。」

「章醫生，這不是一件很好的事情嗎？能得到您的認可，我想這位作者應該感到莫大的榮幸才對。」

章桐搖搖頭，轉過身，靠在窗臺邊，神情凝重地看著彭佳飛說：「感到榮幸的應該是我才對。這人是個人才，非常執著，不顧一切地追求事業的精神讓我汗顏。而這個人為了得到準確的理論驗證資料，為了論證自己的觀點，竟然不惜隨意奪取他人生命的殘酷舉動更是讓我感到心寒。」

一聽這話，彭佳飛的雙眼瞳孔不由得微微收縮，雙手也下意識地緊緊握在了一起：「章醫生……」

章桐沒有看彭佳飛，她走到剛才坐的凳子旁，從隨身帶來的挎包裡找出了那兩份特殊的 RNA 圖譜，遞給了彭佳飛，冷冷地說道：「我想應該不用我解釋，你就能夠看懂了吧？」

彭佳飛緊咬著嘴唇，沒有吭聲，握著圖譜的雙手在不停地顫抖。

「我並沒有直接的證據能夠證明是你殺了親弟弟王辰，但是這兩張圖譜卻告訴我你曾經冷酷地親手結束了另外一個人的生命！」說著，章桐把 RNA 圖譜遞給了彭佳飛，「左面那張是你的，右面那張是在死者趙勝義的臉部傷口中發現的。」

「這怎麼可能？」彭佳飛不敢相信自己的眼睛，他吃驚地站了起來，「這怎麼可能？章主任，趙勝義的臉部傷口中怎麼可能發現我的 RNA ？你可不能冤枉我。」

章桐不由得冷笑道：「我很佩服你做事情的謹慎小心，你懂得如何保護自己不受傷害，在你用自己的右手一下一下精準無誤地打在趙勝義的臉上時，你很好地掩飾了自己的 DNA 痕跡，一張小小的 OK 繃就為你圓了所有的謊。你知道，如果你不注意的話，我會透過 DNA 查到你，因為你入職時，在局裡的 DNA 資料庫中留下了你的樣本（備註：這是一般法醫實驗室的普遍規定，以防止在檢驗物證時發生不必要的 DNA 汙染）。所以，你盡量注意保護你的右手，但是你沒有想到 RNA 的分子結構遠遠小於 DNA，只需要十分之一樣本，我就能夠做出一個完整的 RNA 圖譜。而 RNA 是病毒的完美載體，這要非常感謝你在年幼時染上了你們當地特殊的一種肺結核桿菌，我正是透過匹配這種肺結核桿菌的實驗過程中，意外地把你的 RNA 圖譜和留在趙勝義臉上的 RNA 連繫上的。你是學醫的，我相信你不會質疑 RNA 的多樣性，因為你也知道 RNA 和 DNA 一樣，兩個人完全一樣的機率非常低，甚至於比 DNA 還低。所以，彭佳飛，我想你這回對這個證據是再也找不到任何反駁的理論依據了，對嗎？」

彭佳飛面如死灰，低垂著頭，依舊一言不發。

章桐重重地嘆了口氣，臉上流露出悲傷的神情，痛苦地說道：「我很同情你，因為你和我一樣，在生活中受到過很沉重的打擊。曾經有一段時間裡，我對生活很失望，我的父親，我的妹妹，還有……就是我最牽掛的人，他們都離開了我，離開了這個世界。那時候，我根本就抬不起頭，沒有了繼續生活的勇氣。後來，當我得知你的痛苦經歷時，我對你依舊能夠堅持工作而深感敬佩，因為你的生活和事業在一夜之間全都被毀了，你沒有選擇頹廢，相反，你繼續面對生活的挑戰，哪怕是從頭開始，從一個底層的最不起眼的小實驗員做起，你對生活的熱愛讓我汗顏。可是你為何要殺人？我不明白，難道你殺人真的只是為了一個簡單的資料？趙勝義又是怎麼得罪了你？彭佳飛，我相信你早就該知道我們醫生的職責就是救死扶傷，還生命一個尊嚴，這也是我們入職宣誓時的誓言。可是，如今我卻分明感覺到你是踐踏了這個神聖的誓言！」

彭佳飛渾身顫抖，他抬起頭，早就淚流滿面：「章醫生，我也不想這樣，你知道我為什麼會在手術中出事嗎？」

章桐搖搖頭。

「我的父親母親，雖然在我年幼的時候把我過繼給了別人，但是母親卻始終放不下，她找到了我，偷偷地盡她所能地向我表示著她對我的愛。儘管我的養父母最初非常反感她的到來，可是後來，也終於被她的執著給感動了，任由她和我的親生父親經常來看我。那時候的我真的很幸福。我的生活一帆風順。直到去年年初，我得到一個噩耗，因為家中沒錢，我母親放棄治療，自殺了，而我的父親，一個忠厚老實的男人，卻因為拉不下那張老臉天天生活在周圍人的唾沫星子中，他也選擇了上吊自殺。一夜之間，兩個我最親的人都沒有了，我一時難以自制，手術就出了差錯，不可挽回的差錯。」說到最後，彭佳飛早就已經哽咽，「而這一切的罪魁禍首就是我的弟弟。」

「要是我沒有記錯的話，你的弟弟王辰就是第四個死者。」章桐的目光無意中落到了病房門口的鞋櫃上，她不由得心中一動，那裡端端正正地擺放著一雙駱駝牌雪地靴，「你鞋子穿四十碼還是四十一碼？」

「四十一碼。」彭佳飛隨口答道，他伸手打開了床頭的開水壺，「章醫生，妳要喝茶嗎？」

章桐搖搖頭，她沉默了一會兒，最終決定放棄繼續追問，她站起身，垂下眼皮，輕聲說道：「你還是去自首吧。這樣的話，在良心上多少還能舒服一點。我相信你的本質並不壞。你是一個人才，但是你卻走了一條彎路。你弟弟的事情並不是你能夠隨意奪取他人生命的理由，可是如今說再多都沒有用了，彭佳飛，現在是晚上六點，我給你二十四小時的時間，你去找童小川自首，坦白你所做過的一切事情。二十四小時後，我就會把所有的證據都交出去。」說著，她最後看了一眼病床上的彭佳飛，「我走了，你好好休息吧，不用出來送我了。」

關上門後，章桐看著那雙四十一碼的駱駝牌雪地靴，隨即打開隨身的挎包，掏出一個乾淨的塑膠袋把它裝了進去。這奇怪的一幕讓正經過病房門口的護理師愣住了，剛要開口，章桐輕輕搖了搖頭，然後晃了晃手中的工作證件。小護理師會意地點點頭，隨即快步離開了。

章桐走後沒多久，彭佳飛突然心跳加速，神情緊張，他強忍著身上的疼痛，趕緊來到病房門口，用力地打開門，目光隨即落到了門口的鞋櫃上，他心中頓時一涼，本應該放著那雙駱駝牌雪地靴的位置，此刻卻空空蕩蕩的，只留下了一雙普通的棉皮鞋孤零零地在鞋架上放著。

「該死！」彭佳飛咬牙低聲咒罵著，狠狠地一拳打在了門框上。

＊　＊　＊

為了還原火災現場，不惜燒掉一座房子；為了分析濺血，從水箱裡模擬潑濺人血；為了研究屍體，開創了世界上獨一無二的人體戶外考證機構——屍體農場。屍體農場的正式對外名稱是戶外法醫研究所，是法醫人類學家威廉．巴斯在 1980 年成立的，目的是研究屍體腐敗過程的精細特徵，更為了能夠準確地判斷死亡時間，而死亡時間是死亡調查的重要工具。

小潘不是不知道屍體農場的存在，只要是學法醫的，並且是深深地熱愛著這個職業，在自己的身邊如果能夠見到「屍體農場」，就都會像阿里巴巴見到四十大盜的寶藏那樣興奮不已。

可是，此刻的小潘卻一點都高興不起來。

由於正值隆冬季節，室外的土壤凍得如同堅硬的石頭，不遠處，時不時地傳來飛機起降的聲音。那隆隆的轟鳴聲，尖銳的呼嘯聲，從小潘到達李家坳這個地方開始，就一直沒有間斷過。

荒廢的醫療垃圾處理場其實占地面積非常廣，大概看過去，約有將近一千平方公尺，而緊靠牆東，矗立著一個黑壓壓的龐然大物，根據從第三醫院後勤處那裡拿來的圖紙顯示，這是整個處理場的核心地帶——一個巨大的內部廠房。

小潘拉著工具箱，推開門走了進去。當他終於看清楚這廠房的內部世界時，小潘徹底愣住了，他懷疑自己眼前出現了時空錯覺。

廠房的結構和一般的工廠沒有很大的差別，三角形的頂棚，一排整齊的排氣扇，十盞日光燈能夠很輕易地就被打開，一點都看不出這裡已經被荒廢的跡象。但是在日光燈下面，一層層厚厚的白色塑膠膜把這個特殊的空間給細緻地分割成了八塊區域，越靠近白色塑膠膜，小潘越是感到了面前空間裡面的氣溫異常。他趕緊放下手中的工具箱，戴上塑膠手套，隨身帶上一些必備的檢驗工具，開始沿著塑膠膜間的走道一間一間地查看過去。

第一間，大約五到六平方公尺，溫度被設定在了三十攝氏度，一臺暖風機在不斷地工作著，地面上是厚厚的砂姜黑土，小潘掏出口袋裡的標尺，用力插進黑土中，顯示土層的厚度在八十公分到一公尺之間。他沉思了一會兒，又拿出魯米諾噴劑，對黑土層來回噴了幾下，然後打開小型的紫外線燈，很快，黑土層上就發出了不規則的詭異的光芒。這表明黑土層下曾經埋有屍體。

他重重地吐了口氣，站起身，按下了肩膀上掛著的步話機，說：「童隊，我是小潘，我需要支援。」他環顧了一下四周，神情無奈，「我至少需要十個人，越多越好。」

儘管室外寒風刺骨，室內的白色隔膜間裡卻讓人揮汗如雨，暖風機被定在最大擋。為了不破壞現場的環境，小潘不能夠把暖風機關掉，他只能忍耐，可是儘管做好了足夠的心理準備，穿著手術服，戴著口罩，卻還是快被屍體所散發出的臭味給燻暈了，成群結隊的蛆蟲旁若無人地在隔膜間裡爬來爬去，面前的這具屍體死亡時間應該在四天以上，屍蠟已經形成，面目早就無法辨認，屍體全身皮下擠滿蠕動的蛆蟲，而屍體略微張開的嘴部更是不斷地有蛆蟲滾落。這些都還不是最主要的，讓小潘感到震驚的是，每個白色隔膜間的門口都懸掛著一本小小的紀錄冊，上面一行行詳盡地記錄著隔膜間中的這具屍體每隔二十四小時的變化狀態，旁邊還註明了具體溫度。讓小潘感到怵目驚心的是，第一行所記錄的是死者死亡時的一系列資料，包括心跳所停止的具體時間。

有人在看著他們死去，而在這人的眼中，眼前這些曾經擁有過生命的冰冷的軀體和實驗室中的小白鼠沒有什麼兩樣。

身後傳來了一次性鞋套和地面接觸時所發出的特有的沙沙聲。

「小潘，情況怎麼樣？」

「後援什麼時候到？這裡至少有八具屍體！」小潘頭也不抬地問道。

「已經通知了，到達這裡大概還需要一個小時左右的時間。」

小潘一屁股跌坐在了地面上，抬頭看著童小川，皺眉伸手指著自己身旁的「墓穴」：「這是誰做的？」

「我會讓你知道的。」童小川輕輕地嘆了口氣，轉身離開了。

＊　＊　＊

早上七點剛過，章桐在濱海路車站下了車，她剛到警局門口，迎面走來一人，向自己打著招呼：「早安啊，章醫生！」原來是剛來沒多久的張副局長，邊走邊吃著手裡的煎餅果子。

章桐不由得啞然失笑：「張局，餓成這樣，你不會是加了一晚上班吧？」

「我算不了什麼，人家刑警隊的好幾天都沒有回家休息了，大家不都是為了案子嗎，妳說對不對？」張局一邊笑著一邊和章桐一起往局裡走，「對了，我已經聽說了前幾天車禍的事情，童小川在去李家坳之前和我說了。妳現在情況怎麼樣？妳手下的那個實驗員恢復得好不好？」

章桐猶豫了一下，臉上的笑容消失了，輕聲說道：「還行，謝謝張局的關心，我會處理好一切的，你放心吧。」

＊　＊　＊

上午九點，推門走出解剖室，章桐心事重重，離自己給彭佳飛留下的時間期限還有整整九個小時，她下意識地掏出了手機，剛想按下快撥鍵，可是又很快打消了念頭，不要催促他，相信他能夠明白自己的苦心。他既然能夠在車禍發生的那一刻捨命救自己，那麼也就足以看出彭佳飛的內心還是良心未泯。章桐知道，這麼做要承擔一定的風險，萬一彭佳飛跑了，那麼自己無形之中就成了幫凶。茫茫人海，他只要離開了本市，可能就再也找不到他的蹤跡了。

難道自己真的錯了？想到這裡，章桐痛苦地閉上了雙眼，車禍發生的那一刻，彭佳飛的那聲怒吼，還有就是那鮮血淋漓的現場，相信彭佳飛救自己的時候，根本就不會去顧及他自身的安危。這樣一個大義凌然的人，又怎麼會做出臨陣逃脫的舉動？

正在這時，身後傳來了痕跡鑑定組小鄭的聲音：「章醫生，妳要的鞋印報告出來了。」

「是嗎？」章桐急忙回頭，「結果怎麼樣？和現場匹配上了嗎？」

小鄭點點頭：「沒錯，是同一組鞋印，無論是著力點還是磨損程度，都是吻合的。鞋子的尺碼和牌子也都是相同的。章醫生，你真厲害，這麼快就把凶手的鞋子找到了。」

章桐呆住了，自己最不願意看到的事情竟然變成了現實 —— 彭佳飛不只是殺害了趙勝義，他還親手殺了自己的弟弟。

「你把這個情況彙報上去吧。」章桐接過了檢測報告，「謝謝你幫我。」

看著章桐灰白的面色，小鄭不由得問：「章主任，妳面色很難看，是不是身體不好？要不要我陪妳去醫務室看看。」

章桐搖搖頭：「不用了，我休息一下就好。」回到辦公室，章桐關上門，掏出手機，給童小川發了一條簡訊 ——「殺害王辰的人就是彭佳飛，證據在痕跡鑑定組。章桐。」

她又給第三醫院病房打了個電話，被告知彭佳飛還在病房休息，門口掛了個「請勿打擾」的牌子。章桐默默地放下了聽筒，或許彭佳飛還需要一定的時間走出多年的心理陰影，章桐決定等待。此刻，牆上的時鐘指向了上午十點差五分。

＊　＊　＊

「童隊，這裡有發現，你快過來。」一個痕跡鑑定組的警員透過步話機通知了童小川。

當童小川趕到這間最靠近廠房裡面的小屋時，他看到一個拉桿行李箱正被手下的警員合力小心翼翼地放在了小屋裡唯一的一張長方形桌子上。不由得一怔，伸手指著拉桿箱，問：「裡面是什麼？」

拉桿行李箱被打開後，出現在大家面前的是一條長長的黑白相間的圍巾，一副墨鏡，還有就是一個女式的長波浪假髮套。

「是他，是他做的，該死的，我早就應該料到了，凶手就是個男的！」童小川忍不住咬牙狠狠地咒罵了一句，「老李，馬上把這些證物用相機拍了傳給于強，叫他拿給前面三個報案人驗證一下，確定他們所看到的凶案現場的嫌疑人就是穿著這幾樣東西。」

「明白！」

童小川掏出了手機，正要撥打章桐的電話，卻懊惱地發現自己的手機已經沒有電了，他趕緊叫住老李：「馬上通知于強，叫他一定要保護章醫生的安全，還有，申請逮捕令，派人立刻趕去第三醫院，抓捕彭佳飛！要快！」

＊　＊　＊

此時已經是傍晚五點多，章桐關上了電腦，然後拿起挎包，鎖上門後，向走廊盡頭的樓梯口走去。整個走廊靜悄悄的，本來這裡就沒有什麼人，此時顯得更為安靜了。章桐邊走邊看了看手機螢幕，上面空蕩蕩的，沒有任何顯示，童小川出差還沒有回來，不知道她有沒有收到上午發的簡訊。也不知道彭佳飛有沒有遵守諾言去投案自首。章桐感到自己的腦子裡一片混亂。

正在這時，手機發出了清脆的「叮咚」聲，章桐一看，不由得感到很訝異，號碼顯示是彭佳飛的，簡訊內容更是讓她迷惑不解——「章醫生，我在停車庫等妳。」

章桐沒有多想，轉身向停車庫走去。不管怎麼樣，自己有必要在最後的關頭再拉他一把。地下停車庫的面積並不小，而此時因為已經是白班的下班時間，最裡面的車輛檢驗鑑定處早已空無一人。空空蕩蕩的停車庫裡看不見一個人影。章桐略微遲疑了一下，隨即大聲叫道：「彭佳飛，你在哪裡？我來了。」

有人在前面按了一下喇叭，章桐順著聲音看過去，是一輛銀灰色的桑塔納2000，彭佳飛坐在駕駛室裡，他的姿勢很怪異，右手蜷縮在胸前，而左手則衝自己揮著。

章桐皺了皺眉，猶豫了一下，繼而上前問道：「你幹麼不上去？」

彭佳飛臉上的笑容消失了，他重重地嘆了口氣，打開車門，說：「章醫生，妳不是很想見見我自己的『屍體農場』嗎？我先帶妳去吧，我知道妳沒有直接的證據指控我犯下了前面那幾件『箱屍案』，現在，我把所有證據都交給妳。殺一個人也是殺，殺三個人也是殺，我只是不想把自己苦心研究的成果都付諸東流了。」

「我不能一個人跟你去，這是違反規定的，我必須通知刑警隊。」說著，章桐轉頭從挎包中找尋手機，突然眼前一黑，渾身發軟，倒了下去。彭佳飛手中拿著一個一次性的針筒，剛才趁章桐尋找手機的時候，他掏出早就準備好的注射針筒，以最快的速度插進了章桐的脖頸。

「這裡面是阿托品，妳早就應該知道了。」彭佳飛輕輕地嘆了口氣，「妳放心，我給妳的劑量不會致命，短時間裡妳也動不了了。我只是奇怪，妳為什麼就不願意放過我？」

說著，他用力拖著章桐的身體，把她塞進了汽車的後車箱。他不用擔心此刻監控室的值班警員會看見自己的一舉一動，因為他精心挑選了車庫的死角停的車。

當他坐回駕駛室時，這才感覺到胸口一陣陣椎心的疼痛，由於剛才用力過猛，才癒合沒多久的傷口被撕裂了。彭佳飛強忍著疼痛，緊咬著嘴唇，轉動車鑰匙，把車開出了地下停車庫。

不知道過了多久的時間，章桐漸漸地甦醒了過來，她第一個感覺就是自己在一個不停移動的空間裡，可是眼前一片黑暗，什麼都看不見。她口乾舌燥，頭暈目眩，但是渾身上下依舊軟軟的，難以動彈。不停地顛簸把她的頭重重地撞到了離腦袋很近的一塊類似鐵塊的東西上，讓她眼冒金星。

章桐努力回想著最後失去意識時僅存的一絲記憶，她想起了彭佳飛怪異的目光，可是，沒有等她做出反應，渾身發軟倒了下去，隨即漸漸失去了意識。

很顯然，是彭佳飛下的毒手。章桐懊惱地意識到自己一定是在他的車子狹窄的後車箱裡，因為外面不斷地傳來汽車呼嘯而過的聲音，還有喇叭刺耳的鳴笛聲。

突然，車子停住了，章桐頓時緊張了起來。她知道，彭佳飛突然襲擊自己，就是不希望他的祕密會最終暴露。真可笑，自己竟然還對他心存希望。童小川曾經不止一次地警告過，對凶手不能有絲毫的憐憫之心，可惜，章桐就是做不到，她怎麼也無法把彭佳飛捨命救自己的舉動忘得一乾二淨。

「我只是想讓你保留最後一點做人的尊嚴。」章桐喃喃自語，閉上了雙眼，「現在看來，我錯了。」

車門打開又關上，很快，汽車無聲地移動了起來，只不過這一次卻移動得很艱難，好幾次車輪都發生了打滑的跡象。章桐心裡一沉，只有在沙子上行駛的時候，車輛才會發生車輪打滑。遠處，海浪的聲音越來越響，算算時間已經過了晚上七點，應該是漲潮了。章桐不由得心生恐懼，因為汽車正在向大海駛去。而此刻，由於已經是隆冬，戶外的海邊更是寒風刺骨，周圍連個人影都看不到。

章桐突然明白了彭佳飛在把她塞進汽車後車箱時所發出的那一聲重重的嘆息所包含的深意 —— 他在向自己告別。

隨著海浪聲越來越近，章桐分明聽到了死亡的腳步聲。

她拚命地掙扎著。

海水漸漸地湧進了後車箱，本就狹小的空間裡更是讓人難以忍受，冰冷的海水讓章桐忍不住渾身發抖，或許是因為寒冷的刺激，章桐的雙腳雙手逐漸恢復了意識。

她拚盡全力敲打著汽車後車箱的頂蓋，呼喊著救命。

此時，汽車已經一頭紮進了大海，隨著海浪開始了上下顛簸。

一陣陣暈眩襲來，章桐忍不住乾嘔著，海水越灌越多，漸漸地已經淹沒了她的身體，她只能竭力把自己的臉和鼻子貼近後車箱頂蓋，好得到僅存的一點空氣。

黑漆漆的海面上，看不到任何生命的跡象，海風陣陣，很快，轎車就不見了蹤影。

＊　＊　＊

「你說什麼？章醫生的電話一直處於無人接聽的狀態？」童小川如五雷轟頂，他一邊拚命催促著老李快開車，一邊衝著手機怒吼，「于強，你小子給我好好聽著，把你手下的人全都給我派出去，找到章醫生，哪怕把安平給我徹底翻個遍，一定要找到她！還有彭佳飛，那個混蛋，你確定他不在醫院裡嗎？……那好，也給我找！不能放過他，我現在正從李家坳這裡往局裡趕，路上猜想還要半個鐘頭，于強，你要是完不成任務讓人跑了的話，我跟你沒完！」

三輛警車閃著警燈，拉著長長的刺耳的警笛聲，如離鉉之箭向遠處開去。童小川的淚水漸漸湧出了眼眶，如果章醫生出事的話，童小川知道自己這輩子都不會得到原諒。

第十九章　死的感覺

雖然經常見到死亡，對那冰冷的感覺也早就已經不再陌生，但是當它真正為了自己而來時，章桐卻一點都不害怕，她太累了，那一刻，她對自己說，放棄吧，只要選擇了放棄，心中的那根牢牢束縛著自己的無形的繩索就會徹底斷裂，而那個時候也就是自己真正得到解脫的時候。章桐感到自己全身輕飄飄的，就像睡在柔軟的雲端上，她不再害怕那已經漸漸灌滿整個後車箱的海水，反而輕輕地鬆開了手，任由自己在海水中漂盪。她的意識漸漸地模糊，奇怪的是，章桐卻感覺不到死亡即將到來時的恐懼，她不知道這是不是就是人們經常談之色變的死亡。

突然，一陣猛烈的撞擊，讓章桐漸漸遠去的意識重新又回到了她的身上。很顯然，汽車撞到了近海的礁石上。章桐感到自己呼吸困難，強烈的求生意識讓她又一次抓住了後車箱的頂蓋把手，她憋住呼吸，四處查看著求生的通道。

不行，我不能就這麼死去，我還有很重要的事情沒有完成。章桐的眼前閃過了彭佳飛陰鬱的臉。我一定要抓住他。我不能放棄。

章桐的目光停留在了汽車後車箱的頂蓋上，突然她意識到自己差點犯了一個致命的錯誤。

汽車後車箱的應急開關！章桐雖然不會開車，但是記得車輛鑑定處的同事曾經說過，無論哪種轎車的後車箱，都會有一個應急開關，作為一個逃生的通道。而那個開關，通常就在後車箱頂蓋的拉手附近。

她伸出左手，用力伸向那個應急開關所在的位置，很快，她摸到了一個小小的凸起，用力按下去，咔嗒一聲，頂蓋鬆動了一下。

終於打開了，章桐推了推，可是卻紋絲不動，彷彿一股巨大的力量正死死地壓在汽車後車箱的頂蓋上。

自己在近海的礁石附近，顯然海水的壓力使自己一時之間無法輕易打開汽車後車箱。章桐感到了絕望，難道就這麼放棄嗎？不，她用盡全身的力氣向已經彈開的頂蓋撞了過去。

＊　＊　＊

「童隊，門衛說，彭佳飛傍晚六點左右來過局裡，他開了一輛車，直接去了車庫。」

童小川點點頭：「那後來呢，有沒有看到章主任下班離開局裡時的監控影片。」

「沒有，只有彭佳飛的那輛車離開了，時間是六點零八分。車庫裡的監控探頭並沒有拍到他停車時的鏡頭。」

「這混蛋，他對那裡瞭如指掌。」童小川面色陰沉，「他開的是不是一輛銀灰色的桑塔納 2000？馬上調取附近的監控，查詢這輛車的去向。章醫生肯定就在車裡！對了，兩個手機的定位都進行得怎麼樣了？」

「沒辦法，童隊，搜尋不到訊號，顯然手機卡已經被取出來了。」于強無奈地搖頭。童小川沉著臉，用力一拳打在了身邊的牆上。

＊　＊　＊

章桐學過游泳，記憶中那還是七歲的時候，父親把自己和妹妹帶到了游泳館，可是妹妹卻死活都不願意下水，最終，只有她乖乖地跟著父親下水了，當她終於磕磕碰碰一把鼻涕一把眼淚地學會游泳的時候，父親卻笑著對她說，「別哭，總有一天妳會慶幸自己學會了游泳。」

章桐還從來都沒有在大海中游泳的經歷，更何況是冰冷的海水，她拚命地划著，拍打海水的雙臂早就已經如機械化般在做著最後的努力運動。章桐知道，此刻自己不能停下來，必須堅持，因為哪怕只是一秒鐘的鬆懈，自己就會如一塊無名的石子，悄無聲息地沉入茫茫的大海中，從這個世界上永遠地消失。

這是一種什麼樣的寒冷啊，章桐感到牙齒在不停地哆嗦，她快堅持不住了。可是，陸地離自己還是那麼遠，不，不能放棄，她用力蹬掉了自己的靴子，掙脫早就已經被海水浸透，如巨石般沉重的防寒服，這些平時在陸地上能夠讓自己遠離寒冷的東西，此刻卻足以把她無情地拖入深不見底的海水中去。

脫去外套後，章桐感覺身上的重量明顯減輕了許多。她用力地向前划著，必須趕緊到達陸地，因為那沉重的防寒服脫去後，雖然不會讓自己很快沉入海底，但是那隨之而來的寒冷也會奪走生命。兩者必須選擇其一，章桐深知自己此刻正在與時間賽跑。

隨著一個潮流打過，章桐被重重地摔在了海邊的沙灘上，在失去意識的那一刻，她聽到了由遠及近的警笛聲。

對不起，爸爸，我已經盡力了。章桐的臉上露出了欣慰的笑容，隨即陷入了昏迷之中。

＊　＊　＊

彭佳飛打發走了計程車，他不想就這麼直接進李家坳，這麼偏僻的地方如果來一輛計程車的話，是會非常顯眼的。以前每次來這裡的時候，他都會從村外繞道進去，雖然費些工夫，但是卻很安全。他當然知道童小川遲早會帶人找到這裡，可是，在彭佳飛看來，沒有什麼比得上那些寶貴的試驗資料對自己來得重要！他不能放棄！眼前這個地方，自己已經沒有辦法再繼續待下去了，那就走唄。用不了多久，章桐的屍體就會隨著自己的那輛桑塔納一起被找到，漲潮的海水不會把它們漂多遠，現在的警察並不笨。如果自己再猶豫不決的話，被抓住就是遲早的事情了。彭佳飛一邊走過小樹林，一邊心裡思索著自己下一步究竟該怎麼辦。

快要走近目的地的時候，藉著月光，彭佳飛低頭看了一眼腕上的手錶，馬上要十點了，他放心了許多，因為這個鐘點，李家坳的村民們早就已經閉門落鎖進入了夢鄉，沒有人會注意到自己的到來。

厚厚的積雪在腳底發出了吱吱的聲響，彭佳飛已經全然顧不了那麼多了，由於激動和緊張，他累得氣喘吁吁。想著或許是因為自己剛剛受傷的緣故，身體已經沒有以前那麼好了，以往走的這段林間小路，在此刻卻變得那麼漫長。

不，自己絕對不能放棄，彭佳飛暗自嘀咕著，大不了換個城市繼續自己的實驗。他埋怨自己，真的不應該貪圖一時的名利而去參加那所謂的論文大賽，本想著如果大賽得了名次的話，對自己的實驗會有更好的幫助，畢竟是十萬元的獎金啊，而且得了獎，就可以被推薦去參加國際性的學術交流，那麼，在國內，或許屍體農場的構想不會被人認同，但是彭佳飛深信，總有一天，人們的觀念是會得到真正的改變的！

可是現在一切都已經成了泡影，他徹底低估了章桐這個女人的智商，做夢都沒有想到章桐竟然會把自己的實驗和現實生活中的案子連繫在一起。彭佳飛感到懊惱不已。現在唯一能挽回的，就是拿到所有的資料，然後，遠走高飛，換個身分，找一個誰都不認識自己的地方。

他來到一處隱蔽的小門前，掏出了口袋裡的鑰匙，打開門後，眼前的一幕讓他頓時傻了眼，地面到處都是已經被刨開的坑，而遠處的廠房裡，雖然表面看上去沒有什麼變化，但是彭佳飛知道，自己不在這裡的這段時間裡，童小川帶著手下的人早就查到了這裡。

「媽的！」他暗暗地咒罵了一句，顧不得心疼，趁著廣場上沒有人，彭佳飛迅速向廠房那邊跑去。自己的所有研究資料都在最後面的那間小屋裡放著。

不能讓自己的心血白費了。

廠房裡一片漆黑，耳邊聽不到任何聲響。彭佳飛感到有些奇怪，因為以往的時候，這裡的暖風機是開著的，為了屍體保存的需求，他必須刻意營造出適當的保暖條件。可是今天這裡卻是死一般的寂靜。他停下了腳步，四處環顧了一下，一眼望去，白色的塑膠布在輕輕飄蕩，猶如一個暗夜幽靈一般在空中飛舞。彭佳飛不由得感到了一絲恐懼，儘管他知道那白色塑膠布後面的小隔間裡有幾具他親手放置下去的屍體，但是儘管如此，人性的本能卻讓他有些卻步。

剛想轉身就走，可想著那些資料，他咬咬牙，低頭繼續向前邁步，伸手去揭開那些掛著的白色塑膠布。

他的手突然觸到了一個硬硬的東西，緊接著，嘩啦一下，一副冰涼的手銬銬在了彭佳飛的手上。彭佳飛的心跳都幾乎停止了，驚愕之餘，幾盞應急燈迅速打開，所有刺眼的光束都集中在了彭佳飛的臉上。

「總算抓住你了，你這個混蛋！」蹲守在一邊的刑警隊三分隊隊長盧浩天咬牙切齒地吼了一句，「你被我們童隊算死了，知道你就捨不得你這些寶貝，遲早要回到這地方來！我們在這裡已經等你很久了！」

「這……這怎麼可能？」回過神來的彭佳飛四處張望著什麼，嘴裡嘟嘟囔囔地說，「我的資料呢？我的資料呢？你們都給我放哪裡了？」

「還想著你的那些東西？你放心，一樣都少不了！」小潘憤憤然地吼道，「你簡直是畜生，做出這種傷天害理的事情！枉我平時管你叫一聲大哥！被你害死的這些人都是一條條生命，你怎麼就下得了手啊！」

「他們……他們不是人，根本就不配做人！變態！」一提到那些死於自己手中的人，彭佳飛就像換了一個人一樣，儘管手腕上已經被牢牢地銬上了手銬，卻依然妨礙不了他的怒吼，「他們就不該活在這個世界上！……」

盧浩天再也忍不住了，他對身邊站著的兩個下屬揮了揮手：「把他帶上警車！馬上押回局裡，童隊在等著呢！」兩個警員拽著死命掙扎的彭佳飛向廠房外走去。盧浩天重重地嘆了口氣，轉身對小潘說道：「走吧，我們一起回去吧。明天局裡的痕跡鑑定會過來繼續取證的，你在這裡已經沒什麼作用了。」小潘卻彷彿並沒有聽到他的話，只是不停地搖著頭，嘴裡喃喃自語：「他瘋了……他瘋了……」遠處，依稀傳來彭佳飛的大喊聲：「我的資料……我的資料……」

手機響了，童小川這才回過神來，他靠在窗臺邊，掏出手機，電話是三隊的盧浩天打來的，彙報說彭佳飛已經被抓到，正在押往局裡的路上，猜想半小時內就可以趕到。這個消息是在童小川的預料之中的，他知道在彭佳飛的內心世界裡，沒有一樣東西比得上那些試驗資料來得珍貴，為了這些資料資料，彭佳飛都不惜犯下殺人的罪行。童小川最擔心的不是這個，章桐到現在還沒有下落，天知道那個混蛋究竟把她送到哪裡去了，生要見人死要見屍！

「我在審訊室等你們。」說著，他結束通話了電話。

第二十章　寬恕

一週後。

眼前一片白茫茫，章桐的耳邊傳來了輕輕的啜泣聲，她用力睜開彷彿被灌了鉛般沉重的眼皮，在習慣了刺眼的燈光後，循著啜泣聲，她看到了一張淚眼朦朧的熟悉的臉龐。

「你哭什麼啊，我又沒有死……我的命硬著呢……等我真的死了你再哭也來得及……」章桐斷斷續續地說著，虛弱的笑容在嘴角浮現。

「妳還開這種玩笑！」李曉偉一把抹去眼淚，尷尬地看著章桐，「剛出差回來就看到妳這個樣子，我都擔心死妳了，妳竟然還有心思開玩笑！」

「你別生氣啊……」章桐伸出了正掛著吊針的左手，「其實，我真的害怕再也見不到你和大家了。對不起，我讓你們擔心了！」

一旁坐著的童小川欲言又止，他輕輕嘆了口氣，站起身笑著說：「章醫生，妳好好休息吧，醒過來就好，我也放心了，案子已經結了。我以後再來看妳。」說完他衝李曉偉點點頭，隨即轉身離開了病房。

＊　＊　＊

一個月後。

章桐恢復得很快，要不是主治醫生的一再堅持，兩週前她就已經申請出院了。今天，終於等到了出院的日子，她在醫院門口叫了一輛計程車，看著車窗外陽光燦爛的日子，久違的笑容終於在章桐的臉上露了出來。

生活中的一切都要重新開始，章桐突然覺得，能夠活著的感覺，真的是很好。

下午，在安頓好家裡的一切後，章桐回到局裡，直接去了刑警隊辦公室。看見章桐出現在門口，童小川眼睛一亮，他笑了笑：「來了？進來坐吧。」

章桐在辦公桌後面坐下後，便直截了當地問道：「童隊，我想知道彭佳飛的案子後來怎麼樣了？我一直不明白他為什麼要這麼做？」

「是彭佳飛，也就是王星的親生父母，因為王辰堅決要求變性，平時又不上班賺錢，整天混日子，家裡都被掏空了，所以母親死了，父親也自殺了。在臨終前，父親打電話給彭佳飛，在交代了後事後，一再懇求彭佳飛要好好照顧王辰。彭佳飛在本市當神經外科醫生，工作穩定收入也不錯。在父母親去世之前，王辰就來本市投奔他，好了沒幾天，老毛病又犯了，他要哥哥出錢幫他做手術。在遭受到拒絕後，王辰毅然先去找天使愛美麗醫院的卓佳鑫醫生做了手術，術後就打了個電話給哥哥彭佳飛，大錯已經鑄成，拗不過王辰，彭佳飛向死者趙勝義借了高利貸。前後陸續有六十多萬，最後只剩下了這筆二十萬的沒有歸還。也不是彭佳飛還不起，他對弟弟的看法在接到父親死前的那個電話以後就完全改變了，他痛恨自己的親弟弟。所以也就不再願意幫他。而在此同時，因為事業和名譽受挫，彭佳飛不服輸的同時，就開始研究起了法醫學，他本身就是神經外科的專家。他的淵博知識完全可以讓他東山再起，而他只是需要一個場地和實驗對象，至此，彭佳飛就自然而然又想到了貪財的趙勝義，並且從他的手中借到了李家坳的那塊地方。而實驗對象，他就想到了那些他恨之入骨的特殊人群體，其中就包括他自己的弟弟。」說到這裡，童小川重重地嘆了口氣。

「不得不承認，他是一個非常刻苦，也是非常聰明的人。如果他沒有做這些事情的話，將來通過考試，他肯定會成為一個出色的法醫。」章桐不無遺憾地說，「可惜的是，他踐踏了他人生命的尊嚴。」

童小川點點頭，說：「其實，案子剛開始的時候，我在酒吧調查時，酒吧老闆娘汪少卿，也就是手術後的王辰，她早就認出了那個監控錄影中所顯示的進入自己酒吧的人就是哥哥王星，她一邊要挾王星，一邊打電話給我，最終，彭佳飛，也就是王星同意了弟弟王辰過分的要求，答應給她十萬，讓她閉嘴，永遠保守這個祕密，這也是為什麼我趕到酒吧，而王辰卻提前離開，後來失蹤的真正原因。」

「他把王辰關起來了？」

「對，就關在李家坳那個地方。並當著王辰的面，彭佳飛漠然地處置著別人的生命。後來，王辰找了個機會跑了出來，又打電話給我求救，因為哥哥的冷血和對生命的漠視讓他很清楚，如果再不求救的話，下一個死的就是自己了。」

「但是他還是沒有躲過被害的命運。」章桐同情地搖了搖頭，「我一直在想他為什麼面對死亡的時候沒有反抗。可能是因為想到愧對自己的親哥哥吧。畢竟，親生父母是為他而死，而自己哥哥的事業也是毀在他的手裡。其實每個人再怎麼邪惡，面對死亡的時候，也應該會流露出自己內心最真實的一面，包括懺悔。」

「後來，趙勝義不斷地催促彭佳飛還錢，兩人多次發生過爭執。最終，趙勝義死在了他的手裡，只是彭佳飛做夢都沒有想到，趙勝義竟然把借條放在了靴子的夾層裡，直到最後我們在審訊室裡告訴他，他還不敢相信。」

章桐的腦海裡又一次回想起了那天晚上，自己所見到的一幕，警局門口的法國梧桐樹下，彭佳飛和一個男人吵得不可開交。那人應該就是後來被活活打死的趙勝義。「那，他把我連人帶車推進海裡以後，你們又是怎麼抓住他的？」

童小川笑了，說：「他放不下李家坳的那些實驗成果，我們抓到他的時候，他還放心不下那些實驗資料和相關資料，聽負責抓捕他的盧隊說，人都押上警車了，還在不斷念叨著要我們別把那些資料搞丟了，並且還哭得像個孩子一樣，說自己這輩子徹底毀了，再也沒有辦法從頭開始。真是死腦筋！」

「是誰在海邊發現我的？」

「是我，他們最終根據監控錄影找到了那輛車的去向，我趕到海邊的時候，就看見了妳。說真的，章醫生，妳的命真大，被海浪沖回來了。」童小川若有所思地笑了笑。

「那卓佳鑫也是死在彭佳飛的手裡，對嗎？是不是酒吧扶他去洗手間的那個手關節粗大的女人？」

「沒錯，彭佳飛後來都承認了，卓佳鑫來警局找我坦白的時候，和彭佳飛擦肩而過，彭佳飛認出了他。對他，彭佳飛恨之入骨。」

「難怪，那段時間我總覺得彭佳飛的情緒不是太穩定，很低落。謝謝你，童隊，我心裡的疑問全都解開了。對了，前面三個死者身上所發現的阿托品、腎上腺素和奎寧這些藥物的來源，彭佳飛說了嗎？」

「都是趙勝義賣給他的。所以趙勝義也有他的把柄。」童小川回答。

章桐如釋重負：「謝謝你，我心中的疑問都解開了，那我回去上班了。」隨即轉身離開了童小川的辦公室。

童小川又一次轉身看向窗外，看著碧藍的天空，他的嘴角露出了一絲溫柔的笑意。

法醫追凶——消失的證人：
她不是女人，他不是男人？法醫從業者的半寫實懸疑小說

作　　者：戴西
責任編輯：高惠娟
發 行 人：黃振庭
出 版 者：崧燁文化事業有限公司
發 行 者：崧燁文化事業有限公司
E-mail：sonbookservice@gmail.com
粉 絲 頁：https://www.facebook.com/sonbookss/
網　　址：https://sonbook.net/
地　　址：台北市中正區重慶南路一段 61 號 8 樓
8F., No.61, Sec. 1, Chongqing S. Rd., Zhongzheng Dist., Taipei City 100, Taiwan

電　　話：(02)2370-3310
傳　　真：(02)2388-1990
印　　刷：京峯數位服務有限公司
律師顧問：廣華律師事務所 張珮琦律師

定　　價：375 元
發行日期：2024 年 09 月第一版
◎本書以 POD 印製
Design Assets from Freepik.com

國家圖書館出版品預行編目資料

法醫追凶——消失的證人：她不是女人，他不是男人？法醫從業者的半寫實懸疑小說 / 戴西 著 . -- 第一版 . -- 臺北市：崧燁文化事業有限公司 , 2024.09
面；　公分
POD 版
ISBN 978-626-394-697-2(平裝)
857.81　113012103

電子書購買

爽讀 APP

臉書